Mehr von Tina Folsom

Scanguards Vampire
Samsons Sterbliche Geliebte
Amaurys Hitzköpfige Rebellin
Gabriels Gefährtin
Yvettes Verzauberung
Zanes Erlösung
Quinns Unendliche Liebe
Olivers Versuchung
Thomas' Entscheidung
Ewiger Biss (Novelle)
Cains Geheimnis
Luthers Rückkehr
Brennender Wunsch (Novelle)
Blakes Versprechen
Schicksalhafter Bund (Novelle)

Jenseits des Olymps
Ein Grieche für alle Fälle
Ein Grieche zum Heiraten
Ein Grieche im 7. Himmel
Ein Grieche für immer

Der Club der ewigen Junggesellen
Begleiterin für eine Nacht
Begleiterin für tausend Nächte
Begleiterin für alle Zeit
Eine unvergessliche Nacht
Eine langsame Verführung
Eine hemmungslose Berührung

Der Clan der Vampire – Venedig 1 & 2
Der Clan der Vampire – Venedig 3 & 4

Geliebter Unsichtbarer (Hüter der Nacht - Buch 1)
Entfesselter Bodyguard (Hüter der Nacht – Buch 2)

Ein Grieche im 7. Himmel

Jenseits des Olymps – Buch 3

Tina Folsom

Der Verkauf dieses Buches ohne Buchumschlag ist nicht autorisiert. Wenn Sie dieses Buch ohne Buchumschlag finden, wurde es dem Verleger als ‚unverkauft und vernichtet' berichtet und weder der Autor noch der Verleger wurde dafür bezahlt.

Ein Grieche im 7. Himmel ist ein fiktives Werk. Namen, Charaktere, Orte und Geschehnisse wurden erfunden. Jegliche Ähnlichkeit mit wirklichen Orten, Ereignissen, oder Personen, lebend oder verstorben, sind zufällig.

Deutsche Erstausgabe
Die Amerikanische Originalausgabe erschien 2013 unter dem Titel *A Taste of Greek.*

Cover design: Leah Kaye Suttle
Cover Fotos: Kiuikson/Shutterstock
Autorenfoto: ©Marti Corn Photography

Für Mark

1

Verschwunden!

Noch einmal durchsuchte Hermes das Gästezimmer in Tritons und Sophias Frühstückspension, in dem er die letzte Nacht verbracht hatte, aber das Resultat blieb das gleiche. Seine geflügelten Sandalen waren verschwunden.

Er war gekommen, um seinen besten Freund Triton, den Gott der Seeleute und Matrosen zu besuchen, der mit seiner sterblichen Frau Sophia in Charleston lebte. Seitdem sich nicht nur Triton, sondern auch sein Freund Dionysos, der Gott des Weines und der Ektase, in dieser charmanten Südstaatenstadt niedergelassen hatte, kamen er und sein Freund Eros häufig zu Besuch.

Hermes ging hinaus auf den Balkon und sah auf den Springbrunnen hinab. Dann blickte er sich auf dem Balkon um. Nichts.

Die Balkontüren des Zimmers nebenan öffneten sich, und Eros trat auf den Balkon hinaus, wo er sich streckte. „Hey, guten Morgen! Ist heute nicht ein wundervoller Tag?“

Das Grinsen des Liebesgottes war etwas zu breit, und dafür konnte es nur zwei Gründe geben: Entweder hatte er in der Nacht zuvor eine heiße Braut flach gelegt oder er hatte jemandem einen Streich gespielt.

Hermes sprang über die niedrige Trennwand, die den Balkon in zwei Bereiche teilte, und warf einen Blick in Eros‘ Zimmer. Das Bett war leer, und auch sonst konnte er kein Anzeichen für eine Frau im Zimmer entdecken.

„Hey, was soll das?“

Hermes drehte sich zu seinem Freund um: „Gib sie sofort zurück!“

Eros schaute ihn verwirrt an. „Hä? Was soll ich dir zurückgeben?“

Hermes stieß ihn gegen die Wand. „Gib mir meine Sandalen zurück, du Idiot! Ich bin heute Morgen nicht in der Stimmung für deine dummen Scherze.“

„Ich habe deine lächerlichen Sandalen nicht genommen! Also lass mich los! Was sollte ich denn damit tun? Siehst du mich vielleicht herumfliegen?“ Eros schubste ihn von sich weg und zog sein T-Shirt gerade. „Wenn ich gewusst hätte, dass ich heute Morgen so angepöbelt werde, hätte ich in meinem Palast auf dem Olymp geschlafen.“

Hermes legte seinen Kopf zur Seite. „Du hast sie wirklich nicht?“

„Nein! Such woanders! Warum bin ich immer der Erste, der beschuldigt wird? Das letzte Mal, als ich hier war, gehörte das Haus noch Triton. Bedeutet das nicht, dass er Schlüssel für alle Zimmer hat?“

Hermes wich einen Schritt zurück. Eros hatte recht. Triton hätte Gelegenheit gehabt, in sein Zimmer zu schleichen und die Sandalen zu nehmen.

„Dieser Scheißkerl!“, grummelte er und eilte durch Eros‘ Zimmer. Er riss gerade die Tür zum Gang auf, als er Eros hinter sich bemerkte. „Warum folgst du mir?“

Eros grinste ungeniert. „Du denkst doch wohl nicht, ich lasse mir eine Schlägerei entgehen, oder?“

Hermes verdrehte die Augen, wandte sich wieder seinem Vorhaben zu und eilte nach oben, wobei er immer eine Stufe übersprang. Er machte sich nicht die Mühe, an die Tür zu Tritons und Sophias privaten Apartment zu klopfen, sondern stieß sie einfach auf.

„Triton!“, brüllte er, als er eintrat.

Triton kam aus dem Badezimmer. Ein Badetuch war um seine Hüften geschlungen und Wasser tropfte noch von seinen Schultern. „Was zum Hades geht hier vor sich? Kannst du nicht anklopfen?“

„Meine Sandalen. Ich will sie zurückhaben. Jetzt sofort!“

„Ich habe deine verdammten Sandalen nicht. Warum sollte ich deine Sandalen haben?“

„Sehr lustig!“, schoss Hermes zurück. „Aber das Spiel ist aus.“

„Sag mir nicht, du hast deine Sandalen verloren.“ Die Ernsthaftigkeit in Tritons Stimme, zusammen mit seinem ungläubigen Blick, verwandelten Hermes‘ Verärgerung in Sorge. Triton war kein besonders guter Schauspieler. Doch wenn Triton seine Sandalen nicht hatte, wer dann?

„Sie sind verschwunden!“ Hermes fuhr sich mit zitternder Hand durch sein Haar. „Verdammt!“ Er blickte seine beiden Freunde noch einmal an, als er bemerkte, dass Sophia das Studio betrat.

„Was soll der Krawall? Habt ihr Jungs vergessen, dass wir Gäste haben? Und es ist Sonntag, alle schlafen noch!“, rügte Sophia sie.

„Entschuldige, Liebste, aber es sieht so aus, als hätte Hermes seine Sandalen verlegt“, sagte Triton ruhig. Dann sah er ihn wieder an. „Hast du schon versucht zu teleportieren?“

Hermes schüttelte den Kopf. Dann versuchte er genau das und konzentrierte sich auf den Ort, zu dem er hin wollte: Dios Apartment in der Stadt. Wenn weder Eros noch Triton seine Sandalen hatten, musste Dio ihm diesen Streich gespielt haben. Er hoffte, er hatte recht.

Sein Körper bewegte sich nicht. Er versuchte es erneut. „Ich kann nicht teleportieren.“

„Verdammt! Das kann nicht sein!“, schrie Eros und klopfte mit seiner Faust auf Hermes‘ Stirn. „Du Idiot, ich habe heute Abend ein heißes Date in Griechenland!“

Sophia warf Eros einen fragenden Blick zu. „Was hat das mit Hermes‘ Sandalen zu tun?“

„Alles!“, behauptete Eros.

Triton sah seine Frau mit einem besorgten Gesichtsausdruck an. „Wenn Hermes nicht teleportieren kann, bedeutet das, dass auch jeder andere Gott, inklusive Zeus, die Macht zu teleportieren verloren hat. Denn die Macht des Teleportierens kommt von Hermes‘ Sandalen, und diese Macht wirkt nur, wenn die Sandalen im Besitz eines Gottes sind.“

Hermes schluckte schwer, und es wurde ihm mulmig zumute, als ihm klar wurde, was dies bedeutete. „Dann muss sie ein Sterblicher haben.“

Und es gab nur eine Sterbliche, die sie genommen haben könnte. Nicht nur genommen – gestohlen! Seine kostbaren Sandalen!

Zeus würde ihm das Fell über die Ohren ziehen, sobald er davon erfuhr.

2

Eine Woche früher

„Aber das kann nicht sein“, wandte Penny Galloway ein.

Ihre Chefin Michelle Schafer, die Dekanin der Geschichtsfakultät, lehnte sich über den Schreibtisch und seufzte. „Es tut mir leid, aber die Budgetkürzungen sind schlimmer, als wir alle erwartet hatten. Ich muss Positionen streichen, und ich befürchte, das bedeutet, dass sich alle nicht unkündbaren Fakultätsmitglieder, deren Verträge zum Ende des Geschäftsjahres auslaufen, nach anderen Gelegenheiten umsehen müssen.“

Gelegenheiten, welche Gelegenheiten? Als ob das so einfach wäre! Wie viele Positionen gab es für eine Assistenzprofessorin, deren Fachrichtung griechische Antike und Mythologie war? Eine Nadel im Heuhaufen wäre einfacher zu finden als eine Position wie ihre. Sie musste eine Möglichkeit finden, hier in Charleston zu bleiben, wo sie sich um ihre Großmutter kümmerte. Wenn sie ihren Job verlieren würde, könnte sie länger arbeitslos sein als ihre Ersparnisse reichen würden.

„Bedeutet das, dass die unkündbare Stelle, die noch offen ist, auch nicht besetzt wird?“, fragte sie nach einem Strohhalm greifend. Wenn sie diese begehrte Stelle bekommen könnte, wäre sie vor der Budgetkürzung sicher.

„Nein, sie wird besetzt, genau wie geplant. Aber wie Sie ja wissen, sind Sie nicht die Einzige, die sich um diese unkündbare Stelle bewirbt.“

Als ob sie das nicht wüsste! Kenton Lowry, der noch nicht so lange wie Penny Assistenzprofessor war, versuchte, das Personalkomitee mit seiner Forschung über antike griechische Waffen zu beeindrucken.

„Aber ich habe immer noch eine Chance, oder?“, fragte sie Michelle, wobei sie den verzweifelten Tonfall ihrer Stimme hasste. Aber es war schwierig, die Verzweiflung zu verbergen, die jetzt in ihr hochkam. Wenn sie ihren Job verlieren würde, würde nicht nur ihr Leben entwurzelt werden, sondern was noch schlimmer wäre, das ihrer Großmutter würde sich ebenfalls ändern: Da diese von Penny abhängig war, müsste sie dorthin ziehen, wo Penny eine neue Arbeit fand – falls sie eine neue Arbeit fand! – und sie müsste ihre Ärzte und Physiotherapeuten verlassen, genauso wie das Haus, in dem sie seit vierzig Jahren lebte. Penny war sich nicht sicher, ob ihre geliebte Oma das überleben würde. Nach einem schlimmen Sturz vor ein paar Monaten hatte sich deren Gesundheit nur langsam verbessert.

„Das Personalkomitee trifft seine Entscheidung erst in ein paar Monaten. Es ist noch Zeit. Aber sicher wissen Sie, dass wenn Sie noch nicht an einem neuen Artikel zur Veröffentlichung arbeiten, Sie den Stichtag nicht schaffen werden“, warnte Michelle sie vor.

„Ich bin gerade mitten in einem Forschungsprojekt. Keine Sorge. Es ist schon fast für die Veröffentlichung fertig“, log Penny. Das Letzte, was sie wollte, war, dass Michelle, die im Personalkomitee saß, wusste, dass sie nicht einmal wusste, worüber sie schreiben sollte.

„Na gut. Ich hoffe, es ist etwas Bemerkenswertes. Etwas Neues, das das Komitee beeindrucken wird“, sagte Michelle.

Etwas Neues in der Welt der griechischen Mythologie? Wem machte sie da etwas vor? Die Gelehrten schrieben über dieses Thema schon seit Tausenden von Jahren.

„Sicher, ja, das ist es“, antwortete Penny hastig.

„Ich drücke Ihnen die Daumen.“ Michelle lächelte, aber ihr Lächeln reichte nicht bis zu ihren Augen.

„Danke, Michelle, das weiß ich sehr zu schätzen.“

Michelle nickte, verließ Pennys Büro und schloss die Tür hinter sich.

Penny fiel zurück in ihren Stuhl und ließ ihren Kopf auf ihren Schreibtisch fallen, wobei sie ihre Stirn auf die kühle Oberfläche legte. Was sollte sie jetzt machen? Sie hatte in den letzten paar Monaten an keinem wichtigen Forschungsprojekt mehr gearbeitet, weil die Pflege ihrer Großmutter ihre ganze Zeit außerhalb der Vorlesungen in Anspruch genommen hatte. Sie hatte keine Zeit gehabt, das richtige Thema zu finden, auf das sie sich stürzen konnte, um sich um die unkündbare Stelle zu bewerben. Und jetzt, mit nur ein paar wenigen Wochen, bis sie dem Komitee einen veröffentlichten Artikel vorlegen musste – ja, veröffentlicht von einer Fachzeitschrift, nicht nur fertig zur Veröffentlichung – wie sollte sie diese unmögliche Aufgabe bewältigen? Alles lastete auf ihr. Ihre Großmutter zählte auf sie. Deren kleine Rente und Ersparnisse waren nicht annähernd genug, um die Lebenshaltungskosten, den Therapeuten und die Krankenschwester, die sie täglich brauchte, abzudecken. Ohne Pennys Einkommen als Unterstützung müsste sie die Krankenschwester entlassen und die Physiotherapiesitzungen reduzieren. Es wäre ein riesiger Rückschritt für die Genesung ihrer Großmutter und würde bedeuten, dass sie sich vielleicht nie wieder richtig erholte.

Penny verdrängte die aufkommenden Tränen. Nein, weinen würde nicht helfen. Sie musste einen klaren Kopf behalten und all ihre Energie darauf verwenden, die Festanstellung zu bekommen. Es war die einzige Möglichkeit, ihren Job, ihr Einkommen und ihr Leben mit ihrer Großmutter abzusichern.

Tief einatmend erhob sie sich, griff nach ihrer Handtasche und verließ ihr Büro und das Gebäude. Frische Luft, eine starke Tasse von Vivians Kaffee und ein Blätterteiggebäck voller Schokolade waren genau das, was sie jetzt brauchte, um wieder die Kontrolle über ihre Emotionen zu erlangen. Dann, neu gestärkt, würde sie in ihr Büro zurückkehren und ein Projekt finden, das ihr die Festanstellung sicherte.

Penny überquerte hinter zwei Männern die Straße, nicht nahe genug, um deren Unterhaltung zu hören, aber nahe genug, um deren wohlgeformte Hintern zu bewundern. Sie ließ diesen Anblick in ihr Bewusstsein sickern und sich einen Moment ablenken. Lange Beine bewegten sich im Gleichschritt – ein stetiger Rhythmus, ein starker und autoritärer Gang. Sie konnte fast sehen, wie sich die Muskeln abzeichneten, wie sie sich anspannten und mit jedem langen Schritt mitbewegten.

Leichte Baumwollhemden, gischtgrün und meeresblau, bedeckten ihre Rücken, breiteten sich über ihre Schulterblätter aus und endeten in kurzen Ärmeln, die starke, muskelbepackte Arme offenlegten. Keine Bodybuilderarme mit riesigen Bizepsen, sondern die Art von definierten Muskeln, die in einer Frau eine schnelle, sehnsüchtige Aufregung auslösten, wenn sie mit ihren Fingern über die seidige Haut fuhr, die sie bedeckte, und die Härte spürte, die darunter verborgen war.

Penny seufzte. Sie wusste nicht, welcher Mann schöner war. Bevor sie mehr darüber nachdenken konnte, donnerte der Himmel über ihr, öffnete sich und überschwemmte sie in einem Wolkenbruch.

„Natürlich“, grummelte sie und blickte zum Himmel hinauf. Denn in ihrem Leben regnete es nicht nur, es schüttete.

Wie als Antwort auf ihren Ausruf verstärkte sich der prasselnde Regen, durchnässte sie und überflutete die Straße. Sie fing an, über das Kopfsteinpflaster in Richtung Vivians Café zu laufen, während sie sich kurz fragte, wohin die beiden Kerle verschwunden waren. Aber sie verdrängte den Gedanken, als das Wasser stieg und ihre Flucht in den hohen Lederpumps gefährlich machte. Sie zog sie von ihren Füßen und rannte den Rest des Weges barfuß, wobei der Bach, der sich entlang des Bordsteins gebildet hatte, ihre Hosenbeine bis weit über die Knöchel durchnässte.

Sie platzte in Vivians Café und rannte sofort zum Kamin, um mit der Wärme des Feuers die Kälte aus ihren Knochen zu vertreiben. „Heute ist nicht mein Tag“, rief sie ihrer Freundin Vivian, der Besitzerin des Ladens, zu.

„Wow, sieh dich nur an!“, sagte Vivian hinter dem langen, mit Gebäck beladenen Tresen. Sie schnappte sich ein Handtuch aus dem Fach darunter und eilte zu ihr.

Penny nahm es dankend an. „Du bist eine Lebensretterin“, sagte sie, während sie ihr nasses Gesicht, ihre tropfenden Haare und ihre durchnässte Kleidung trocknete.

Sie sah sich kurz im Café um und sah zwei Kunden, die sie erkannte: Gischtgrün und Meeresblau. Sie saßen an einem Tisch hinter ihr, nah am Feuer, mit breit grinsenden Gesichtern. Pennys Atem stockte sofort. Sie hatte gedacht, deren Hintern wären etwas zum Angaffen, aber wenn sie noch länger in deren wunderschöne Gesichter starrte, würde sie eine Wiederbelebung brauchen.

Offensichtlich war eine Filmcrew in der Stadt. Beide Männer waren mehr als nur herzschlagstoppend schön, so wie es nur Hollywood bieten konnte. Sie wusste nicht, welcher von beiden atemberaubender aussah: der mit den leuchtend blauen Augen und von der Sonne geküsstem, goldenen Haar, oder der mit den zart schmelzenden, schokoladenbraunen Augen und dem dazu passendem, welligen Haar. Ihre Knie wurden weich, und Penny hielt sich zur Unterstützung am Kamin fest.

Sie gab ein halbherziges, verrücktes Lächeln von sich, da Verlegenheit durch sie fegte. Sie sah wahrscheinlich wie eine ertränkte Ratte aus, wohingegen die beiden gut aussehenden Adonisse knochentrocken waren. Wie hatten sie es nur geschafft, dem Wolkenbruch zu entkommen?

„Du siehst so aus, als könntest du einen Café Latte vertragen“, sagte Vivian, die zum Tresen zurückgeeilt war.

Penny wandte ihren Blick von den beiden hübschen Männern ab und sagte zu ihrer Freundin: „Mach einen Doppelten daraus!“

Der würde ihr helfen, sich auf ihren Job und ihre Forschung zu konzentrieren, da sie auf keinen Fall Zeit hatte, sich von einem gut aussehenden Mann ablenken zu lassen.

„Das ist aber ein leckerer Happen, in den ich gerne reinbeißen würde“, sagte Hermes, während er belustigt die durchnässte Frau am Kamin betrachtete. Ihre cremefarbene Bluse und die Hose waren völlig durchnässt und klebten sehr provokativ an ihrem Körper.

„Ja, die Frau hat einen unfehlbaren Geschmack, was Unterwäsche betrifft“, stimmte Triton zu, während sich ein Lächeln auf seinen Lippen ausbreitete.

„Lass das bloß nicht Sophia hören!“, warnte Hermes seinen Freund.

„Ich bin zwar verheiratet, aber nicht blind“, antwortete Triton, doch Hermes hörte kaum zu, weil seine Augen sich bereits an der Frau labten.

Der feine Spitzen-BH hielt ihre üppigen Brüste fest, trug aber nur wenig dazu bei, die festen rosigen Knospen zu verstecken, die gegen den Stoff drückten. Allein die Fülle ihres Busens anzustarren, ließ ihm das Wasser im Munde zusammenlaufen. Die arme Frau fror und triefte. Er sollte etwas tun, um ihr zu helfen. Vielleicht sollte er sie aus diesen nassen Klamotten herausschälen und in sein Bett bringen. Er war drauf und dran, aufzustehen, als Triton eine Hand auf seinen Unterarm legte.

„Also wie wir schon sagten?“

Hermes drehte sich widerstrebend zu ihm um. „Sagten?“

„Wegen Sophias Party.“

„Sicher kann doch die Planung für diesen kleinen Empfang bis heute Abend warten. Diese arme Frau braucht dringend Wärme.“

„Kann sie nicht“, sagte Triton und schüttelte den Kopf.

„Wer bist du und was hast du mit meinem besten Freund gemacht?“, beschwerte sich Hermes.

„Eine Frau wie sie würde deine Aufmerksamkeit mehr als nur einen Nachmittag beanspruchen“, antwortete Triton. „Und die Zeit hast du momentan nicht. Die Party ist am Samstag und in dem Tempo, wie wir gerade vorankommen, wird Sophia fünfzig werden, bevor die Partyplanung steht.“

„Du übertreibst wie immer! Ruf einfach die Diener und lass sie . . . “

Seine Worte erstarben in seiner Kehle, da die besagte Frau endlich zu bemerken schien, welch leckeren Anblick ihre durchnässte Kleidung bot und daraufhin hübsch rosa anlief. Sie drehte sich schnell in Richtung Kamin um und bot ihm im Gegenzug den schönen Anblick ihres Hinterns und des Tangas, der die Spalte zwischen ihren Pobacken zierte. Seine Bewunderung für das, was in diesem Jahrhundert als weibliche Unterwäsche galt, wuchs – genauso wie sein Schwanz.

„Hermes!“, sagte Triton, wobei dessen Stimme nachdrücklich wurde.

Hermes grummelte und drehte sich zu ihm zurück. „Du hast ja recht“, gab er nach.

Wenn er seine Hände auf diesen wunderbaren Körper legen würde, würde er nicht aufhören können, bis er tief in ihr vergraben wäre und sie um Gnade flehte. Ja, er würde mehr als nur einen Nachmittag benötigen, um sich mit jeder ihrer sinnlichen Kurven und Vertiefungen zu vergnügen.

„Ich habe versprochen, ich würde dabei helfen, für deine bezaubernde Frau eine Überraschungsparty zu schmeißen, und das werde ich auch.“ Mit Bedauern blickte er ein letztes Mal auf die wunderhübsche Frau am Kamin und wandte dann seine Aufmerksamkeit wieder seinem Freund zu. „Also was haben wir gesagt?“

Eine gefühlte Ewigkeit versuchte Hermes, sich auf die Ideen seines Freundes zu konzentrieren – es ging um Kanapees und Nachspeisen. Für seinen Geschmack war sein Freund viel zu häuslich geworden. Sophia war bezaubernd, aber Hermes konnte sich nicht vorstellen, je so sesshaft zu werden, dass er sich anketten ließ, um einen Nachmittag damit zu verbringen, über Käse und Schokolade zu diskutieren, anstatt mit seidenweicher Haut, Spitzenhöschen und langen dunklen Locken, die hohe Wangenknochen einrahmten, unter die Bettlaken zu tauchen.

Hermes sah sich wieder zu der Frau um, die diese lustvollen Gedanken in ihm hervorrief. Sie stand immer noch am Kamin und wärmte ihre Handflächen an einer Tasse schaumigen Kaffees, die sie mit ihren Händen umklammerte. Die Art und Weise, wie sie die Tasse mit solcher Inbrunst hielt°.°.°.

Sie nahm einen Schluck, und ihre Augen trafen seine, wobei sie sich leicht verdunkelten. Sie fühlte sich zu ihm hingezogen. Nicht, dass ihn das überraschte; den meisten sterblichen Frauen ging es so, doch die magnetische

Anziehung, die zwischen ihnen herrschte, war so gespannt wie einer von Eros‘ Bögen. Und er wollte ihn zupfen – oder besser gesagt *sie*.

Sie setzte die Tasse auf dem Kaminsims ab. Dann kam ihre verlockende Zunge hervor, um den Schaum von ihren Lippen zu lecken. Er hörte einen leichten Seufzer des Vergnügens ihrem Mund entweichen, was einen Blitz voller Verlangen in seine Lenden sandte, seinen Schwanz verhärtete und ihn sich wünschen ließ, dass er sie hier auf einem der Holztische vor dem lodernden Feuer nehmen könnte.

Und als ob sie seine Gedanken lesen konnte, schoss mehr Farbe in ihre Wangen. Leicht zitternd legte sie eine Hand auf ihre Brust. An dem sanften Heben und Senken ihrer Brüste erkannte er, wie schnell sie atmete. Ja, sie war eine sehr leidenschaftliche Frau, und sie war hier, reif für die Ernte.

„Hermes!“ Tritons Stimme erhob sich gleichzeitig mit einem Donnern vom Himmel. „Dein Vater ruft“, sagte er mit einem Grinsen, wobei er in Altgriechisch verfiel, ihre Muttersprache, die außer den Göttern und einigen Gelehrten heutzutage niemand mehr sprach.

Hermes verdrehte die Augen. „Wieso kann der alte Mann nicht mit der Zeit gehen und ein Handy benutzen wie jeder andere auch? Das werde ich nie verstehen.“

„Weil es viel mehr Spaß macht, dich auf die althergebrachte Art zu rufen. Sitzt er dir immer noch im Nacken?“

„Wie eine nörgelnde Ehefrau. Jetzt, da du und Dionysos euch niedergelassen habt – und wirklich meine Lebensweise einengt, wenn ich das hinzufügen darf – will er dasselbe auch für mich. Als ob das je passieren wird!“

„Wie heuchlerisch von ihm“, sagte Triton trocken.

„Genau!“

„Vielleicht solltest du ihn bei Laune halten und es einmal versuchen?“, schlug Triton mit vor Spaß funkelnden Augen vor. „Du kannst es ja nie im Voraus wissen, aber vielleicht gefällt dir die Monogamie ja. Dich zu verlieben. Dafür zu leben, die Frau deiner Träume glücklich zu machen.“

„Noch ein Wort, und ich schiebe es dir wieder den Hals hinunter!“, bellte Hermes. „Bevor das passiert, friert der Hades zu, und du kannst dort Schlittschuh laufen. Verlass dich drauf!“

„Sachte, sachte, du Draufgänger. Ich sage ja nur, dass ich weiß, wie du dich fühlst. Ich war genauso, und Dio war der größte Schuft von uns allen – “

„Das muss sich noch zeigen“, warf Hermes ein.

„Der Punkt ist, dass wir beide etwas – jemanden – gefunden haben, der uns mehr erfüllt als unser Junggesellendasein das jemals konnte. Und das kannst du auch.“

Hermes lehnte sich vor und schaute Triton in die Augen. „Lieber würde ich Zeus‘ Ziege spielen.“

Triton brach in Gelächter aus und zog so die Aufmerksamkeit der beiden Frauen auf sie. Beide standen jetzt am Kamin, hatten die Köpfe zusammengesteckt und tuschelten leise.

Hermes konnte nicht umhin, sich zu fragen, worüber die beiden redeten, und musste zugeben, dass er hoffte, sie sprächen über ihn. „Sind wir hier fertig? Ich erkundige mich besser, was der alte Bussard will."

„Baaaaahhh. Na gut." Triton stand auf. „Ich werde Dio bitten, mir mit dem Wein und dem Kuchen zu helfen."

„Ach, bevor ich es vergesse: Ich habe Michael vor kurzem gesehen."

Tritons Augenbrauen zogen sich vor Verärgerung zusammen. „Sophias Cousin? Er weiß, dass er ihr nicht nahekommen darf!"

Hermes hob seine Hand, um ihn zu beruhigen. Triton war sehr empfindlich, wenn es um Sophias Taugenichts von Cousin ging. Schließlich hatte dieser ein paar Mal versucht, sie um die Ecke zu bringen, um an ihr Erbe zu kommen. Ein Plan, der dank Triton fehlgeschlagen war.

„Und das ist er auch nicht. Er war nicht in der Nähe eures Hauses. Es hat sich aber herausgestellt, dass er für eine Firma arbeitet, die Safes in Häuser einbaut."

„Du willst mich wohl verarschen! Wie hat er denn dafür die Hintergrundüberprüfung bestanden?"

Hermes zuckte mit den Achseln. „Keine Ahnung. Aber es sieht so aus, als *lerne* er gerade einen neuen Beruf, da seine Veruntreuungsversuche nicht gefruchtet hatten. Behalte ihn besser mal im Auge, nur für den Fall, dass er etwas vorhat!" Hermes erhob sich und schnappte sich sein halb leeres Getränk vom Tisch.

Triton stand auf. „Danke für die Info. Und schau, dass du am Samstag um sieben auf Sophias Party bist!" Er deutete an Hermes' Schultern vorbei zum Kamin und fügte hinzu: „Bring ein Date mit!", als er zur Tür hinausging.

Hermes drehte sich um, um den Vorschlag seines Freundes genauer in Betracht zu ziehen und stieß mit der hübschen Brünetten zusammen, wobei er seinen Eiskaffee über ihre mittlerweile trockene Bluse verschüttete und diese nochmals durchnässte.

Bei ihrem Hilferuf konnte er sich ein Lächeln nicht verkneifen. „Oh Mist, Süße! Jetzt habe ich aber was angestellt."

Er schnappte sich eine Serviette vom Tisch und fing an, die Bluse langsam und gründlich trocken zu tupfen, wobei er sich besonders auf die feuchten Stellen an ihren Brüsten konzentrierte.

3

Penny rang nach Luft, als Eiskaffee ihre Bluse durchnässte, und sie erstarrte, während Scham ihre Wangen erhitzte. Der gut aussehende Mann rieb ihre Brüste! Ja, er versuchte, die Flüssigkeit aufzusaugen. Aber er *rieb ihre Brüste!* Ihre Brustwarzen standen nicht nur aufmerksam auf, sie salutierten mit jedem schmerzenden Streicheln.

Verlangen durchfuhr sie, erfüllte sie mit einem intensiven Bedürfnis, und ihre Knie gaben nach. Sie nahm einen hastigen Atemzug und machte einen schnellen, entschlossenen Schritt zurück und stieß dabei fast einen Stuhl um.

„Es tut mir wirklich leid“, sagte er und griff wieder nach ihr.

Noch einen Augenblick länger und sie würde sich ihm nähern, sich die Bluse herunterreißen und ihn bitten, es noch einmal zu tun – dieses Mal, ohne dass der Stoff seine Handlung behinderte. Sie richtete den Stuhl gerade und blickte wieder zu ihm.

„Ist schon in Ordnung. Wirklich. Ich kann das schon machen.“ Sie griff nach dem Handtuch, das sie zuvor auf den Tisch gelegt hatte, und presste es gegen ihre Brust, um zu verdecken, dass ihre Brustwarzen durch den dünnen Seidenstoff hervortraten. Die Maßnahme bot etwas Trost.

„Lass mich bitte die Reinigung bezahlen“, bot er an, während er immer noch auf ihre Brust starrte.

Ihre Wangen brannten umso stärker, je mehr Hitze in ihr Gesicht schoss. „Das ist nicht notwendig. Handwaschbar. Kein Problem. Wirklich“, stammelte sie, obwohl die reine Wahrheit war, dass sie seine Hände wieder auf sich spüren wollte. Die Stelle zwischen ihren Oberschenkeln flehte ihn geradezu an, sie zu nehmen.

„Ich heiße Hermes“, sagte er und reichte ihr die Hand, die sie nur Momente zuvor in Flammen gesetzt hatte.

Und er hatte das nicht einmal beabsichtigt. Was wäre, wenn er es hätte? Ihre Kehle verschloss sich über einem leisen Stöhnen. Braune Augen, die geradezu zum Dahinschmelzen waren, trafen sich für einen Moment mit ihren, und ihr Gehirn konnte kaum verarbeiten, was er gesagt hatte. Dann rauschten seine Worte zurück zu ihr, und die Räder in ihrem Kopf fingen an, sich zu drehen.

„Hermes?“, platzte sie heraus. „Wie der griechische Gott Hermes?“ Ein hoher Ton der Überraschung ließ ihre Stimme lauter werden. Er war nach Hermes benannt? Ihrem Lieblingsgott? Wie oft hatte sie auf Hermes‘ Statue gestarrt, auf die lange adlige Nase, das starke Kinn und die oh-so-küssbaren

Lippen, die aus alabasterweißem Marmor gehauen waren? Wie oft hatte sie sich gewünscht, dass er nur für sie lebendig werden würde?

Er zuckte mit den Achseln und schenkte ihr ein Lächeln, das beinahe ihren Herzschlag stoppte. Sie presste ihre Faust gegen ihre Brust.

„Der einzig Wahre“, sagte er, ging einen Schritt auf sie zu und stahl damit den verfügbaren Sauerstoff.

Verdammt, es wurde hier immer heißer. Vivian meinte es mit dem Kamin zu gut.

„Meine Mutter war romantisch veranlagt“, sagte er, wobei der tiefe Klang seiner Stimme die Haut auf ihren Armen zu Gänsehaut verwandelte.

„Oh ja“, sagte sie, da die Fähigkeit zu sprechen sie verließ. Warum würde jemand einem Baby einen Namen geben, für den es höchstwahrscheinlich gehänselt würde? Wo war sein Vater gewesen, als seine Mutter diesen Namen gewählt hatte?

„Ich fühle mich wirklich verantwortlich. Wie wäre es, wenn ich dich als Wiedergutmachung für meine Ungeschicklichkeit zum Abendessen einlade?“

„Abendessen?“, wiederholte sie, wobei sie sich wie ein Papagei fühlte, der nur einzelne Worte stammeln konnte. Hinter seiner Schulter ging Vivians Kopf auf und ab und drängte sie, anzunehmen.

Könnte sie mit diesem Mann zum Abendessen ausgehen? Zwei Stunden eine Unterhaltung führen, bei der sie nicht wie eine komplette Idiotin klang, während sie sich die ganze Zeit wünschte, er würde sie einfach ins nächste Bett schleppen? Das war das Letzte, was sie im Moment brauchte. Im Moment musste sie sich auf ihre Karriere konzentrieren, darauf, ihren Job zu behalten und sich einen Artikel einfallen zu lassen, der das Komitee von den Socken hauen würde. Und nicht mit einem Mann ausgehen, der sicherlich *sie* aus den Socken, aus der Hose, aus BH und Höschen hauen würde.

„Äh . . . ”

„Also? Was meinst du?“, drängte er.

Das war das Problem. Sie konnte anscheinend nichts außer einem tiefen, kehligen Stöhnen über ihre trockenen Lippen bringen. Mr. Verträumte-Augen schloss ihr Hirn kurz. Nein, er war eine Ablenkung, die sie sich nicht leisten konnte. Nicht jetzt. Vielleicht nachdem sie ihre Arbeitsstelle gerettet hatte, indem sie die Festanstellung bekam. Definitiv danach°.°.°.

Donner grollte über ihnen, und für einen Moment sah Hermes zur Decke hoch, wobei Verärgerung sein Gesicht überzog. Der Ausdruck verschwand genauso schnell wieder, und er blickte zu ihr zurück. „Ich habe deinen Namen nicht mitbekommen.“

„Penelope“, sagte sie.

„Penelope“, wiederholte er, wobei er ihren Namen über seine Zunge rollen ließ, als wäre er ein Tropfen reichhaltiger Wein.

„Penny“, korrigierte sie, während sie sich immer noch etwas atemlos fühlte. Was wahrscheinlich für die Benommenheit verantwortlich war, die sie sich wie eine Gymnasiastin fühlen ließ, die gerade vom beliebtesten Jungen der ganzen Schule um eine Verabredung gebeten worden war.

„Also erweist du mir die Ehre? Abendessen?“

Nein, tut mir leid, versuchte sie zu sagen, aber ihr Kopf nickte zustimmend, bevor sie überhaupt die Worte formen konnte, um zu erklären, warum sie nicht mit ihm ausgehen konnte oder sollte. Warum es eine schlechte Idee war. *Weil* es eine schlechte Idee war. Eine schreckliche Idee.

„Wunderbar. Wo soll ich dich abholen?“

„Hier?“, sagte sie mit einem leichten Quieken, obwohl sie einen Rückzieher machen und nein sagen wollte, doch ihr Körper kooperierte nicht.

„Perfekt. Acht Uhr?“

Sie nickte wieder. Was tat sie nur? Sie war verrückt. Sie sollte nein sagen. Ihm sagen, dass sie nicht konnte. Dass sie beschäftigt war. Dass sie sich die Haare waschen oder ihre Bücher alphabetisch ordnen musste.

Aber dann lehnte er sich vor, und seine Lippen streiften ihre Wange, was ihren Herzschlag in die Höhe schnellen und ihre Nervenenden zerbröckeln ließ, während ihre Kehle sich für jeglichen Protest, der eventuell entweichen könnte, verschloss.

Eine Frau musste doch essen, oder?

„Es war sehr schön, dich kennenzulernen, Penelope. Ta léme syntoma“, sagte er leise.

„Ja, bald“, antwortete sie automatisch, während ihre Finger die Stelle auf ihrer Wange berührten, wo er sie geküsst hatte.

Bei ihrer Antwort zog er seine Augenbrauen hoch, und ihr wurde schlagartig klar, dass er seine Worte in Altgriechisch gesprochen hatte. Plötzlich blickte er sie mit noch mehr Interesse als zuvor an. Wenn das überhaupt möglich war.

Sie beobachtete, wie er ging, und ließ sich dann auf den nächsten Stuhl fallen.

„Was war das?“, fragte Vivian, die zu ihr eilte.

„Ich, wie ich ohnmächtig werde. Ganz altmodisch, Scarlett-O’Hara-mäßig ohnmächtig.“

~ ~ ~

Hermes marschierte in den riesigen Marmorraum, wobei er kaum in die gewaltige Kuppel über sich blickte, die mit aufwendigen Freskogemälden und goldenen Schnörkeln verziert war. Der gesamte Raum mit seinem polierten Marmor und den gewaltigen Statuen, die über die Jahrhunderte aus verschiedenen Tempeln gestohlen worden waren, war für seinen Geschmack schon immer zu protzig gewesen. Aber er liebte den Vorraum mit seinen

Wand-zu-Wand Fenstern, durch die er hinaus auf eine grüne Wiese sehen konnte, die mit jahrhundertealten Eichen übersät war und von einem fließenden Bach aus blauem Wasser geteilt wurde.

Er fand Zeus in diesem Zimmer vor. Dieser schaute gerade durch den Boden auf die Erde darunter hinab. Der große, runde Monitor, der im Fußboden eingelassen war, zoomte in die Innenstadt von New York City hinein und zeigte Scharen von Menschen, die sich auf den Bürgersteigen tummelten, und Straßen, die von Taxis und Autos verstopft waren. Hermes wünschte sich fast, er könnte die Aussicht stattdessen auf Charleston ändern und einen Blick auf die reizende Penny werfen. Vielleicht würde er sie sogar vorfinden, wenn sie gerade duschte. Heiß und dampfend duschte. Sie hatte nass so köstlich ausgesehen.

„Hallo, Vater", sagte er und kündigte somit seine Anwesenheit an. „Beobachtest du jemand Bestimmten?"

Die Ansicht schwenkte schnell auf zehntausend Meter, während Zeus sich zu ihm umdrehte.

„Du kennst mich ja, ich habe meine Lieblinge, die ich im Auge behalte."

Den Sterblichen, die Zeus im Auge hatte, erging es nicht immer gut, besonders, wenn seine Frau Hera sich einmischte. Trotzdem war Hermes ein wenig neugierig, wer in New York City denn Zeus' Aufmerksamkeit auf sich gezogen hatte.

„Hier, ruf mich doch das nächste Mal darauf an, wenn du mich brauchst." Hermes reichte ihm ein Handy. „Das ist ein nettes kleines Gerät. Mit dem kannst du mich immer und überall erreichen."

„Ich weiß, was ein Handy ist", sagte Zeus trocken und nahm das Telefon entgegen.

Makellos in einen hellgrauen Seidenanzug von Armani mit passender Krawatte gekleidet, steckte Zeus das Telefon in seine Tasche und setzte sich hinter seinen großen, weißen Marmorschreibtisch in der Mitte des Zimmers.

„Netter Anzug", sagte Hermes. „Musst du zu einem Treffen? Vielleicht im Big Apple?"

„Ja, und ich möchte, dass du dich um eine Angelegenheit kümmerst, während ich weg bin."

Hermes nickte. Die Tatsache, dass Zeus seine Pläne nicht offenlegte, war ihm nicht entgangen. Zeus setzte ihn selten über sein Privatleben ins Bild. „Was brauchst du, Vater?"

Zeus nahm ein langes Blatt Papier vom Schreibtisch, faltete es in der Mitte, steckte es in einen Leinenumschlag und presste seinen Ring auf den Verschluss der Klappe auf der Rückseite. Ein kleiner Blitz, und das Siegel war angebracht.

„Überbring diesen Vertrag an Hades! Schnellstens! Außerdem möchte ich, dass du ihm deine Dienste anbietest, damit die Dinge reibungslos ablaufen, während ich weg bin.“

Hermes nickte, wobei er sich am Kinn rieb. Seelen in die Unterwelt zu begleiten war nichts Neues für ihn, aber es war eine Aufgabe, die er nicht wirklich mochte. „Ich kann ein bisschen aushelfen, aber ich muss für Sophias Überraschungsparty dieses Wochenende zurück sein.“

Für eine Sekunde rieb sich Zeus sein eigenes Kinn und ahmte Hermes‘ Geste nach. Hermes ließ augenblicklich seine Hand fallen, weil er es hasste, etwas mit seinem Erzeuger gemein zu haben.

„Ach ja, die reizende Sophia.“ Zeus‘ eisblaue Augen schauten über den großen Marmortisch hinweg in Hermes‘. „Ich glaube, ich habe keine Einladung bekommen.“

Hermes wollte sich am liebsten treten. Er hätte es besser wissen und die Party ihm gegenüber nicht erwähnen sollen. Zeus hatte eine gewisse Vorliebe für Sophia entwickelt, die ihn nervös machte – und Triton stinksauer. Und nun würde Zeus eine Einladung erwarten, und Hermes würde die ganze Nacht damit verbringen müssen, dafür zu sorgen, dass alles friedlich ablief.

„Keine Sorge, Vater, wir sind mit den Vorbereitungen etwas in Verzug. Wir arbeiteten gerade an der Party, als du gerufen hast.“ Er blickte auf seine Uhr. „Ich sollte jetzt eigentlich zurückkehren und Triton helfen.“

„Nein, solltest du nicht.“ Zeus ging um den Schreibtisch herum und reichte ihm den Umschlag. „Was du tun solltest, ist, Hades diesen Vertrag überbringen und ihm auf jede mögliche Weise helfen, und zwar solange, wie er dich braucht. Die Seelen stapeln sich am Ufer des Styx. Die Arbeiter stehen vor einem Streik und weigern sich, ihre Arbeit auszuführen.“ Er lehnte sich vor, und sein Kiefer verhärtete sich. „In diesem neuen Zeitalter verlieren Götter und Halbgötter ihren Sinn für Verantwortung. Sie werden fett und faul. Nimm dich zum Beispiel!“ Er gestikulierte mit einer Hand Richtung Hermes. „Wann lässt du dich endlich nieder? Es gibt mehr im Leben als Partys, Frauen zu erobern und sie zu vernaschen. Du hast Plichten. Es wird Zeit, dass du dich ihnen stellst.“

„Hey jetzt aber! Ich komme jedes Mal, wenn du rufst“, protestierte Hermes. Es nervte ihn, dass nichts, was er machte, je gut genug für Zeus war. Egal, was es war – boxen, jagen, Zeus‘ Leben retten – er konnte es dem alten Mann nie recht machen.

„Ja, du kommst“, stimmte Zeus zu. „Du tust genau das, was ich dir sage. Aber das ist es auch schon. Wo ist deine Initiative? Wann denkst du einmal, hey, da gibt es etwas, das ich tun kann. Und gut kann!“

Hermes brauste auf. „Sprichst du von meiner Arbeit oder von meinem Junggesellenleben?“

„Du kannst mit deinen Liebeleien und deiner unverantwortlichen Lebensweise nicht ewig weitermachen. Es ist Zeit, erwachsen zu werden,

Sohn, und deinen Mann zu stehen. Du musst eine Frau finden. Sophia ist ein Schatz. Und Dionysos‘ neue Frau, Ariadne, ist ein liebreizendes Wesen. Und ihr Baby ist hinreißend. Wann findest du endlich jemanden, der dein wildes Gemüt beruhigt?“

Hermes stand mit steinerner Miene da und ertrug Zeus‘ Schimpftirade mit äußerlicher Ruhe. Es war nicht so, dass dies die erste war. Er hatte das alles schon oft genug gehört. Aber egal, was er auch tat und versuchte, um Zeus zu beweisen, dass er sich nicht mit einer Frau niederlassen musste, um seine Pflichten zu erfüllen und erwachsen zu sein, drehten sie sich immer wieder um dasselbe langweilige, alte Streitthema. Er unterdrückte die Wogen der Verärgerung, die in ihm aufstiegen.

Hermes wollte Zeus sagen, dass er ihm den Buckel runterrutschen konnte, aber das würde die Angelegenheit nur noch schlimmer machen. Das Beste, was er tun konnte, war, schweigend dazustehen und es über sich ergehen zu lassen. Oder er könnte Zeus einen Knochen zuwerfen.

Er atmete tief ein, um sich zu beruhigen, wartete ein paar Sekunden und sagte: „Weil wir gerade darüber reden, ich gehe zur Zeit mit einer ganz besonderen Frau aus.“ Nicht komplett gelogen. Sie waren nur noch nicht ausgegangen.

„Ach ja?“, fragte Zeus, sichtlich überrascht. „Du meinst mehr als nur einmal? Sie muss ja etwas ganz Besonderes im Bett sein.“

Hermes erstarrte. Zeus kannte keine Grenzen, wenn es um Frauen ging. Selbst wenn sie verheiratet waren oder mit einem seiner Söhne ausgingen. „Das weiß ich noch nicht“, sagte er trocken. „So weit sind wir noch nicht gegangen. Wir lassen die Sache langsam angehen und lernen uns erst kennen.“

„Was?“, fragte Zeus, völlig erstaunt.

„Ja.“ Je mehr Hermes sprach, umso mehr baute sich die Lüge auf. „Sie nimmt mich am Wochenende zu ihrer Familie mit.“ Alles, nur um sich den alten Mann eine Weile lang vom Hals zu halten.

Schließlich lächelte Zeus, trat näher und klopfte ihm auf den Rücken, was Hermes schockierte. „Schön zu hören, Sohn. Schön zu sehen, dass du endlich weise wirst und dich mit deinen Freunden in die Riege der Erwachsenen einreihst. Es hat nur ein paar tausend Jahre gedauert, wie?“ Er schmunzelte. „Ich erwarte, dieser wunderbaren Frau auf Sophias Party vorgestellt zu werden.“ Dann drehte er sich um und war verschwunden, während sein Lachen in der Marmorkuppel über ihm widerhallte.

Ärger ergriff Hermes, als er die Stelle betrachtete, die Zeus gerade verlassen hatte.

Es war egal, was er tat, wie hart er arbeitete. Zeus würde sich nicht damit zufriedengeben, bis Hermes in Ketten lag. In schweren Ketten.

Gut, wenn Zeus unbedingt wollte, dass er mit Penny ausging, dann würde er dem alten Mann den Gefallen tun.

Doch anders als die lästigen Aufgaben, die Zeus ihm sonst auftrug, würde ihm diese keine Mühe bereiten – absolut keine Mühe.

4

Penny eilte den Bürgersteig entlang, während ihr Herz pochte und sie sich Verwürfe machte, dass sie zugestimmt hatte, mit Hermes Abendessen zu gehen. Sie hatte nach ihrer Großmutter gesehen, ihr Essen gemacht, sie fürs Bett hergerichtet und jetzt war sie spät dran. Die traurige Wahrheit war, dass Penny wirklich nicht mit einem gut aussehenden Fremden ausgehen dürfte. Sie sollte zurück ins Büro und arbeiten. Sie sollte mehr Forschungsarbeit erledigen und ein Thema finden, das sie sowohl faszinierte als auch das Personalkomitee überzeugen würde. Was sie nicht brauchte, war ein Abendessen mit einem Mann, der sie sicherlich von ihrer Aufgabe ablenken würde, indem er ihr Gehirn mit diesen sinnlichen Lippen und durchdringenden Augen zu Brei verwandelte.

Sie blicke auf die Uhr auf ihrem Telefon. Zehn Minuten zu spät. Sie zog die Tür zu Vivians Café auf und hoffe insgeheim, dass Hermes nicht da sein würde, dass er es sattgehabt hatte, auf sie zu warten, und gegangen war. Hermes. Die Götter machten sich sicherlich über sie lustig. Musste der erste heiratswürdige, heiße Kerl, dem sie seit langem begegnet war, Hermes heißen? Die Ironie dieser Situation entging ihr nicht: Selbst wenn sie für eine Nacht die Arbeit vergessen wollte, wie konnte sie das in Gegenwart eines Mannes, der Hermes hieß, schaffen?

Da war er. Hermes stand an dem langen Holztresen und sprach mit Vivian, deren Wangen gerötet aussahen. Offensichtlich war Penny nicht die Einzige, die er verwirrte.

„Hi, tut mir leid, dass ich mich verspätet habe“, sagte Penny, als sie auf ihn zuging.

„Kein Problem“, begrüßte Hermes sie, nahm ihre Hand und hob sie an seine Lippen.

Penny hielt inne und versuchte, ihre Atmung zu beruhigen und ihr hämmerndes Herz im Zaum zu halten. Hermes war dabei keine Hilfe. Sie hatte gedacht, dass sie in ihrer Erinnerung sicherlich damit übertrieben hatte, wie gut er aussah. Dass sie, sobald sie ihn wiedersah, erkennen würde, dass er genauso normal wie jeder andere aussah. Vielleicht etwas besser als andere Männer, aber sicherlich nicht wie .°.°. nun ja, wie ein griechischer Gott eben.

Sie lächelte, weil sie nicht wusste, was sie sagen sollte.

„Du siehst großartig aus“, sagte er, wobei seine tiefe Stimme an ihr zupfte wie an einer zu stramm gezogenen Gitarrensaite.

Sie schluckte schwer. „Danke.“

„Vivian erzählte mir gerade, wie gerne du Fisch isst."

Penny blickte nickend auf ihre Freundin. „Das ist mein Lieblingsessen."

„Großartig, dann wirst du das Lokal mögen, das ich für heute Abend ausgesucht habe." Hermes ließ seine Hand zu ihrer Hüfte gleiten. Seine Berührung sandte einen elektrischen, pulsierenden Schlag an ihrer Haut entlang, sodass ihre Nervenenden entflammten und ihr Herz stehenblieb.

Sie lächelte, als er sie aus dem Café führte. Penny blickte über ihre Schulter zurück, während sie durch die Tür hinausging. Vivian lächelte ihr zu und zeigte ermutigend mit den Daumen nach oben. Penny schnitt eine Grimasse. Ein schnelles Abendessen, vorgetäuschte Kopfschmerzen, und wenn sie Glück hatte, könnte sie in einer Stunde wieder in ihrem Büro sein. Unbeeindruckt und unberührt.

Wem machte sie da etwas vor? Selbst wenn sie das Abendessen schnell hinter sich bringen könnte, könnte sie froh sein, wenn sie die Nacht mit ihrem geistigen Vermögen intakt überstand. Der Mann war nicht ihre Liga.

Sie schlenderten die Kopfsteinpflasterstraße der Promenade entlang und betraten eines der exklusivsten Restaurants in Charleston. Penny hatte schon immer hier essen wollen, hatte es aber nie gewagt, da sie wusste, dass das Essen außerhalb ihrer Preisklasse lag und es notwendig war, mehrere Tage im Voraus zu reservieren.

Wie hatte Hermes in so kurzer Zeit einen Tisch bekommen? Sie blickte ihn beeindruckt an. Der Oberkellner überraschte sie noch mehr, indem er sie schnell zu einem Tisch vor einem großen, offenen Kamin führte. Offensichtlich war dies der beste Tisch im Hause.

„Bist du berühmt oder was?", fragte sie, während sie sein Gesicht studierte. Sie hatte nicht viel Zeit für Filme und Fernsehserien. Es war absolut möglich, dass er berühmt war, und sie die einzige Person in Charleston war, der diese Tatsache entgangen war.

Hermes lachte, und der Klang wärmte sie von innen. „Ich kenne nur die richtigen Leute." Er nahm die Speisekarte und blickte darauf. „Hast du hier schon einmal gegessen?"

„Nein", gab sie zu und bewunderte das feine Kristall, die exquisiten Blumen und die schöne Tischdecke. „Es ist hier absolut schön."

„Mein Freund Triton sagt, dass es hier die besten Meeresfrüchte der Stadt gibt, und glaub' mir, er muss es wissen."

„Triton?" Sicherlich veralberte er sie? Doch als sie in sein Gesicht blickte, sah sie dort keinerlei Anzeichen, dass er Spaß machte. Warum sollte nicht noch jemand nach einem griechischen Gott benannt sein?

Seine Augen trafen ihre und funkelten mit einem Lachen. „Unsere Mütter sind befreundet. Wir wuchsen zusammen auf."

Sie nickte, wurde aber vom Kellner davor bewahrt, darauf zu antworten. Hermes bestellte den Wein und legte dann die Speisekarte hin. „Macht es dir etwas aus, wenn ich für uns beide bestelle?"

Penny mochte es normalerweise nicht, wenn Männer ihr Essen für sie bestellten, aber im Moment fand sie es zu energieaufwendig, die Speisekarte zu studieren und eine Wahl zu treffen. „Überhaupt nicht."

Er bestellte für sie beide. Einen Augenblick später servierte der Sommelier den Wein, öffnete die Flasche und schenkte eine Kostprobe in ein Glas, das er Hermes reichte. Dieser nahm einen Dufthauch, schwenkte die tiefrote Flüssigkeit in dem Kristallglas und nahm dann einen Schluck. Seine Augen schlossen sich, und ein Zeichen von Genuss breitete sich auf seinem Gesicht aus. Er nickte dem Kellner zu, und Penny konnte es kaum erwarten, von dem Getränk zu kosten, das er ihr ins Glas schenkte.

Sie rollte den Wein auf ihrer Zunge und genoss den weichen Geschmack der köstlichen Frucht, der mit einem Hauch von rauchiger Eiche durchzogen war und lange auf ihren Geschmacksnerven verblieb, was sie dazu veranlasste, zufrieden zu seufzen.

„Du magst den Wein?", fragte Hermes mit einem amüsierten Glitzern in den Augen.

„Köstlich."

„Mein Freund und seine Frau haben einen Weinladen. Und glücklicherweise versorgen sie dieses Restaurant. Das ist einer ihrer Lieblingsweine."

„Ich kann verstehen warum. Also erzähl mir, Hermes, was arbeitest du?", fragte sie, nachdem der Kellner einen Korb warmer Brötchen auf ihren Tisch gestellt hatte.

Er nahm eines. „Ich arbeite im Kurierdienstgewerbe."

„Im Kurierdienstgewerbe?" Sein Seidenanzug, die manikürten Nägel und die makellose Haut ließen sie vermuten, dass er kein Bote für UPS war. Auch nicht für FedEx oder für die Post.

„Meinst du vielleicht etwas mit Computern?", fragte sie neugierig.

„Manchmal. Aber nur selten." Er lächelte, und seine Hände griffen über den Tisch, um ihre zu berühren.

Die Berührung seiner Fingerspitzen auf ihrer Haut machte sie schwindelig. Ihr Instinkt riet ihr, ihm ihre Hände zu entziehen. Er hatte einen zu starken Einfluss auf ihre Sinne. Der Wein stieg ihr wahrscheinlich auch schon zu Kopf. In einer – wie sie hoffte – beiläufigen Geste, hob sie ihre Hand, nahm ein Brötchen aus dem Korb und ließ sich Zeit, die weiche Butter darauf zu streichen.

Sie nahm einen Bissen und stöhnte beinahe, als das warme Brot fast in ihrem Mund zerschmolz. Offensichtlich war sie sinnlich überladen.

„Und du?", fragte er. „Wie verbringst du deine Zeit am Tag und in der Nacht?"

So wie er sie mit seinem direkten Blick, der sie voll einnahm, ansah, konnte sie kaum klare Gedanken fassen.

„Ich arbeite an der Universität." War er irgendwie näher gerutscht? Sie hätte schwören können, dass sie ihn spüren konnte. Die Hitze seines Körpers. Seine Energie. Sie setzte ihr fast leeres Weinglas ab und nahm das Glas Eiswasser vom Tisch. Sie musste sich davon abhalten, das kalte Glas an ihre brennende Stirn zu pressen. Aber verdammt, wenn sein maskuliner, rassiger Duft ihr doch den Kopf verdrehte!

Hermes schenkte ihr nach. „An der Universität? Als Professorin? Welches Fachgebiet?"

Er schien wirklich daran interessiert zu sein, was sie tat, was ihn noch attraktiver machte. Wenn das überhaupt möglich war. „Ich arbeite am Lehrstuhl für Geschichte. Griechische Geschichte."

„Oh?" Ein Schatten wanderte über seine Augen, doch dann lächelte er schnell, und jegliches Zeichen davon war wieder verschwunden.

„Tatsächlich habe ich dich und deinen Freund altgriechisch reden hören. Das hat mich neugierig gemacht. Niemand verwendet diese Sprache heutzutage noch. Wie kommt es, dass ihr die so fließend sprecht?"

Er lehnte sich in seinen Stuhl zurück, blickte sie an und rieb sich mit der Hand über sein Kinn. „Haben wir etwa gelauscht?"

Hitze flammte in ihren Wangen auf. „Äh, also, nein. Nicht wirklich. Es ist nur . . . ", stammelte sie, als sie versuchte, ihren Verstand zu sammeln. „Es passiert nicht jeden Tag, dass man jemanden altgriechisch sprechen hört. Besonders, da die Sprache seit über 1500 Jahren tot ist."

Er lächelte. Ein weites, strahlendes Lächeln, das sie sofort entspannte. Bevor sie noch mehr sagen konnte, kam der Kellner mit einem großen Tablett voller Essen. Er stellte eine Platte mit makellosem, weißen Fisch, Krabbenfleisch und Garnelen, von weißer Sahnesoße gekrönt, vor sie hin.

Ihr floss das Wasser im Munde zusammen. „Wow, das sieht fantastisch aus."

Der Kellner nickte zustimmend und verschwand. Sie kostete das Gericht und vergaß alles andere, während ihre Geschmacksknospen sich dem Genuss dieser Köstlichkeiten ergaben.

„Schmeckt es dir?", fragte Hermes.

„Kannst du das nicht an meinem Gesichtsausdruck erkennen?"

„Ich würde mal sagen, du siehst aus, als wärst du im Himmel. Es ist ein Anblick, der mir sehr gefällt."

„Das bin ich." Sie grinste. „Mehr als das."

Er blicke sie an, als ob er seinen Blick nicht abwenden könnte.

„Was?", fragte sie, da sie sich plötzlich unsicher fühlte.

„Ich glaube, wir haben viel gemein", behauptete er.

„Wirklich?"

„Wir beide lieben offensichtlich alles Griechische."

Dieses Mal war es an ihr zu lächeln. „Ich habe nicht gelauscht. Wirklich nicht. Ich war euch nicht nahe genug, um mehr als ein paar Worte aufzuschnappen. Ich war nur fasziniert, jemand anderen als einen griechischen Gelehrten die Sprache sprechen zu hören. Das bist du doch nicht, oder? Ich meine, ein griechischer Gelehrter.“

Hermes lachte. „Nichts Derartiges. Aber Triton und ich, wir brauchten eine Geheimsprache, als wir Kinder waren. Und da wir beide zweisprachig mit Englisch und Griechisch aufwuchsen, dachten wir, es könnte nicht allzu schwer sein, Altgriechisch als Geheimsprache zu lernen. Wir fanden ein paar alte Bücher und voilà, wir hatten es gelernt!“

Sie sah ihn zweifelnd an. „Ihr müsst zwei wirklich kluge Kinder gewesen sein.“

Hermes grinste. „Extrem klug. Also, hast du etwas davon verstanden?“

„Ja. Das Wenige, das ich hören konnte.“ Sie lächelte.

Er war so viel mehr als nur ein schönes Gesicht und ein heißer Körper. Er begann, sie zu faszinieren. Seine Sprechweise, die Art, wie er sich benahm, die Art, wie er sie ansah, als ob sie die einzigen zwei Menschen in diesem Raum wären. All diese Dinge ließen ihn noch attraktiver erscheinen als sie ihn beim ersten Anblick schon gefunden hatte.

Nachdem sie ihren letzten Bissen verschlungen hatte, lehnte Hermes sich über den Tisch und sagte etwas auf Griechisch.

Penny nahm einen Schluck von ihrem Glas und blickte über dessen Rand in seine unglaublich weichen, braunen Augen. „Ja, ich würde sehr gerne mit dir tanzen.“

„Ach, also verstehst du es, aber du sprichst es nicht?“

„Ich bin sicher, du würdest über meinen schrecklichen Akzent lachen.“

„Vielleicht brauchst du nur etwas Übung.“ Hermes zwinkerte ihr zu, stand auf und nahm ihre Hand, um sie zur Tanzfläche zu führen, wo eine Band spielte. Er drückte sie an sich und führte sie sanft im Rhythmus der Musik. Seine Hand glitt ihren Rücken hinab, was ein Kribbeln ihre Haut entlang schickte. Er zog sie nahe an sich heran, und sie verlor sich in seinem rassigen Duft, seiner Wärme und der Sanftheit seiner Berührung. Ihre Knie standen kurz davor zu erweichen.

Er hielt sie in seinen Armen und rieb seinen sündhaften Körper an ihren, während die Musik spielte. Sie lehnte ihren Kopf an seine Schulter und wusste in dem Augenblick, dass sie nicht wollte, dass diese Nacht je endete. Alles, was sie wollte, war, mit diesem Mann nach Hause zu gehen, wo auch immer das war, und die ganze Nacht mit ihm Liebe zu machen.

Der Gedanke daran ließ ihre Atmung schneller werden. Plötzlich war sie sich jedes Zentimeters seines Körpers bewusst – jedes Zentimeters, der gegen sie gepresst war: seiner Härte, seiner Hitze, seiner Stärke. Sie schluckte schwer, als sein Atem ihren Nacken liebkoste. Sie könnte sich eine Nacht freinehmen. Es war egal, dass sie ihn gerade erst kennengelernt hatte und nichts über ihn wusste, außer, dass er ein Bote war, ein Bote namens Hermes. Ein Bote, der Hermes hieß und altgriechisch sprach.

Es war verrückt. Sie war verrückt. Sie wich zurück. Sie konnte es nicht tun. Sollte es nicht tun. Nicht jetzt.

Verwirrung blitzte in seinen Augen auf. „Ist alles in Ordnung?“, fragte Hermes.

„Ja. Natürlich, alles ist wunderbar. Ich, äh, also, es ist spät. Ich muss zurück zu meiner Großmutter.“

„Deiner Großmutter?“, fragte er.

„Sie ist vor kurzem schwer gestürzt. Ich kümmere mich um sie.“ Sie plapperte wieder, sagte alles, was ihr in den Sinn kam, in der Hoffnung, die Wahrheit zu verbergen – dass sie sich in der Nähe dieses gut aussehenden Mannes selbst nicht traute. Sie musste nachdenken. Sie musste atmen.

Er lächelte auf sie hinab. „Sie hat Glück, dich zu haben.“

„Ich habe Glück, sie zu haben“, entgegnete Penny.

Er strich eine Strähne ihres Haares hinter ihr Ohr. „Du musst nicht vor mir wegrennen.“

„Das tue ich nicht, wirklich nicht.“ *Wer einmal lügt, dem glaubt man nicht, auch wenn er dann die Wahrheit spricht.* „Ich, äh, ich hatte eine wunderbare Zeit.“

Hermes begleitete sie zurück zu ihrem Tisch, wo sie ihren Schal aufnahm. Nachdem er die Rechnung bezahlt hatte, gingen sie zur Tür hinaus und Richtung Promenade. Eine kühle Brise wehte.

„Ich würde dich gerne wiedersehen“, sagte er, als er anhielt, um zum Mond hinaufzublicken, der über dem glasklaren Meer hing.

„Das würde ich auch gerne“, flüsterte sie. Und es war die Wahrheit. Sie würde ihn auch gerne wiedersehen. Doch das Timing war schlecht.

Ohne ein weiteres Wort beugte sich Hermes hinab und küsste sie. Zuerst sanft, sodass seine Lippen ihre kaum streiften. Dann zog er sie näher heran, wobei sich ihre Brüste gegen seinen Brustkorb drückten und seine Arme sie umschlossen, als sein Mund ihren eroberte. Sie verlor sich in seiner Berührung. In seinem Geschmack. In der perfekten Art, wie sie zusammenpassten. Sie wollte, dass er sie wieder berührte – intimer. Erotische Bilder blitzten vor ihrem geistigen Auge auf – seine Lippen auf ihrem Busen, seine Hand, die ihren Bauch hinabglitt.

Ihre Hand wanderte über seine starke Brust hinab zu seinem Bauch, und ein leises Stöhnen entkam ihren Lippen. Ihre Wangen wurden vor Scham über ihre Tat heiß.

„Okay“, sagte sie atemlos. Sie sollte das nicht weitergehen lassen. Sie musste jetzt aufhören, oder sie würde nicht im Stande sein, sich in seiner Nähe zu beherrschen und das zu verhindern, was sie sonst noch machen würde. Dies war ein Mann, der ihren Verstand für eine lange Zeit beanspruchen würde. Das konnte sie sich nicht leisten. Nicht im Moment.

„Wie wäre es mit morgen Abend?“, fragte er.

„Hmm.“ Sie leckte sich die Lippen. Sie wollte ja sagen. So sehr. Aber sie konnte nicht. „Ich muss meinen Terminkalender checken. Zurzeit gibt es viel Arbeit an der Universität.“ Sie sah zu Boden und versuchte, eine Ausrede zu finden. Um Zeit zu gewinnen. „Im Moment muss ich mich auf meine Forschungsarbeit konzentrieren; ich werde Tag und Nacht arbeiten . . . “

Seine Hand hob ihr Kinn und zog sie wieder zu sich, um sie noch einmal zu küssen. Nach einer himmlischen Sekunde ergriff Penny das Geländer hinter sich und trat zurück. Ihre Hand berührte sofort ihre geschwollenen Lippen, die aus Protest pochten. Als Hermes sie etwas widerwillig und überrascht losließ, senkte sie ihren Kopf und bemerkte zum ersten Mal seine Schuhe unter seinen seidenen Hosenbeinen.

Er trug braune Ledersandalen, eine seltsame Schuhwahl bei seinem sonst makellosen Outfit. Bei genauerem Hinsehen entdeckte sie goldfarbene Flügel, die unter dem Saum seiner Hose hervorschauten, oder spielte das Licht der Straßenlaterne ihren Augen einen Streich?

Hermes.

Ein Bote, der altgriechisch sprach.

Und geflügelte Sandalen trug?

Sie hob ihren Blick zu ihm. Das konnte doch nicht möglich sein. Oder doch? Nein! Sie hatte offensichtlich zu viel Wein getrunken. Das musste es sein, und dann war da auch noch sein Kuss. Ja, es musste an seinem Kuss liegen. Der hatte sie benebelt. Sie sollte ihn wegen dieser seltsamen Sandalen fragen. Sie öffnete den Mund, doch er sprach zuerst.

„Lass mich dich nach Hause bringen.“

„Ähm.“ Es war dumm. Nein, sie irrte sich sicher. „Ich wohne nur ein paar Straßen von hier“, murmelte sie. „Das ist nicht nötig.“

Er sah enttäuscht aus, und sie musste zugeben, dass ein Teil von ihr auch enttäuscht war. Sie wollte ihn mit nach Hause nehmen. Um seine Hände auf ihrem Körper zu spüren, um jeden Zentimeter seines prächtigen Körpers zu spüren. Um stundenlang mit ihm Liebe zu machen. Sie war eine Idiotin, ihn heute Abend abzuweisen. Aber etwas in ihr weigerte sich, nachzugeben.

„Gut.“ Er drückte ihr eine Karte in die Hand. „Ruf mich an!“

Sie wandte ihre Augen ab und nickte. Dann drehte sie sich zum Gehen um.

Er stoppte sie. „Du hast nicht vor, mich anzurufen, oder?“

Sie antwortete nicht. Sie war sich nicht sicher, ob sie mit jemandem wie ihm jetzt klarkommen könnte. Nicht mit allem, was gerade vor sich ging.

„Dann bleibt mir nichts anderes übrig, als dich zu überreden, mich anzurufen.“

Er beugte sich zu ihr. Seine Hand berührte ihren Arm. Sie atmete schnell ein und fragte sich, was er mit seinen Worten meinte, als er sie in seine Arme zog. Seine Lippen waren auf ihren, bevor sie reagieren konnte, und sein Kuss raubte ihr den Willen zu protestieren. Ihre Lippen öffneten sich und gewährten seiner forschenden Zunge Einlass, erlaubten ihm, von ihr Besitz zu ergreifen.

Sie war noch nie so geküsst worden: mit solch aufrichtiger Bestimmtheit, solcher Hitze, solcher Leidenschaft. Und die Macht, die von ihm ausging, die Stärke, die sein Körper ausstrahlte, machte ihre Knie weich, und ließ sie nur noch eines wünschen: sich ihm hinzugeben.

Als sie plötzlich kalte Luft über ihre brennenden Lippen wehen spürte, wurde ihr klar, dass er sie losgelassen hatte.

„Also, rufst du mich an?"

Sie öffnete ihre Augen. „Ja", flüsterte sie. Es war alles, was sie sagen konnte, und es war keine Lüge.

5

Hermes ignorierte das Klingeln, die Aufschreie und die anderen lauten Geräusche, die das Casino erfüllten, und ging so schnell er konnte durch den Spielbereich, ohne Aufmerksamkeit auf sich zu ziehen. Als er die andere Seite der großen Halle erreichte, sah er eine Tür, auf der *Zutritt nur für befugtes Personal* stand. Mit einem raschen Blick über seine Schulter stellte er sicher, dass die Luft rein war, und öffnete die Tür, bevor er sie genauso schnell wieder hinter sich schloss. Der lange Korridor war mit Neonlicht erleuchtet und stand in starkem Kontrast zu den ausgefallenen und eleganten Möbeln und Dekorationen im Casinobereich.

Zielstrebig wanderte Hermes durch das Labyrinth aus Korridoren, bis er zu einer Tür kam, auf der *Kesselraum* stand. Er seufzte, als er in den Raum trat. Hades hatte einen sonderbaren Sinn für Humor. Als er den Eingang zu seinem Reich entwerfen hatte lassen, hatte er darauf bestanden, dass dieser für die Seelen, die mit ziemlicher Sicherheit sowieso bei ihm landen würden, leicht zu erreichen war: für Spieler, Betrüger und Diebe. Zeus hatte keinen Einspruch eingelegt und zugestimmt, dass Eingänge in Casinos und anderen zwielichtigen Etablissements für diesen Zweck genau richtig waren. Wie scheinheilig von ihm! Zeus war genau wie alle anderen Götter auch Kunde dieser Etablissements.

Hermes zuckte mit den Achseln und trat vor die schwarze Mauer, die den Eingang zu Hades‘ Unterwelt markierte. Hades hatte dafür gesorgt, dass kein Gott in den Hades teleportieren konnte. Die Götter mussten genauso wie die Seelen der Sterblichen die bestehenden Portale als Eingang benutzen. Hermes konnte sich gut vorstellen, warum sein lieber Onkel auf diese Sicherheitsmaßnahme bestanden hatte: Er wollte nicht, dass sein Bruder Zeus zu ungünstigen Momenten auftauchte und ihm in die Quere kam. Immerhin war Hades von seinen beiden Brüdern, Zeus und Poseidon, reingelegt worden, als es darum ging, die Welten untereinander aufzuteilen. Während seine Brüder mit den schöneren Teilen davongekommen waren, dem Himmel und den Meeren, war Hades mit der Unterwelt abgespeist worden.

Hermes drückte gegen die Wand und fühlte keinen Widerstand. Er schritt mit Leichtigkeit hindurch. Es war einer von Hades‘ Salontricks: Leider funktionierte dieser nur bei Wänden, die extra dafür geschaffen worden waren. Kein Gott konnte auf der Erde durch Wände gehen. Nicht, dass sie das mussten: Sie konnten einfach in jedes Haus oder Zimmer eindringen, indem sie hinein teleportierten und so verschlossene Türen umgingen.

Hermes atmete den Gestank von Schwefel ein, während er auf den blutroten Fluss, der in Flammen stand, blickte. Er musste lächeln, als er sich daran erinnerte, wie sie Michael, Sophias Taugenichts von einem Cousin, in Angst und Schrecken versetzt hatten, indem sie ihn hierher gebracht und ihm weiß gemacht hatten, dass er in den Gedärmen der Unterwelt enden würde, wenn er Sophia nicht in Ruhe ließe.

Er musste es Hades‘ Public Relations Abteilung lassen. Diese hatte darauf bestanden, dass alle Seelen, die auf dem Weg zum Fluss Styx waren, zuerst das Fegefeuer sehen sollten. Das würde ihnen den nötigen Respekt einflößen. Und als Abschreckung dienen. Der Fluss sah echt aus, und der Gestank war abscheulich, aber es war alles nur eine Illusion, ein aufwendiges Hologramm.

Hermes ging in Richtung des falschen Flusses und schritt durch die nichtexistierenden Flammen. Er trat hindurch und erblickte dahinter den echten Fluss Styx. Dies war die Wasserstraße, die jede Seele überqueren musste, um die Unterwelt zu betreten und dort ein neues Leben anzufangen. Aber der Fluss war heimtückisch, die Strömung zu stark, um hindurchzuwaten oder hinüberzuschwimmen. Die einzige Weise, wie eine verdammte Seele oder ein Gott den Fluss überqueren konnte, war mit der Fähre. Das galt für alle außer für Hermes: Mit seinen geflügelten Sandalen konnte er über den Fluss fliegen. Eine Tatsache, die er nicht vor den wartenden Seelen zur Schau stellen wollte. Es würde nur Hohn und Spott zu ihrem Leid hinzufügen. Und das wollte er ihnen nicht antun.

Mit Entsetzen schaute er auf die lange Schlange, die sich gebildet hatte und von dort, wo er stand, bis zur Anlegestelle der Fähre reichte. Er hatte noch nie so eine lange Schlange gesehen, nicht einmal in Zeiten von Krieg, Pest oder Hungersnot. Nicht einmal dann hatten so viele Seelen auf Einlass gewartet.

Das konnte nur eines bedeuten: Zeus‘ Prophezeiung war eingetroffen. Die Fährmänner streikten. Seufzend ging Hermes am Ende der Schlange vorbei. Vielleicht könnte er mit den Arbeitern reden und den Streit schlichten. Das würde allen einen Haufen Ärger ersparen. Vielleicht müsste er dann Zeus‘ Vertrag gar nicht Hades überbringen. Und wenn Zeus sah, was er gemacht hatte, dass er die Initiative ergriffen hatte, würde dieser vielleicht erkennen, dass Hermes doch nicht der Versager war, für den er ihn hielt.

„Weißt du, wer das ist?“, fragte eine Seele eine andere.

„Nein, wer?“

„Er ist der Fährmann.“

„Wer?“, fragte die andere Seele.

„Du weißt doch, Hermes, der Gott, der die Seelen über den Styx bringt.“ Die Seele, die ihn erkannt hatte, ein Mann von etwa fünfundvierzig Lebensjahren, trat einen Schritt auf ihn zu. „Sie sind hier, um uns über den Fluss zu bringen, stimmt‘s?“

Hermes bestätigte die Frage mit einem Nicken. „Ich habe die Aufgabe delegiert."

„Aber Sie sind der Fährmann", beharrte der Mann und lenkte mit seiner immer lauter werdenden Stimme mehr Aufmerksamkeit auf Hermes. Mehrere Seelen nahmen Notiz und drehten ihre Köpfe, um die Unterhaltung zu verfolgen.

„Wie ich schon sagte, ich habe die Arbeit delegiert. Die Sache ist in fähigen Händen." Nun ja, nicht einmal Hermes glaubte das. Es war sehr schwer gewesen, Arbeiter zu finden, die die Aufgabe übernehmen wollten, verzweifelte Seelen über den Fluss zu setzen. Er hatte es überall ausgeschrieben, und am Ende waren die Einzigen, die sich für diese Stelle beworben hatten, die Griechen gewesen. Er hatte keine andere Wahl gehabt, als sie einzustellen.

„In fähigen Händen?", spottete der Mann. „Genau! Sieh sie dir an, sie streiken schon wieder!"

„Ja", stimmte eine andere Seele zu. „Das ist alles, was sie machen: Entweder machen sie Pause oder sie streiken."

Hermes stöhnte, als er die Unzufriedenheit bemerkte, die sich unter ihnen immer weiter auszubreiten schien. „Ich werde das regeln", versprach er und eilte an ihnen vorbei. Gleichzeitig hoffte er, dass ihn niemand anderer in der Schlange erkannte.

Als die Schlange um eine Ecke bog, kollidierte er fast mit einem Karren.

„Churros!", rief ein Mexikaner und hielt die mit Zucker überzogene, frittierte Teigstange nach oben. „Heiße Churros!"

Einige Seelen scharten sich um ihn und zahlten ihm Geld für diese cholesterinhaltige, Herzinfarkt verursachende Versuchung.

„Ich denke, das ist jetzt wohl egal", murmelte Hermes in sich hinein. Keine der Seelen müsste sich noch Sorgen um ihr Gewicht oder verstopfte Arterien machen. Niemand konnte in der Unterwelt sterben. Wenn man erst einmal dort war, war alles so ziemlich vorbei. Was aber nicht bedeutete, dass alles von nun an einfach wäre. Die Sterblichen nannten es nicht umsonst die Hölle. Und Hades hatte eine spezielle Abteilung, die sich immer neue Sachen einfallen ließ, um die Seelen leiden zu lassen und sie bei der Stange zu halten. Beibehaltungsabteilung nannte er sie.

„Eis!", hörte er eine andere Stimme ausrufen. „Eis! Tiramisu! *Bene, bene!*" Die Stimme gehörte einem Italiener, der mit einer großen Tonne vor seinem Bauch, Waffeltüten in einem Beutel an der Seite baumelnd und einem Eislöffel in seiner Hand an den wartenden Seelen entlangging. Er hatte keine Probleme, Abnehmer für seine Ware zu finden. Es wurde von Minute zu Minute heißer, und so wie es aussah, standen die Seelen schon seit Stunden, wenn nicht gar seit Tagen an.

Hermes drückte sich an dem Eisverkäufer vorbei und ging weiter. Er könnte natürlich mit seinen geflügelten Sandalen über sie hinwegfliegen, aber das würde Aufmerksamkeit auf ihn lenken, und das war das Letzte, was er wollte.

Aus der Entfernung hörte er rhythmische Anfeuerungsrufe, aber er konnte die Worte nicht ausmachen, und seine Aufmerksamkeit wurde abgelenkt, als ihm der Geruch von Bier in die Nase stieg. Er drehte seinen Kopf und wollte seinen Augen zuerst nicht trauen. War das ein irisches Pub, das nur ein paar Meter vom Dock entfernt aus dem Boden gestampft worden war? Er blinzelte, aber er halluzinierte nicht. Aus Treibholz hatten die Iren eine klapprige Hütte gezimmert und ein Kleeblatt über die Tür gemalt. Davor nahmen einige Chinesen Wetten an. Die Gewinnchancen standen auf einer Tafel hinter ihnen. Hermes schaute genauer hin. Offensichtlich standen die Chancen, dass die Fähre in der nächsten Stunde ablegen würde, bei hundert zu eins. Die Gewinnchancen, dafür, dass sie in den nächsten fünfzehn Stunden ablegen würde, war etwas besser: vierunddreißig zu eins. Aber auf jeden Fall gingen die Buchmacher davon aus, dass der Streik in den nächsten zwei bis drei Tagen beendet sein würde. Die Chancen dafür waren zwei zu eins.

Neben dem irischen Pub standen mobile Toiletten und ein Schild warnte: *Nicht in den Styx pinkeln.*

Ach ja, das Schild hatten sicher die Deutschen aufgestellt.

Als er daran vorbeiging, wurden die Anfeuerungsrufe, die er vorher gehört hatte, lauter, und jetzt konnte er sehen, woher sie kamen. Eine große, zweistöckige Fähre war an dem neugebauten Fährterminal angedockt. Vor Jahren war es noch ein altes, klappriges Holzdock gewesen, das Gefahr gelaufen war, zusammenzubrechen, wenn sich zu viele Seelen darauf drängten, um auf die Fähre zu gelangen.

An Deck hielten ein Dutzend Männer Schilder hoch, auf denen *Streik* stand. Sie gingen im Kreis und antworteten rhythmisch auf die Fragen ihres Anführers, der diese über ein Megafon hinausschrie.

„Was wollen wir?“

„Mehr Urlaub!“, riefen die Arbeiter im Einklang.

„Wann wollen wir ihn?“

„Jetzt!“

„Was wollen wir?“, wiederholte der Anführer.

„Mehr Geld!“

„Wann wollen wir es?“

„Jetzt!“

Hermes verdrehte die Augen und ging zum Anfang der Schlange. Ein Arm schlug ihm gegen die Brust und drängte ihn zurück.

„Zurück in die verfluchte Schlange!“, schrie ein Mann mit britischem Akzent.

Hermes schob den Arm des Mannes von seinem Oberkörper und blickte den Mann wütend an. „Wer glauben Sie, dass Sie sind?“

Der Idiot konfrontierte ihn direkt. „Ich bin der Aufpasser. Also stellen Sie sich verdammt noch mal wieder an!“

„Wissen Sie, wer ich bin?“, presste Hermes zwischen zusammengebissenen Zähnen hervor und deutete dann auf seine Schuhe.

Der selbsternannte Aufpasser sah zu ihnen hinab und wich sofort einen Schritt zurück. „Es tut mir leid, Sir, ich habe Sie nicht erkannt. Entschuldigung. Gehen Sie bitte weiter“, winselte er.

Hermes drückte sich an ihm vorbei.

„Und passen Sie auf, dass Sie nicht in den Spalt treten!“, fügte er hinzu und zeigte auf einen ziemlich großen Spalt zwischen den Überresten des alten Docks und dem neuen Dock.

„Halt!“

Hermes starrte auf zwei bärenstarke blonde Männer, die ihm den Weg versperrten. Sie standen so gerade da, als hätten sie einen Besen verschluckt, und ihre Oberkörper waren wie bei einem Truthahn aufgeplustert.

„Identifizieren Sie sich!“, verlangte einer von ihnen mit starkem deutschen Akzent.

„Hermes, Götterbote, Patron der Diebe, des Handels und der Reisenden, Sie kennen den Rest.“

Die beiden Deutschen salutierten. „Willkommen, Herr Hermes!“

„Rühren Sie sich!“, befahl er.

Die deutschen Wachen machten die Beine etwas breiter und sahen dabei auch nicht entspannter aus als zuvor. Hermes verkniff es sich, die Augen zu verdrehen – diese übereifrigen Bulldoggen würden so ein Benehmen nicht zu schätzen wissen.

„Was geht hier vor sich?“ Er blickte auf das Namensschild auf der Uniform. „Hans Eins?“

„Wir dürfen niemanden auf die Fähre lassen. Sie wurde noch nicht sauber gemacht.“

„Sicher macht ein wenig Dreck diesen Leuten nichts aus.“ Er machte eine Geste in Richtung der Menge. Keiner von ihnen hatte besonders sauber ausgesehen, als er an ihnen vorbeigegangen war.

„Unser Niveau muss eingehalten werden“, beharrte Hans Eins.

„Darf ich sprechen, Sir?“, fragte der zweite Deutsche.

„Ja, nur zu . . . Hans Zwei.“

„Wir mussten die Kosten für die Überfahrt anheben, als wir auf MasterCard und Visa umgestiegen sind, um die Gebühren zu decken, die die uns auferlegen. Da fing die Mannschaft an zu meutern und verlangte mehr Geld und mehr Freizeit. Sie glauben, dass *wir* das zusätzliche Geld einstecken.“ Er deutete auf die Tafel hinter sich.

Hermes überflog den Text. Darin wurden die neuen Preise und die Zahlungsmethode dargelegt. Bevor er den Fährbetrieb modernisiert hatte, musste jeder mit Münzen bezahlen. Aber wegen der Inflation hatte das Gewicht der Münzen angefangen, die Boote immer langsamer und ineffizienter zu machen. Deswegen hatte Hermes die tragbaren Kartenleser eingeführt, die er in Europa gesehen hatte. Dort kamen die Kellner zu den Tischen der Gäste und nahmen die Kreditkartenzahlungen über die funkgestützten Kartenleser entgegen, statt mit der Karte zur Kasse gehen zu müssen. Es war genial.

„Ich verstehe.“ Er sah die beiden Deutschen wieder an und zeigte dann auf die Fähre. „Gut, ich werde mit Hades darüber reden. Also lasst mich von den Männern hinüberbringen, damit ich mit ihm reden kann.“ Er machte eine Geste in Richtung Fähre, aber die beiden Wachen stellten sich ihm in den Weg.

„Es tut mir leid, Herr Hermes, aber die Regeln sind für alle da.“

Hermes seufzte. Na großartig! Warum hatte er nur Deutsche für diesen Job angestellt? Hätte er nicht Russen einstellen können? Diese hätten genauso viel Furcht bei der wartenden Menge ausgelöst, und die Russen hätte er zumindest bestechen können.

„Na gut“, murmelte er sich zu und schmiss seine Sandalen an. Mühelos stieg er in die Lüfte. Das überraschte Staunen der Menge begleitete seinen kurzen Flug über den tobenden Fluss. Er landete sanft und ging durch den Wald am anderen Ufer. Als dieser lichter wurde, kam Hades‘ Marmorpalast in Sicht. Es war ein gotisches Monstrum, das ihm noch nie besonders gefallen hatte. Aber Hades schien anders darüber zu denken.

Kurze Zeit später marschierte Hermes in Hades‘ Vorzimmer. Sein Onkel saß am Kopfende eines großen Holztisches vor einem massiven Steinkamin. Ein eiserner Kronleuchter mit brennenden Kerzen hing von der Decke. Sein Onkel hatte eine ungesunde Vorliebe für das Mittelalter und weigerte sich, seinen Geschmack zu ändern. Außer wenn es um sein Badezimmer ging. Das war ganz modern ausgestattet, von einem großen Whirlpool bis zu einem Bidet.

„Hallo Onkel!“, grüßte Hermes ihn, als er sich dem großen Tisch näherte. Er nahm die Karaffe mit Cognac und schenkte sich ein Glas ein.

Hades knurrte. „Hast dir ganz schön Zeit gelassen, hier aufzutauchen, nicht wahr, mein Junge?“

„Tut mir leid, ich hatte vorher eine Verpflichtung.“

„Und ich bin mir sicher, deine Libido zu befriedigen, war viel wichtiger, als einen Vertrag zu überbringen, der die Eingeweide der Hölle von dieser Verstopfung befreien wird.“ Seine Stimme hallte durch den Raum mit der kathedralen-artigen Decke.

„Entschuldigung“, bot Hermes an. „Jetzt bin ich ja da.“

Er legte den Umschlag, den ihm Zeus gegeben hatte, vor Hades auf den Tisch und wanderte mit seinem Getränk zu dem massiven Steinkamin. Hades riss den Umschlag auf und las schnell den Brief. Er schlug mit seiner Hand auf den ungehobelten Tisch, wodurch sein Teller und alle anderen Utensilien mit lärmendem Klappern in die Luft geschleudert wurden.

„Was ist das? Ein Witz? Diesen Bedingungen werde ich nie zustimmen!"

Hermes erhob seine Hände. „Hey, ich bin hier nur der Bote. Zeus erörtert seine Verträge nicht mit mir. Verdammt, er erörtert nie etwas mit mir."

„Und warum sollte er auch? Du bist bloß ein überheblicher Wichser, dem es nur darum geht, seinen Schwanz irgendwo hineinzustecken."

Hermes fasste sich ans Herz. „Aua. Das tut aber weh." Sein Onkel schien ziemlich aufgebracht. „Wie dem auch sei, töte den Boten nicht, wie man so schön sagt."

„Du gehst zurück und sagst Zeus, dass er sich seinen Vertrag in seinen rechtschaffenen Arsch schieben kann und dass er, wenn es ihm nicht gefällt, wie ich den Laden hier unten schmeiße, persönlich herkommen kann und direkt mit mir verhandeln soll, anstatt einen Lakaien zu schicken!"

„Gut. Soll ich das aufschreiben?"

„Junge, dein Arsch ist kurz davor, eine saftige Abreibung zu bekommen."

„Ach wie schade. Das Problem ist aber leider, dass Zeus zu einer seiner Besprechungen gegangen ist. Ich weiß nicht, wann er zurück sein wird. Es sah so aus, als würde er mehrere Tage weg sein."

Hades sprang auf, wobei sein Stuhl mit einem dumpfen Schlag hinter ihm umkippte. Er lief knallrot an, bevor er sein Glas in den offenen Kamin warf, wo es in tausend Splitter zersprang.

„Gut. Dann geh zum Styx und regle das Fährgeschäft selbst, solange die Arbeiter streiken! Und bleib dort, bis Zeus sich dazu herablässt, seine Heiligkeit hier sehen zu lassen!"

„Ich wünschte, ich könnte dir helfen, aber ich habe Pläne, die ich nicht aufschieben kann." Pläne, Penny so schnell wie möglich wiederzusehen.

„Den Teufel hast du."

Das war's! Niemand stellte sich zwischen ihn und sein Date mit Penny. Nicht Zeus und ganz sicher nicht Hades. „Zeih Leine, Hades! Ich habe angeboten zu helfen. Ich habe dir einen kleinen Finger gereicht, aber du willst die ganze Hand. Vielleicht hätte ich etwas anderes mit dem Finger tun sollen, als ihn dir zu reichen!"

Hermes hob seine Hand, kam aber nicht dazu, seine Drohung wahr zu machen.

Hades' Augen traten fast aus seinem Kopf, und mit einer schnellen Handbewegung stieß er Hermes am Kamin vorbei, damit er aus dem Raum hinausflog. Die Kraft von Hades' Zorn katapultierte ihn durch den Wald bis zum Fluss hinunter. Dort landete er im kalten Wasser und sank auf den Grund, während die vielen Seelen, die dumm und ungeduldig genug gewesen waren, über die gefährliche Wasserstraße zu schwimmen, anstatt den Streik abzuwarten, an ihm zerrten und ihn unten hielten.

„Mistkerl!“, fluchte er und schluckte dabei jede Menge kaltes Wasser.

6

Penny gähnte.

Während der letzten Stunde hatte sie sich ihr Hirn zermartert, welches Thema das Personalkomitee beeindrucken könnte, aber ihre Gedanken schweiften dauernd vom Thema ab. Stattdessen ertappte sie sich, wie sie immer mehr über Hermes las. Den Gott, nicht den Mann. Obwohl der Mann ihr auch nicht aus dem Kopf ging. Ihre Finger ruhten auf ihren Lippen, während ihre Gedanken zu seinem Kuss zurückwanderten, wodurch ihr wieder ganz flau wurde.

„Um Gottes willen, es war doch nur ein Kuss!“, stieß sie laut hervor.

Aber was für ein Kuss es gewesen war!

Penny verpasste sich eine mentale kalte Dusche und verdrängte das Bild von dunklem, welligem Haar, braunen Augen und gemeißelten Wangenknochen aus ihrem Kopf und konzentrierte sich stattdessen auf die kalte, alabasterne Marmordarstellung von Hermes in dem Buch vor sich. Gemeißelt in harten Stein hatte er eine großartige Statur, stark, schlank und nackt. Sie hörte auf, die Statue anzugaffen, und las stattdessen den Text. Standardinformationen, die sie schon über Hermes wusste – Götterbote, Sohn von Zeus. Schnell, clever und geistreich bewegte er sich frei zwischen den Welten. Beschützer der Reisenden. Er war athletisch, liebte Sport, Innovationen und den Handel. Und natürlich war er für seine geflügelte Kappe und seine geflügelten Sandalen bekannt.

Nichts Neues.

Sie blätterte weiter. Es schien, dass im Laufe der Jahre verschiedene Gelehrte über Hermes geschrieben und ihm mystische Eigenschaften zugeschrieben hatten. Einige hatten sogar behauptet, dass er ein Gott der Unterwelt wäre und oft zu Hilfe gerufen wurde, um Geister zu vertreiben. Wahrscheinlich Professoren, die verzweifelt versuchten, einen frischen und interessanten Blickwinkel auf ein ausgereiztes Thema zu finden. Nichts davon half ihr, ein Thema zu finden, mit dem sie das Personalkomitee für sich gewinnen konnte.

Und es half ihr auch nicht, ihre Gedanken auf ihre Arbeit zu richten und weg von dem gut aussehenden Mann, der sie besinnungslos geküsst hatte. Sie dachte zurück an den Moment, als sie Hermes‘ seltsame Schuhe an der Promenade gesehen hatte. Warum würde ein Mann Sandalen mit Flügeln tragen? Sie musste sich geirrt haben. Ein Schattenspiel, eine optische Täuschung vielleicht.

Sie hatte zu viel Wein erwischt, und dann war da dieser Kuss. Bei dem bloßen Gedanken daran wurde ihre Brust warm. Die Weichheit seiner Lippen, der süße Geschmack seines Mundes, der feste Griff seiner Hände. Er war ein Mann, der verstand, wie man einer Frau Vergnügen bereitete. Sie atmete tief ein und blätterte durch die Darstellungen von Hermes weiter und fing an, dessen Schuhe zu studieren.

Jede Menge Seiten zeigten geflügelte Sandalen, die ähnlich wie die aussahen, die sie zuvor unter Hermes' Hosenbein hatte hervorblitzen sehen. Als ob sie irgendwie davon angelockt wurde. So wie sie sie jetzt lockten. Sie war verrückt, besessen, das wusste sie. Dennoch . . . Sie klappte ihren Laptop auf und öffnete den Browser.

Google zeigte ihr viele Repliken, die in verschiedenen Museen ausgestellt waren. War es möglich, dass Hermes eine von denen hatte? Dass er sie irgendwie gestohlen hatte? Sie schüttelte den Kopf. Nein, sie musste sich täuschen. Nicht jeder, an dem ihr etwas lag, war ein Dieb. Und trotzdem ähnelte das wenige, das sie von seinen Sandalen gesehen hatte, genau diesen.

Aber das musste nicht bedeuten, dass er sie gestohlen hatte. Vielleicht hatte er sie anfertigen lassen. Aber wer würde so etwas machen? Wollte der Mann, mit dem sie heute Abend beim Essen gewesen war, der Mann, mit dem sie ins Bett gehen wollte, gezielt einen Gott imitieren? Seinen Namen? Seine Sprache? Seine Schuhe? Sie dachte an seinen Kommentar: *„Ich bin ein Bote."* Und er sprach griechisch. Aber nicht nur gewöhnliches Griechisch, sondern *Altgriechisch.* Niemand tat das.

Ein beunruhigendes Gefühl verlieh ihr ein flaues Gefühl im Magen. Glaubte er wirklich, er wäre Hermes, der griechische Gott? Bei dem Gedanken wurde ihr wieder schwindlig, aber dieses Mal nicht auf die gute Art. Was, wenn er geisteskrank war? Sie sollte sich von ihm fernhalten. Was er auch war, er könnte Wahnvorstellungen haben, und Wahnvorstellungen bedeuteten nichts Gutes.

Ein Gedanke drängte sich in ihren Verstand: Könnte er das Treffen mit ihr arrangiert haben? Hatte er das alles geplant? Hatte er vor ihrer zufälligen Begegnung schon gewusst, dass sie Professorin für griechische Geschichte war? Aber was würde ihm das bringen? Brauchte er sie, um irgendeinen illegalen Plan durchzuführen?

Sie seufzte. Ihre lebhafte Fantasie ging wieder einmal mit ihr durch. Als ob sie heute Abend nicht schon Achterbahn gefahren wäre: Die Art, wie sie auf ihn reagiert hatte, körperlich und geistig – seit langem hatte sie sich nicht so zu einem Mann hingezogen gefühlt. Sie war nicht in Bestform, wenn sie in seiner Nähe war. Sie konnte nicht auf ihr Urteilsvermögen vertrauen.

Und wenn er Wahnvorstellungen hatte, könnte er sogar gefährlich sein . . .

Sie dachte zurück an die Art und Weise, wie sie sich an ihn geschmiegt hatte und kurz davor gewesen war, mit ihm zu schlafen. Ein Schauer fuhr durch ihren Körper. Nein. Es war egal, wie gut er küssen konnte oder welch unglaubliche Chemie zwischen ihnen herrschte. Sie konnte ihn nicht anrufen. Sie konnte nicht noch einmal mit ihm ausgehen, nur um einen Artikel zu schreiben. Die Logik sagte ihr, dass sie heute gerade noch einmal davongekommen war. Sie schloss ihren Laptop und lehnte sich in ihren Bürosessel zurück.

Aber was, wenn sie einen Artikel darüber schrieb, wie griechische Götter die Menschen heutzutage noch beeinflussten?, flüsterte eine winzige Stimme. Eine Stimme, die lauter und stärker wurde, während der Gedanke Gestalt annahm.

Gab es immer noch Menschen, die an griechische Götter glaubten? Ihr Herz raste. Ihr Puls donnerte. Sie stand auf und warf die Hände in die Luft. Ja! Das war es. Die Antwort, die sie gesucht hatte, der Fokus, den sie brauchte. Sie könnte Hermes interviewen, die Wahrheit herausfinden und seine Geheimnisse aufdecken. Sie müsste nicht mit ihm schlafen. Sie könnte die ganze Zeit distanziert bleiben. Sie könnte es als wissenschaftliche Studie betrachten.

Sie ließ sich in ihren Stuhl zurückfallen und betrachtete die Marmorstatue in dem Buch vor sich – die gemeißelten Wangenknochen, die aristokratische Nase, den geäderten Rumpf und die so zum Küssen einladenden Lippen. Sie atmete wieder tief ein. Könnte sie es auf rein wissenschaftlicher Ebene belassen? Wem machte sie da etwas vor? Ihm nahe zu kommen, wäre ein riesiger Fehler.

Nun ja, es war spät und Zeit, nach Hause zu gehen, eine Nacht darüber zu schlafen und am Morgen bei einer starken Tasse von Vivians Kaffee eine Entscheidung zu treffen. Sie zog ihre Jacke an und nahm ihre Handtasche, als die Außentür zum Vorzimmer ihres Büros aufging.

Ihr Herz stockte. Nur wenige arbeiteten so lange wie sie. Wer könnte um diese Zeit in der Nacht in ihrem Vorzimmer sein? Sie schnappte sich den metallenen Brieföffner – der die Form eines mittelalterlichen Schwertes hatte – von ihrem Tisch, umschloss ihn fest mit ihrer Hand und hob das Telefon ab, um den Sicherheitsdienst zu rufen.

Die Innentür ging auf. Ein Mann, den sie seit fast zwei Jahrzehnten nicht gesehen hatte, stand auf der Schwelle. „Hallo, Penelope."

Der Brieföffner fiel aus ihrer Hand und klapperte auf den Boden. „Dad?"

Erstaunt starrte sie ihn an. Das letzte Mal, als sie ihren Vater gesehen hatte, war er in einem Gerichtssaal gestanden, den Kopf gesenkt, als der Richter das Urteil verkündet und der Gerichtsdiener ihn daraufhin weggeführt hatte. „Dad? Was machst du hier?"

„Was? Kann ein Mann nicht seine einzige Tochter besuchen?"

Penny ließ ihren Blick über sein Gesicht wandern. Er war älter geworden. Dicker. Breiter, mit viel weniger Haaren und viel mehr Haut. Besonders am Hals. Aber er war zweifellos ihr Vater. „Wann bist du entlassen worden?", fragte sie, ohne zu wissen, was sie sagen oder fühlen sollte.

„Es . . . also, es ist schon ein paar Jahre her." Da war wieder dieser Blick. Derselbe, den er im Gerichtssaal zur Schau gestellt hatte. Der Blick, der ihr sagte, dass er einen Fehler gemacht hatte und es wusste. Doch die wirkliche Frage war, bereute er es?

„Ein paar Jahre und du tauchst erst jetzt auf?" Sie wusste nicht, warum sie überrascht war. Sie versteifte sich. „Ich frage noch mal, was machst du hier?"

„Ich wäre schon früher gekommen, es ist nur . . . Also, es ist nur so, dass ich nicht dachte, dass du mich sehen wolltest." Er senkte den Kopf und sah sie nach einem Moment, nachdem sie immer noch nichts gesagt hatte, wieder an. „Ich brauche deine Hilfe."

„Das ist ja eine große Überraschung", sagte sie trocken.

„Warum so viel Hass, Pen? Ich weiß, ich habe Fehler gemacht – "

„Fehler?", wiederholte sie, wobei die Verbitterung, die sie lange vergraben, jedoch nie vergessen hatte, wieder in ihr hochkam. „Angesichts dessen, dass du ganz alleine unsere Familie zerstört hast, kannst du das wohl sagen."

„Nein, nicht ganz alleine. Ich hatte etwas Hilfe."

„Wirklich, jemand hat dich an der Hand genommen und dich dazu gezwungen, diese Leute zu bestehlen?"

„Ich war verzweifelt, Penny."

„Ja, genauso wie jetzt? Ich kann dir nichts geben, Dad, und ich habe nichts, das du nehmen könntest."

Der Schmerz, der sich bei ihren Worten in seinen Augen sammelte, stoppte sie, aber nur für einen kurzen Augenblick.

„Ich will nichts von dir", sagte er.

„Wirklich?"

Der Schmerz, den sie so leicht in seinem Gesicht lesen konnte, verpasste ihrem Gewissen einen Stich, aber dann erinnerte sie sich an ihren eigenen Schmerz. Sie erinnerte sich daran, was sie jeden Tag durchgemacht hatte, nachdem sie ihn ins Gefängnis geschickt hatten. Der Spott und das Gelächter der Kinder in der Schule, die Trauer in den Augen ihrer Großmutter. Aber besonders erinnerte sie sich daran, wie ihre Mutter sie verlassen hatte und nie mehr zurückgekehrt war.

„Wie ich schon sagte. Es ist spät. Wie hast du mich hier gefunden?"

„Ich habe immer gewusst, wo du warst. Ich bin sehr . . . stolz auf dich."

Sie schaute ihn ohne zu zwinkern an. Wegen des Klumpens aus Zweifel, der in ihrem Hals saß, war sie unfähig, etwas zu sagen. Wie konnte er es nur wagen, jetzt zurückzukommen und zu denken, dass sie ihm vergeben würde?

„Ich brauche eine Unterkunft. Ich habe meinen Job verloren. Meine Wohnung. Ich bin pleite."

„Und du hast sonst niemanden gefunden, den du anschnorren kannst?" Ihre Worte waren harsch. Das wusste sie. Doch sie konnte sich nicht zurückhalten. Schmerz und rohe, bittere Wut zogen ein und schlugen ihre Krallen in sie.

Flehend streckte er seine Hände aus. Raue Hände. Gerötete Hände. Hatten sie immer so ausgesehen? Sie versuchte zurückzudenken, sich zu erinnern, aber wenn es um ihren Vater ging, war ihre Erinnerung ein großes, tiefes, schwarzes Loch.

„Ich hoffte, du würdest mich aufnehmen."

„Auf keinen Fall", sagte Penny schnell.

„Es würde nur für ein paar Wochen sein, bis ich wieder auf den Beinen bin, versprochen. Ich werde dir keinen Ärger machen."

„Oma ist krank. Sie braucht den Stress, dich zu sehen, jetzt nicht. Ich will nicht, dass sie dich in dieser Verfassung sieht. Es würde sie zu sehr aufregen."

„So, wie es dich aufregt?" Der Schlag traf sein Ziel.

„Denkst du nicht, du hast unserer Familie schon genug angetan?", schoss sie noch viel lauter zurück.

„Ja. Ich habe nur gehofft . . . " Er zuckte mit den Achseln. „Gehofft, dass wir uns wieder näherkommen könnten."

„Tut mir leid, Dad. Diese Brücke hast du schon vor langer Zeit zerstört, und es ist nichts mehr da, was gerettet werden könnte."

„Hör zu, Schatz!"

„Verschwinde!", schrie sie.

Plötzlich platzte Michelle zur Tür herein. Ihre Bluse war verrutscht und die obersten Köpfe standen offen. „Ist alles in Ordnung?", wollte sie wissen. „Wir konnten die Stimmen den ganzen Gang hinunter hören."

„Wir?", fragte Penny.

Hinter ihr stürzte Kenton ins Büro. Sie hatte ihn nie wirklich leiden können: Breite Schultern, fester Hintern, Plastiklächeln, und wie so viele egozentrische und überaus attraktive Männer hatte er die Persönlichkeit eines Taschentuchs – dünn, durchsichtig und ohne moralische Substanz. Kenton war auch immer makellos gekleidet, was Penny nun dazu veranlasste, eine Augenbraue hochzuziehen, da sie bemerkte, dass seine Krawatte gelockert war und sein Hemd verknittert aussah.

„Ja, wir", fügte Kenton hinzu, während er sich vor Michelle stellte, als ob er sie wie ein Ritter in glänzender Rüstung beschützen wollte. Nun ja, es hätte vielleicht auch funktioniert, hätte er nicht an seiner Krawatte herumgefummelt, um zu versuchen, präsentabel auszusehen und nicht so, als ob er gerade in einer Besenkammer herumgemacht hätte. „Ihr wart sehr laut. Gibt es ein Problem?"

„Nein", antwortete Penny kurz angebunden. „Kein Problem. Nur Familienangelegenheiten."

Sie konnte Michelle und Kenton nur anstarren. Alles war jetzt so offensichtlich: Kenton wollte seine Chance auf die Festanstellung ergreifen und würde alles tun, was nötig war – selbst wenn das bedeutete, etwas mit Michelle anzufangen. Erst heute Morgen hatte Michelle ihr beteuert, dass sie, Penny, immer noch einen Chance auf die Festanstellung hatte. Aber so wie es aussah, hatte Michelle ihre Stimme bereits anderweitig vergeben.

Kenton musterte ihren Vater neugierig, aber Penny rührte sich nicht. Noch sagte sie etwas. Sie wollte nicht, dass ihr Vater hier war. Sie wollte ihn nicht einmal kennen, geschweige denn, ihn ihren Kollegen vorstellen.

Ihr Vater trat an ihr vorbei und streckte seine Hand aus, während er auf ihre Chefin und ihren Mitbewerber zuging. „Hi, ich bin Pennys Vater, Bart Galloway."

„Ich bin Kenton Lowry, Assistenzprofessor in derselben Abteilung wie Penny."

„Michelle Schafer, ich bin die Dekanin der Fakultät für Geschichte", sagte ihre Chefin. „Entschuldigen Sie die Störung."

„Nein, keine Störung. Wir hatten nur ein kleines Missverständnis. Aber das ist jetzt geregelt, nicht wahr, Penny?"

Er drehte sich zu ihr um, und sie nickte. Was hätte sie sonst tun sollen? Er hatte sie in die Ecke getrieben. Sie legte ein künstliches Lächeln auf. „Stimmt. Mein Vater wollte gerade gehen. Nicht wahr, Dad?"

„Sieht so aus. Ich sehe dich zuhause, mein Schatz." Er drehte sich um und ging hinter Michelle und Kenton zur Tür hinaus.

Penny konnte hören, wie sie den Gang hinuntergingen und sich unterhielten. Sich bekannt machten. Mehr als alles andere wollte sie irgendetwas werfen, schreien, brüllen und mit den Füssen stampfen. Stattdessen ließ sie sich in ihren Stuhl fallen.

Hermes' Visitenkarte lag auf ihrem Schreibtisch und starrte sie förmlich an. Sie nahm sie in die Hand und starrte zurück. Seine warme, sexy Stimme zu hören, war jetzt genau das, was sie brauchte, um ihren Vater und die Tatsache aus ihrem Kopf zu verdrängen, dass ihre Chefin, obwohl sie behauptet hatte, sich für sie einzusetzen, ihre Entscheidung schon gefällt hatte.

Michelle und Kenton hatten eine Affäre. Vor ihrer Nase, nur zwei Türen weiter! Und deswegen würde Kenton die Festanstellung bekommen und nicht sie.

Sie hatte nur eine Chance, das zu verhindern, und selbst diese war äußerst gering. Vielleicht könnte ihr ein Mann, der altgriechisch sprach, ja doch helfen. Vielleicht war er nur exzentrisch – das bedeutete nicht automatisch, dass er verrückt sein musste. Sie schüttelte den Schauder ab, der ihr über den Rücken lief, und griff zum Telefonhörer. Verzweifelte Situationen verlangten verzweifelte Maßnahmen.

7

Hermes sank auf den Grund des trüben Flusses. Die starke Strömung rauschte über ihn hinweg, brannte in seinen Augen, füllte seinen Mund und zog ihn schnell stromabwärts. Schock und Wut bombardierten ihn, hämmerten auf ihn ein wie ein Schwergewichtschampion. Wie konnte Hades es nur wagen? Er war gekommen, um dem alten Bussard zu helfen, und das war sein Dank? Zorn wallte in seinem Inneren auf.

Er konnte an der Krümmung des Felsenufers, das über die Jahre zu einer glatten, glasartigen Oberfläche poliert worden war, erkennen, in welchem Teil des Styx er sich befand. Er trieb in dem endlosen Schleifenbereich, der sich rund um die Unterwelt schlängelte. An seinem Ufer warteten gequälte Seelen auf Einlass. Die Ungeduldigen waren in den Fluss gewatet, ohne dessen starke Strömung oder Tiefe zu kennen, und hatten gedacht, sie könnten ihn auf eigene Faust überqueren. Diese Seelen umgaben ihn jetzt, griffen mit flehenden Augen und suchenden, knöchrigen Fingern nach ihm. Die Echos ihrer Verzweiflung schlugen auf ihn ein wie hallende Schallwellen oder das hektische Flattern von Schmetterlingsflügeln.

Hermes fand eine Felszunge und zog sich halb aus dem Wasser. Er sah sich um und dachte darüber nach, was er als Nächstes tun sollte: zurückgehen und vernünftig mit Hades reden, oder schnell von hier verschwinden?

Sein Handy klingelte plötzlich. Er zog es aus der Tasche, wobei er es fast ins Wasser fallen ließ, als eine verzweifelte Seele an seinem Arm zog, um sich an ihm aus dem Wasser zu ziehen. Als er die Nummer sah, eine Nummer aus Charleston, stieß er das arme Schwein von sich weg und antwortete.

„Ja?“

„Tut mir leid, dass ich so spät anrufe“, sagte die süßeste Stimme der Welt: Penny. Penny rief ihn an! Und so kurz nach ihrem ersten Date. Das war ein wirklich gutes Zeichen. Anscheinend hatte sein Kuss geholfen.

Er erinnerte sich sofort an den Geschmack ihrer Lippen und die üppigen Kurven ihres Körpers. Irgendwie hatte sie es nach einem Abendessen und ein paar süßen Küssen geschafft, ihm unter die Haut zu gehen.

„Es tut mir leid, dass ich heute Abend so früh weg musste, um zu arbeiten, ohne dir zu sagen, wie sehr ich unseren gemeinsamen Abend genossen habe.“

Sagte sie das wirklich zu ihm? Oder halluzinierte er? Obwohl er immer noch in den Eingeweiden der Unterwelt war, fühlte er sich, als ob er auf einer Wolke über dem Olymp schwebte. Penny war scharf auf ihn! Warum würde sie ihn sonst so kurz nach ihrem Date anrufen? Wenn er derjenige gewesen wäre, hätte so etwas nach Verzweiflung ausgesehen, aber dass *Penny ihn* anrief, war wunderbar.

„Ich auch. Ich hatte einen wunderschönen Abend."

„Hör zu, ich möchte es wiedergutmachen, dass ich unseren gemeinsamen Abend so schnell abbrechen musste."

Hermes schluckte schwer, und sein Schwanz schwoll gleichzeitig an, obwohl er bis zur Taille im eisigen Wasser war. War das ein Anruf für Gelegenheitssex? Zum Teufel, ja! Penny lud ihn in ihr Haus und ihr Bett ein. Bevor er jedoch auch nur ein einziges Wort herausbrachte, um ihr zu antworten, zerriss ein Schrei beinahe sein Trommelfell, als eine weitere Seele gegen einen der gefährlichen Felsen vor ihm prallte.

„Was war das?", fragte Penny mit panischer Stimme. „Ist alles in Ordnung?"

„Oh, nichts." Er suchte nach einer Erklärung. „Der Fernseher. Entschuldige."

„Oh, Ich wollte nicht stören."

„Nein, nein, du störst überhaupt nicht", sagte er hastig, um sie zu beruhigen. „Es ist ein wirklich schlechter Film. Wirklich mies." Er blickte auf eine Seele, die versuchte, sich an Hermes' Hemd hochzuziehen. „Viel Blut und Gemetzel, keine Handlung." Dann zerrte er die Hand der Seele von sich weg und schleuderte den Unglücklichen in Richtung Ufer.

„Gut, das freut mich." Sie machte eine kurze Pause. „Nicht wegen des schlechten Films natürlich. Nur, dass ich nicht störe."

Er grinste in sich hinein. Stören? „Du würdest mich nie stören. Ich habe gerade an dich gedacht."

Ein nervöses Kichern drang durch den Hörer. „Danke."

Als eine weitere Seele an ihm zog und versuchte, ihn wieder hinunterzuziehen, hatte Hermes genug. Er schmiss seine Sandalen an, und wie kleine Propeller hoben sie ihn aus dem Wasser, weg von dem scharfkantigen Felsvorsprung, und transportierten ihn zum anderen Ufer, das nahezu leer war. Endlich konnte er sich auf den Anruf konzentrieren.

„Es ist wahr. Wenn du mich nicht angerufen hättest, hätte ich dich angerufen."

„Um was zu sagen?", wollte sie wissen.

„Dass ich dich wiedersehen will. Bald."

„Wie bald?"

„Heute Nacht noch?"

Sie lachte. „Oh. Ich hatte eher an Mittagessen morgen gedacht."

Ein wenig enttäuscht, dass dies doch kein Anruf für Sex war, drehte er dem Fluss den Rücken zu. „Mittagessen? Sehr gern." Er griff nach unten und rieb sich tröstend. *Tut mir leid, Kumpel, du musst wohl noch etwas länger warten,* beschwichtigte er seinen schmerzenden Schwanz. Er hatte definitiv Hunger auf sie, und ein kleiner Nachmittagshappen war genau das, was er nach einer Nacht wie dieser brauchte. Doch das Warten würde eine Qual sein. „Wo soll ich dich treffen?“, fragte er.

„Wie wäre es mit dem Garden Inn um zwölf?“

„Ich werde da sein.“

„Gute Nacht“, sagte sie und legte auf.

Einen Moment lang stand er da und spielte die Unterhaltung noch einmal in seinem Kopf durch. Alles lief besser als er erwartet hatte. Morgen würde er eine Nachspeise nach dem Mittagessen bekommen. Eine Nachspeise, die er genießen und erforschen würde: Penny. Und dann würde er sich einen Nachschlag holen.

Aber zuerst sollte er sich noch mit einer anderen, winzigen Unannehmlichkeit auseinandersetzen: Zeus.

Jetzt, nachdem er gesehen hatte, in welchem Zustand sich die Unterwelt befand, weil die Arbeiter streikten, um bessere Arbeitsbedingungen und mehr Geld zu bekommen, wuchs sein Zorn auf Zeus. Der Fluss war mit Seelen, die alle auf eigene Faust den Fluss überqueren wollten, weil sie nicht warten wollten, bis der Fährdienst wieder betriebsbereit war, fast bis zum Überlaufen verstopft.

Das Letzte, was Zeus jetzt tun sollte, war, sich für ein romantisches Zwischenspiel in New York aufzuhalten, anstatt sich um seine Geschäfte in der Unterwelt zu kümmern, wo er gebraucht wurde. Es wurde Zeit, dass sowohl Zeus als auch Hades die Verantwortung dafür übernahmen. Ohne ihn als Sandsack in der Mitte zu benutzen! Es wurde Zeit, dass Hermes streikte! Erst dann würden diese beiden sturen Idioten ihre Meinungsverschiedenheiten beilegen.

Nachdem er zu seiner Entscheidung gekommen war, rief Hermes die Nummer des neuen Handys, das er Zeus gegeben hatte, an. Natürlich klingelte es nur, was Hermes zur Weißglut brachte. Er wartete auf den Piepston und hinterließ mit verkrampftem Kiefer und zusammengebissenen Zähnen eine Nachricht.

„Vater, ich habe deinen Vertrag überbracht. Hades hatte wegen den Details einen Anfall und weigerte sich, zu unterschreiben. Er warf mich in den Styx. Die Situation wird sich nicht klären lassen, bis du persönlich hier runterkommst und mit Hades verhandelst. Bis dahin halte ich mich aus der Sache heraus. Betrachte mich bis auf Weiteres als im Urlaub! Mit anderen Worten, such dir einen anderen Botenjungen!“ Er beendete den Anruf, wobei er sich seltsamerweise erleichtert und so frei fühlte, als ob er nach Jahrhunderten endlich befreit worden wäre, nachdem er nicht einmal gewusst hatte, dass er überhaupt angekettet gewesen war.

Er schaute auf die elenden Seelen, die an ihm vorbeigingen, und die dunkle gotische Burg in der Ferne, drehte allem den Rücken zu und verließ die Unterwelt.

~ ~ ~

Penny hatte nicht gut geschlafen. Wenn sie sich nicht wegen der Aussicht, ihren Job zu verlieren, im Bett gewälzt hatte, hatte sie sich Gedanken über ihren Vater und was er von ihnen wollte gemacht. Und darüber, wie sie ihrer Großmutter von seinem Besuch erzählen sollte.

Nun stand sie genervt im Bungalow ihrer Oma am Herd in der Küche und machte Frühstück. Was sollte sie ihrer Großmutter nur sagen? Sie lebte hier mit ihr, seit ihr Vater ins Gefängnis gekommen und ihre Mutter weggelaufen war, weil sie die Klatschbasen in dieser engstirnigen Gemeinde nicht ertragen konnte. Es war nicht nur, dass ihr Vater ein Auto gestohlen hatte, er hatte sich auch betrunken und hatte auf der Spritztour mit dem geklauten Auto eine andere Familie getötet. Autodiebstahl, Fahren unter Alkoholeinfluss und zwei Fälle von Totschlag. Zwölf Jahre. Zwei zerstörte Familien und ein Schaden, der nie wieder rückgängig gemacht werden konnte.

Und jetzt war der nichtsnutzige Gauner wieder in ihrem Leben.

Er brauchte ihre Hilfe, und sie fühlte sich schuldig, weil sie ihn weggeschickt hatte. Lächerlich! Wo war er gewesen, als sie ihn gebraucht hatte? Als ihre Mutter ihn gebraucht hatte? Als die anderen Kinder sie in der Schule schikaniert hatten? Er war im Gefängnis gewesen. Sie seufzte und drehte den Speck um.

Sie hatte sich viele Jahre lang gefragt, was sie ihm sagen würde, wenn er endlich wieder auftauchen würde. Sie hatte sich gefragt, ob sie ihm je genug vergeben könnte, um eine Beziehung zu einem Mann aufzubauen, den sie nicht einmal kannte und an den sie sich kaum noch erinnerte.

Jetzt war er wieder da.

Er wollte ihre Hilfe. Und eine Bleibe. Jetzt! Wo doch Penny und ihre Großmutter in ein paar Monaten alles verlieren würden, sobald Penny ihren Job verlor.

Sie legte den Speck auf einen Teller, schlug zwei Eier in die Pfanne, butterte den Toast und schenkte den Saft ein, während die Eier brieten. Dann legte sie die Eier auf den Teller und trug das Tablett ins Schlafzimmer ihrer Großmutter.

„Guten Morgen, Oma“, sagte sie fröhlich, als sie das schwach beleuchtete Zimmer betrat. Sie stellte das Tablett auf den Nachttisch und öffnete die Jalousien, um die Sonne hereinzulassen. „Wie geht es dir heute Morgen?“

„Gut. Mir geht es wirklich gut.“ Ihre Großmutter lächelte sie an und drehte sich in ihrem Krankenbett zur Seite. Sie drückte einen Knopf, wodurch die Rückseite ihres Bettes aufgestellt wurde, sodass sie aufrecht sitzen konnte.

Penny stellte das Tablett vor sie hin und setzte sich auf den Stuhl neben dem Bett. Sie konnte es nicht ertragen, ihrer Großmutter den Besuch von Pennys Vaters zu verheimlichen. Ihre Großmutter sehnte sich danach, ihn zu sehen, und hatte über die Jahre sogar Ausreden für sein schlechtes Benehmen gefunden. Penny sollte ihr von seinem Auftauchen erzählen, aber sie konnte sich nicht dazu überwinden. Zu sehen, wie die Hoffnung in den Augen ihrer Großmutter aufquoll, und zu wissen, dass er nur hereinplatzen und sie wieder verletzen würde, war zu viel. Wenn er sich wirklich um sie gesorgt hätte, wäre er schon vor Jahren, als er freigelassen worden war, zurückgekommen.

„Erzähl mir, wie läuft es in der Arbeit?“, fragte ihre Großmutter, als sie einen Schluck von dem Saft nahm.

„Oh, gut“, log Penny, doch es war sinnlos.

„Ich kenne diesen Blick.“ Die strahlend blauen Augen ihrer Großmutter blickten Penny an. Oma kannte sie zu gut. Obwohl ihre Großmutter wusste, dass sie unbedingt die Festanstellung an der Universität wollte, um ihre Karriere voranzutreiben, konnte ihr Penny nicht anvertrauen, was plötzlich auf dem Spiel stand. Sie wollte sie nicht beunruhigen.

„Ich muss in den nächsten Wochen nur mehr Zeit mit meiner Forschung verbringen und mir etwas Neues einfallen lassen, um das Personalkomitee zu beeindrucken. Ansonsten hat Kenton gute Chancen, die Stelle zu bekommen.“ Was er eher hatte, war ein unfairer Vorteil.

Ihre Großmutter lächelte. „Du schaffst das schon. Ich habe Vertrauen in dich.“

„Mehr als ich selbst habe“, murmelte Penny.

„Du solltest dir das nicht so zu Herzen nehmen und lieber mehr ausgehen. Du verbringst zu viel Zeit damit, mich zu umsorgen. Du musst dir einen netten Mann suchen und eine Familie gründen.“

Bilder von dunklen Haaren und noch dunkleren, braunen Augen erschienen vor Pennys geistigem Auge und ließen ihr Herz wild in ihrer Brust pochen.

„Worüber lächelst du?“, fragte Oma. „Du hast schon jemanden kennengelernt, stimmt’s? Einzelheiten! Ich möchte Einzelheiten.“ Ihre Augen glitzerten jetzt lebhaft.

Hitze stieg in Pennys Wangen hoch, obwohl sie nicht wusste, ob das von der Scharfsinnigkeit ihrer Großmutter oder von den Erinnerungen an warme Hände und noch wärmere Lippen kam, die ihr durch den Kopf gingen.

„Also, lass hören!“

Penny lachte. „Du kennst mich zu gut.“

„Natürlich tu ich das. Ich habe dich aufgezogen, nicht wahr? Du kannst nichts vor mir verbergen. Also wer ist er?“

„Ich habe ihn gerade erst kennengelernt, also weiß ich nicht viel, außer dass er zum Sterben gut aussieht und ein großartiger Küss – äh, Tänzer ist. Und ein ausgesprochener Gentleman“, fügte sie um ihrer Großmutter willen hinzu. Obwohl Penny hoffte, dass er kein zu ausgesprochener Gentleman war. „Wir gehen heute noch einmal zum Essen.“

„Wundervoll."

„Du hast doch nichts dagegen, oder?", fragte Penny, als sie sah, wie das Lächeln ihrer Großmutter verblasste.

„Dagegen? Natürlich nicht. Überhaupt nicht."

„Ich weiß, ich habe in letzter Zeit viel gearbeitet und habe nicht wirklich Zeit für Verabredungen. Sobald ich mit dem Artikel fertig bin, werde ich wieder mehr zuhause sein."

„Sei nicht albern, Penny! Du bist jung. Du musst mit Menschen deines Alters Zeit verbringen, und nicht in diesem Haus gefangen sein und auf mich aufpassen."

„Auf dich aufpassen? Ich passe nicht mehr auf dich auf als du auf mich. Wir sind eine Familie, wir kümmern uns um einander."

„Ich weiß, aber es wird Zeit, dass du dein eigenes Leben führst. Du brauchst keine alte Frau, die dir wie ein Klotz am Bein hängt."

Penny starrte sie an und bekam plötzlich einen komischen Geschmack im Mund.

„Ich hatte gestern Abend noch Besuch", sagte Oma, wobei ihre Worte einen Schauer durch Penny jagten.

Ihr Vater. Er war schon vorbeigekommen, bevor er sie im Büro besucht hatte. Der Scheißkerl! Deshalb wusste er, wo er sie finden würde.

„Dein Vater kam vorbei, um mich zu besuchen. Er will nach Hause kommen."

Pennys Kopf bewegte sich von links nach rechts und wieder zurück.

„Penny, sei vernünftig! Mit seiner Hilfe brauchst du nicht mehr so viel Zeit deines Lebens dafür verwenden, für mich zu sorgen. Und Rose müsste auch nicht so oft hier sein."

„Ich dachte, du magst Rose", protestierte Penny.

„Natürlich mag ich Rose. Sie ist eine wunderbare Krankenschwester. Aber sie ist teuer, und mit deinem Vater und seiner Hilfe wäre das Geld nicht so knapp. Ist das nicht toll?"

„Aber Oma – " Ihr Vater würde nur noch mehr an ihren schon knappen Geldreserven zehren, anstatt etwas zu ihrem Lebensunterhalt beizusteuern.

„Kein aber. Ich habe ihn schon eingeladen, einzuziehen. Er kommt heute noch."

Penny sprang auf, ihr Mund vor Empörung weit offen.

„Ich will, dass er hier ist, Penelope. Er ist mein Sohn. Ich will Zeit mit ihm verbringen, doch noch mehr bin ich es leid, dir eine Bürde zu sein. Ich will, dass du ein eigenes Leben führst. Ich will, dass du glücklich bist."

Penny starrte sie schockiert und ungläubig an. Glücklich? Wer zum Teufel behauptete, sie wäre nicht glücklich?

8

Hermes kam zur selben Zeit im Restaurant an wie Penny. Sie sah in schwarzen Leinenhosen und einem engen, azurblauen Kaschmirpullover, der ihre Augen zur Geltung brachte und sie mehr blau als grün wirken ließ, bezaubernd aus. Er sah sie einen Moment lang an. Sie schien wegen irgendetwas verärgert zu sein. Er konnte es an ihrer angespannten Haltung und den Falten um ihre Augen erkennen.

Zum Glück wusste er genau, wie er dem Abhilfe schaffen konnte.

„Guten Tag, Penny!“, sagte er und beugte sich zu ihr, um sie auf die Wange zu küssen. Sie duftete leicht nach Gardenien, was ihn an Heras weitläufige Gärten auf dem Olymp erinnerte.

Sie lächelte ihn an, obwohl ihr Lächeln ihre Augen nicht erreichte. „Wie geht es dir?“, fragte sie etwas steif.

Er legte seine Hand auf ihren Rücken und streichelte leicht auf und ab, bis er merkte, dass sie sich entspannte. Ihr Blick fiel auf seine Schuhe, und ihre Augenbrauen zogen sich zusammen. Er legte seine Hand unter ihr Kinn und hob es sanft hoch, um ihren Blick wieder auf sein Gesicht zu lenken.

„Ich hoffe, du hast Hunger. Sie machen hier eine klasse Pasta Carbonara.“

„Ausgehungert“, sagte sie lächelnd.

„Harter Tag in der Arbeit?“

Sie nickte. „Du sagst es. Harter Tag im Allgemeinen.“

„Also darüber denken wir jetzt nicht mehr nach. Fühl dich vielmehr, als wärst du auf einem Mini-Urlaub von all dem, was dich plagt, solange du mit mir zusammen bist.“

Darüber lachte sie laut, als wäre die Idee zu sonderbar.

„Ab genau jetzt“, bestand er darauf und lehnte sich zu ihr, um noch einmal ihre Wange zu küssen. Es gefiel ihm, dass sie seinem Kuss entgegenkam.

Die Tischdame rief sie und führte sie zu einem Tisch an einem großen Fenster, von dem aus sie die Leute beobachten konnten, die in dem beliebten Besucherviertel vorbeischlenderten.

Hermes bestellte zwei Gläser Wein, eine große Pastaplatte zum Teilen und zwei Salate. „Wie klingt das?“, fragte er sie.

Überraschung breitete sich auf ihrem Gesicht aus. „Perfekt. Wie weißt du nur immer genau, was ich möchte?“

Er grinste. Irgendwie fühlte er sich auf sie und ihre Wünsche eingestellt. Es war ein seltsames Gefühl, aber überhaupt nicht unangenehm. „Es ist eine Gabe.“

Hermes lehnte sich über den Tisch und strich mit seinen Fingern ihren Arm hinauf. „Wenn du in dieser Minute überall auf der Welt hin könntest, wohin würdest du gehen?“ Er kannte seine eigene Antwort nur zu gut: ins Bett – mit Penny.

„Nach Griechenland“, sagte sie, ohne zu zögern.

Er lachte. Er musste zugeben, von allen Orten war Griechenland der letzte auf seiner Liste. Er mochte Griechenland lieber so, wie es früher war, vor den Automobilen, Flugzeugen und dem Tod von Alexander dem Großen. „Und warum dorthin?“

„Wegen der Geschichte, der Mythologie, der Architektur. Und den Inseln, dem Einkaufen, den Stränden. Was soll ich sagen? Das alles hat mich schon immer fasziniert.“

„Das kann ich sehen. Deine Augen strahlen, wenn du darüber sprichst. Ich kann deine Aufregung förmlich sehen.“

„Was ist mit dir? Wohin würdest du gehen?“, fragte sie.

Er unterdrückte das, was er eigentlich sagen wollte, und antwortete mit seiner zweiten Wahl. „Italien. Ich liebe das Essen“, sagte er grinsend, als die Bedienung das Nudelgericht zwischen sie stellte.

Er nahm seine Gabel und seinen Löffel und drehte eine Gabel Spaghetti auf, bis sie fest um die Zinken gewickelt waren und führte sie dann zu Pennys Lippen. Sie nahm die Nudeln in den Mund und schloss ihre Augen mit einem Ausdruck von purem Genuss.

„Lecker. Du hattest recht. Die Nudeln sind wirklich köstlich“, sagte sie lächelnd.

„Ich dachte mir schon, dass du sie mögen würdest.“

„Da hast du richtig gedacht.“

Er merkte, wie ihm warm wurde und wie sein Schwanz dick wurde, als er ihr beim Essen zusah, als er jeden Ausdruck von Entzücken, der auf ihrem Gesicht erschien, beobachtete: das Leuchten in ihren Augen, das tiefe, raue Stöhnen vor Vergnügen. Sie war eine leidenschaftliche Frau, und er sehnte sich danach, sie auf den Tisch zu werfen und sie genau hier, zwischen den Nudeln und den warmen Brötchen, zu lieben. Aber er hielt sich zurück. Sie waren nicht auf dem Olymp, wo die Götter sich nichts bei gelegentlicher Unzucht in der Öffentlichkeit dachten.

Unter dem Tisch kamen seine Beine in Kontakt mit ihren. Er musste sie berühren. Ihre Lippen wieder kosten. Er wünschte sich, er würde nicht ihr gegenüber, sondern neben ihr sitzen. Wenn er das täte, könnte er ihre Hitze spüren, seine Hand auf ihren Oberschenkel legen und sie sanft streicheln, um sie an den Punkt zu bringen, wo sie seine Hand nehmen und auf die süße Stelle zwischen ihren Beinen legen würde, weil sie wusste, wie viel Vergnügen er ihr bereiten könnte.

„Tut mir leid, was hast du gesagt?“ Er hatte kein Wort ihrer einseitigen Unterhaltung gehört. Wie konnte er sich auf ihre Worte konzentrieren, wenn der Mund, aus dem diese Worte tropften, so verlockend war? Üppig, feucht. *Heiß.*

„Ich habe über griechische Mythologie gesprochen. Glaubst du, es gibt immer noch Menschen, die an griechische Götter glauben?“

Er starrte sie einen Moment lang an, während sein Gehirn versuchte, umzuschalten.

„Warum fragst du?“, fragte er plötzlich wachsam. Warum erwähnte sie griechische Götter? Was hatte diese Frage veranlasst?

Sie setzte sich aufrecht hin, als sie seine Veränderung zu bemerken schien. Sie wirkte sehr auf ihn eingestimmt und war vielleicht ein bisschen zu scharfsinnig. Instinktiv wusste er, dass er aufpassen musste, was er ihr sagte.

„Ich muss einen neuen Blickwinkel für einen Artikel finden, den ich veröffentlichen möchte.“

„Einen Artikel, sagst du?“, fragte er nach.

„Ja.“

„Worüber?“

„Mein Fachgebiet, griechische Geschichte. Genauer gesagt über griechische Mythologie.“

„Und dieser Artikel, ist er wichtig?“

Sie nickte. „Immens. Ich brauche etwas, um das Personalkomitee an der Universität dazu zu bringen, mir eine Festanstellung zu geben.“

„Und diese Festanstellung ist dir wichtig.“

Sie nickte wieder, und ihr Gesichtsausdruck wurde plötzlich ernst. „Extrem wichtig.“

„Und du denkst, du kannst etwas über Gläubige in der heutigen Zeit schreiben?“

Sie zuckte mit den Achseln. „Warum nicht? Es ist ein neuer Blickwinkel.“

„Falls du Leute finden kannst, die noch glauben.“ Er nahm einen Happen von seinem Salat, wobei er sich auf eine Spargelspitze konzentrierte. Erst jetzt bemerkte er, dass der Salat praktisch bis oben hin voll mit aphrodisierendem Gemüse war.

„Wie unterscheidet sich das davon, an Außerirdische zu glauben?“

Hermes lächelte. Was Sterbliche Außerirdische nannten, waren nicht wirklich Außerirdische. Das waren geile, kleine Scheißer, die von Hades aus der Unterwelt verbannt worden waren, weil sie zu viel Ärger verursacht hatten, indem sie andere Seelen gründlich erforschten und an ihnen experimentierten. Irgendwann hatte Hades genug gehabt und sie ins All katapultiert.

„Überhaupt nicht, denke ich“, stimmte er zu.

Im selben Augenblick donnerte der Himmel über ihnen mit einem ohrenbetäubenden Knall und erhellte sich dann in einem explosionsartigen Licht, als ein Blitz durch den Himmel zuckte. Ein Platzregen fing vor ihrem Fenster an und durchnässte die unvorbereiteten und überraschten Fußgänger.

Hermes konnte sich das Grinsen nicht verkneifen. Es schien so, als hätte Zeus endlich herausgefunden, wie sein Handy funktionierte, und seine Nachricht abgehört.

„Was ist mit dem Wetter hier in letzter Zeit los?“, fragte Penny.

Er zuckte mit den Achseln und konzentrierte sich wieder auf sein Essen. Er würde Zeus nicht erlauben, seine Verabredung mit Penny zu zerstören. Der könnte ihn so oft er wollte rufen, aber Hermes würde nicht antworten. Welchen Teil von *im Urlaub* verstand Zeus nicht?

„Glaubst du, es gibt Leute, die noch an Götter glauben?“, hakte Penny nach.

Er wusste, dass es sie gab. Ein Gedanke tauchte auf und verschwand wieder. Vielleicht könnte er ihr mit dem Artikel helfen. Wenn er ihr ein paar Dinge erzählte – Dinge, die nicht wirklich geheim waren, sondern von den Sterblichen nur noch nicht vollkommen erforscht worden waren – vielleicht könnte er dann Penny dazu bringen, ihm zu danken – auf eine ganz besondere, körperliche Art und Weise.

Er blickte in ihre Augen. „Vielleicht. Das Schwierige wird sein, diese Gläubigen zu finden, außer man weiß, wo man suchen muss.“

„Stimmt.“ Ihre wunderschönen Augen studierten ihn für einen langen Moment. „Aber ich freue mich darauf, es zu versuchen.“

Er würde darauf wetten, dass sie sich freuen würde, viele andere neue Dinge auszuprobieren. Die Reise, auf die er sie mitnehmen würde, würde aufregend für sie beide sein. Und lange andauern. Plötzlich reichte es ihm nicht mehr, sie nur für einen Nachmittag in sein Bett zu nehmen. Nein, er wollte die Erfüllung hinauszögern, sowohl seine als auch ihre.

Und außerdem hatte ihn etwas in ihren Worten zum Nachdenken gebracht. Die Ernsthaftigkeit, die auf ihrem Gesicht aufgetaucht war, als sie ihm gesagt hatte, wie wichtig es ihr war, die Zustimmung vom Personalkomitee zu bekommen, gab ihm zu denken. Plötzlich gab es so viel mehr zu erforschen als nur ihren Körper. Ihr Geist interessierte ihn. Und das war noch nie zuvor passiert. Gleichzeitig machte es ihn vorsichtig. Er sollte keine Beziehung eingehen. Vielleicht sollte er es hier und jetzt beenden.

„Hör zu, ich helfe am Samstag, eine Party zu schmeißen.“ Die Worte waren heraus, bevor er sich stoppen konnte. Hatte er nicht gerade beschlossen, dass es das Beste wäre, diese Sache nicht weiterzuverfolgen? Doch offensichtlich hatte sein Körper einen eigenen Willen und hörte nicht auf sein Gehirn.

„Zusammen mit deinem Freund Triton?“

„Ja. Ich soll eine Begleitung mitbringen und, nun ja, würdest du mit mir hingehen wollen?“ Da, jetzt hatte er es gesagt! Es gab kein Zurück mehr.

Sie strahlte. „Ganz bestimmt. Ich würde dich sehr gerne begleiten.“

Er hob sein Weinglas zum Anstoßen und fragte sich, ob er damit auf seinen eigenen Untergang anstieß. „Auf aufregende neue Vorhaben!“

Sie stieß ihr Glas gegen seines. „Und auf aufregende neue Freunde!“

Oh, wir werden mehr als Freunde sein, sinnierte er. *Zumindest Freunde mit Vorzügen. Vielen Vorzügen.*

9

Am Abend der Party blickte Hermes aus dem Fenster von Tritons und Sophias Frühstückspension in der Battery Street, die sie treffend *Olymp Inn* genannt hatten, und wartete auf Pennys Ankunft. Die Tatsache, dass er sich wirklich darauf freute, sie zu sehen, und sich wie ein Schuljunge benahm, der auf seinen ersten Kuss hinfieberte, entging ihm dabei nicht. Er kippte seinen Drink hinunter und wandte sich vom Fenster ab.

„Wartest du auf jemanden?“, fragte Eros mit einem breiten, wissenden Grinsen.

„Überhaupt nicht“, log Hermes und gesellte sich zu seinem Freund an die Bar.

„Das ist auch gut so. Du und ich, wir sind die einzigen eingefleischten Junggesellen, die noch übrig sind, und ich fange an zu befürchten, dass wir vom Aussterben bedroht sind.“

Hermes lachte. „Du musst dir um mich keine Sorgen machen.“ Er würde sich nicht einsperren lassen so wie Triton und Dionysos, die wie ein paar liebeskranke Hunde in ihre goldenen Käfige hineinspaziert waren.

Aber sein Lachen erstarb auf seinen Lippen, als er Penny, die in ihrem schwarzen Paillettenkleid umwerfend aussah, durch die Tür treten sah. Die Augen aller Männer im Raum fielen auf sie, um sie zu bewundern, was ihn sofort gleichermaßen mit Stolz und mit Verärgerung erfüllte. Er ging auf sie zu und nahm ihre Hand, um jeden wissen zu lassen, mit wem sie hier war. Und mit wem sie die Party verlassen würde.

Die Wahrheit war, dass er sich darauf gefreut hatte, Penny wiederzusehen. Doch nicht, weil er Gefahr lief, seinen Singlestatus zu verlieren, wie sein Vater und die anderen vielleicht hofften, sondern eher, weil heute die Nacht sein würde, in der er das tun würde, worauf er schon gewartet hatte, seit er sie das erste Mal, klatschnass vom Regen, im Café gesehen hatte: um jeden Zentimeter ihres sinnlichen Körpers zu erforschen – *auf intimste Weise.*

„Du siehst wunderschön aus“, sagte er, während er sich zu ihr beugte und ihre Wange küsste.

Sie lächelte. „Danke, Hermes.“ Sie ließ ihre Augen durch den Raum und über die Gäste schweifen, die schon versammelt waren. „Ich bin doch nicht zu spät dran, oder?“

„Überhaupt nicht. Du bist genau richtig.“ Er zog sie weiter in den Raum. „Lass mich dich meinen Freunden vorstellen.“

Er nahm sie am Arm und führte sie zu Sophia, die die Gäste begrüßte. „Sophia!“

Die hübsche Brünette drehte sich um.

„Penny, das ist das Geburtstagskind, Sophia.“

Sophia lächelte Penny an und blickte dann wieder zu Hermes. „Und das ist der Mann, der dabei half, diese wunderbare Party zu organisieren.“

„Das war gar nichts.“ Hermes grinste. Mit Hilfe der Götterdiener war es überhaupt nicht viel Arbeit gewesen. Der schwierigste Teil war gewesen, die Entscheidungen zu fällen. Die Ausführung war den Dienern übertragen worden, den krug-großen Feen, die den Göttern seit Jahrhunderten dienten. „Sophia, ich möchte dir meine Bekannte vorstellen, Penelope.“

„Hi, Penelope!“, begrüßte Sophia sie und reichte ihr die Hand. „Willkommen in unserem Heim.“

„Bitte nenn mich doch Penny! Alles Gute zum Geburtstag!“, antwortete sie, nahm Sophias Hand und schüttelte diese kurz. „Ihr habt ein schönes Haus.“

Triton tauchte neben seiner Frau auf und legte einen Arm um ihre Taille. „Danke. Uns gefällt es.“ Tritons Augen glitzerten, als er seine Frau anstrahlte.

Hermes konnte immer noch nicht glauben, wie einfach und vollkommen Triton Sophias Zauber verfallen war. Hermes mochte Sophia auch sehr, doch hoffte er, dass die Krankheit, die Triton sich eingefangen hatte, nicht ansteckend war.

Plötzlich änderte sich der Gesichtsausdruck seines Freundes. „Oh, oh. Da kommt er“, warnte Triton flüsternd.

Hermes blickte auf und sah, wie Zeus sich näherte.

„Alles Gute zum Geburtstag, Sophia!“, sagte der Gott der Götter mit lauter, autoritärer Stimme, wobei er Triton düster ansah, um zu zeigen, dass er die geflüsterte Warnung gehört hatte.

„Danke, Z!“, erwiderte Sophia und beugte sich zu ihm, um dessen Kuss entgegenzunehmen, während Triton seinen Arm fest um sie geschlungen hielt.

„Du siehst wie immer bezaubernd aus!“ Zeus‘ Augen wanderten von Sophia zu Penny, wo sie genüsslich verweilten – zu genüsslich für Hermes‘ Geschmack. Er zog Penny näher an sich.

„Ist deine entzückende Frau auch hier?“, fragte Sophia, wobei ihre Stimme voll neckischer Unschuld war.

„Nein, leider nicht. Ich soll dich von ihr grüßen“, sagte Zeus in einem Ton, der so lupenrein war wie sein Anzug und nicht darauf hindeutete, dass die Erwähnung von Hera sein Blut wahrscheinlich zu Säure verwandelte und seine Arterien verätzte.

Hermes war sich sicher, dass seine verrückte Stiefmutter nicht einmal von der Party wusste; ansonsten wäre sie bestimmt hier.

„Oh, wie schade!“, rief Sophia aus, wobei sie immer noch einen unschuldigen Gesichtsausdruck an den Tag legte. „Ich hätte schwören können, dass Triton mir sagte, sie hätte auf das Einladungsschreiben geantwortet und gesagt, sie würde versuchen zu kommen, nicht wahr, Liebling?“

Zeus knurrte vor Unmut und funkelte Hermes an. Ach, also hatte einer seiner Freunde ihr doch eine Einladung geschickt. Und Zeus verdächtigte natürlich ihn. Das verstand sich ja von selbst!

„Eine Erkältung. Eine grässliche Sommergrippe“, drückte Zeus durch seine verkrampften Kiefer hervor.

„Oh, nein! Bitte überbring ihr meine Genesungswünsche“, zwitscherte Sophia.

„Das mache ich gerne“, antwortete Zeus.

„Ich bin froh, dass *du* es wenigstens geschafft hast. Es wäre eine Schande gewesen, wenn du dir denselben Virus zugezogen hättest“, meinte Triton, wobei er den Kopf reckte und an Zeus vorbei in die Ferne schaute.

War Triton komplett verrückt geworden, Zeus so zu provozieren? Was zum Hades war mit ihm los?

„Oh, verdammt, entschuldigt ihr uns bitte?“ Triton blickte auf seine Frau hinab, und Hermes bemerkte den verschwörerischen Blick, den er mit ihr austauschte. „Ich glaube, Alice winkt uns. Sieht wie ein Notfall in der Küche aus.“ Und wie im Wirbelwind verschwand er mit Sophia.

Na großartig! Erst zettelten Triton und Sophia Ärger an, und dann erfanden sie eine Ausrede, um ihn mit Zeus allein zu lassen. Hermes war sich sicher, dass Alice, die Köchin der Pension, nirgends zu sehen war. Er blickte über seine Schulter, nur um seinen Verdacht zu bestätigen, und wie er schon gedacht hatte, stand Alice nicht einmal in der Nähe der Küche. Tatsächlich sah er sie, als er seinen Blick schweifen ließ, fröhlich mit ein paar Gästen plaudern, um diese dazu zu verleiten, ein paar griechische Tapas zu probieren, die Triton vom Olymp bestellt hatte.

Er wollte gerade seine Aufmerksamkeit wieder Zeus zuwenden, als er einen dunklen Haarschopf sah. Er kannte diese Frisur. Sie gehörte zu niemand anderem als seiner verrückten Stiefmutter. Jetzt war die Kacke am Dampfen. Glücklicherweise hatte sie ihn und Zeus noch nicht gesehen, aber das war nur eine Frage der Zeit. Es war an der Zeit, schnellstmöglichst zu verschwinden.

„Verzeih Hermes seine schlechten Manieren, mich nicht vorzustellen“, hörte er Zeus sagen, als Hermes sich wieder zu ihm und Penny umdrehte. „Ich bin sein Vater, und glaube mir, ich habe ihn eigentlich besser erzogen. Nenn mich Z!“ Zeus ergriff Pennys dargebotene Hand, aber anstatt sie zu schütteln, drückte er ihr einen Kuss auf den Handrücken. Ohne sie loszulassen, sah er sie mit seinem verführerischsten Lächeln an. „Und wie darf ich dich nennen?“

Hermes‘ Blut fing an zu kochen. So fing Zeus immer an, wenn er mit Frauen flirtete. Eine schnelle Vorstellung, ein Kuss auf die Hand, ein verführerisches Lächeln, eine Berührung, die länger dauerte als notwendig war. Wenn Hermes das jetzt nicht beendete, würde Zeus ihm Penny vor der Nase wegschnappen.

„Äh, ich . . . ", stammelte Penny, während sich ihre Wangen plötzlich röteten, was darauf hinwies, dass Zeus' Taktik schon Einfluss auf sie hatte.

Hermes legte den Arm um sie und zog sie an sich, dann lächelte er seinen Vater unschuldig an. „Aber das ist doch Penny, Vater. Ich habe dir doch letztes Mal von ihr erzählt. Ich glaube, du hast das schon wieder vergessen. Tut mir leid, ich hätte es dir wegen deines schlechten Gedächtnisses wahrscheinlich aufschreiben sollen. Entschuldige!"

Hermes konnte fast den Rauch aus Zeus' Ohren kommen sehen, als dieser Pennys Hand losließ und ihn anblickte. Das würde den Scheißkerl lehren, sich nicht an seine Begleitung ranzumachen.

„Freut mich, Sie kennenzulernen, Z!", erwiderte Penny zögernd.

„Na gut dann. Ich zeige Penny wohl besser mal, wo das Essen ist. Triton und Sophia haben sich beim Catering mal wieder selbst übertroffen. Entschuldigst du uns, Vater?"

Ohne auf eine Antwort von Zeus zu warten, drehte sich Hermes um, wobei er Penny andeutete, dasselbe zu tun, und stieß dabei beinahe mit einem Gast zusammen. Oder sollte er sie einen Eindringling nennen? Hera blickte ihn an und zwang ein süßes Lächeln auf ihr Gesicht.

Sie war eine große Frau, schön, aber mit einem eisigen Charme. Ihre langen, dunklen Locken türmten sich zu einer eleganten Frisur auf ihrem Kopf. Ihr figurbetontes Kleid akzentuierte ihre üppigen Kurven und ihre Wespentaille. Sterbliche Frauen würden für eine Figur wie Heras töten. Aber für Hermes verkörperte Hera alles, was er verachtete: Hinterhältigkeit, Kälte und Herzlosigkeit.

„Hermes, mein Lieber! Willst du deine Stiefmutter nicht begrüßen?"

Er zuckte zusammen. „Hallo . . . Mutter?" Um Pennys willen musste er den Schein wahren und durfte sie unter keinen Umständen beim Namen nennen. Immerhin war es schon schlimm genug, dass er Triton und sich selbst mit ihren richtigen Namen vorgestellt hatte. Mit noch mehr Namen von griechischen Göttern um sich zu werfen, würde die Geschichtsprofessorin an seinem Arm sicherlich misstrauisch machen.

Hera zog überrascht eine Augenbraue hoch und wandte ihren Blick dann Penny zu, um sie zu mustern. „Hallo, meine Liebe."

Penny lächelte schüchtern. „Ich bin froh, dass es Ihnen wieder besser geht."

„Besser?", fragte Hera mit einem verwirrten Gesichtausdruck.

Unschuldig fuhr Penny fort: „Ja, Ihr Mann erwähnte, dass Sie eine schlimme Erkältung hatten und nicht – "

„Ich wünschte, wir könnten bleiben und uns unterhalten – ", unterbrach Hermes sie, aber kam nicht weiter.

Hera würgte ihn ab. „Hat er das?“ Sie schaute an ihnen vorbei, dorthin, wo Zeus mit einem wütenden Gesichtausdruck dastand. „Mein Mann ist so ein Scherzkeks. Er mag es, Leute auf den Arm zu nehmen. Nicht wahr, Liebling?“

Hermes trat zur Seite und zog Penny mit sich, um Hera Platz zu machen, als diese auf ihren Ehemann zuging. Als sie ihre Arme um seinen Hals legte und ihn für einen Kuss heranzog, konnte Hermes die Erheiterung, die in ihm aufkam, nicht unterdrücken. Zeus‘ schmerzverzerrtes Gesicht war ein komischer Anblick. Das geschah dem Mistkerl Recht!

„Schuldig im Sinne der Anklage, meine Liebe.“

„Also, wir verlassen euch Turteltauben dann lieber mal“, sagte Hermes, erleichtert, dass er Penny endlich wegbringen konnte.

Hera drehte sich um. „Wo denkst du, dass du hingehst? Du hast mich deiner Verabredung noch nicht vorgestellt.“

Hermes zwang ein Lächeln auf seine Lippen. „Das ist Penny.“

„Sehr nett, Sie kennenzulernen, Penny.“ Sie bot ihre Hand an und Penny schüttelte sie.

„*Mutter*, du musst hungrig sein, wenn du den langen Weg alleine hergekommen bist. Warum bringe ich dir nicht was zu essen?“

Bevor weder Hera noch Zeus protestieren konnten, machte er sich mit Penny im Schlepptau aus dem Staub. Er wusste, es war nur eine Frage von Sekunden, bevor sich Zeus über die Handy-Nachricht, die er ihm hinterlassen hatte, auslassen würde, und auf diese Tirade war Hermes nicht scharf.

„In die Küche!“, flüsterte Hermes Penny zu und führte sie durch die Menschenmenge im Esszimmer, aus dem fast alle Möbel entfernt worden waren.

Ein paar Sekunden später erreichten sie endlich die relativ ruhige Küche. Eine der Kellnerinnen, die Triton für die Feier engagiert hatte, war damit beschäftigt, Häppchen auf einem Tablett anzurichten.

Hermes stieß einen erleichterten Seufzer aus.

„Um was ging’s denn da?“, fragte Penny.

Er zuckte mit den Achseln. „Meine Stiefmutter und ich kommen nicht besonders gut miteinander aus. Ich versuche, ihr aus dem Weg zu gehen, wann immer ich kann. Sie ist eine sehr eigenwillige Frau.“

„Sie ist schön. Und so . . . jung.“

„Ja, mein Vater hat wieder mal aus der Wiege geraubt.“

„Dein Vater scheint sehr nett zu sein. Aber . . . “

Sofort wanderten Hermes‘ Augen alarmiert über sie. Hatte sein Vater etwas Unangebrachtes getan, als Hermes einen Moment lang weggesehen hatte? „Was? Was hat er gemacht?“

Penny sah ihn überrascht an. „Nichts. Ich meine nur, er sieht sehr . . . sehr jung aus. Er muss dich gehabt haben, als er zehn Jahre alt war.“

Er atmete tief ein. „Lifting. Nicht nur eines, sondern mehrere. Da dringt seine Eitelkeit durch. Und je jünger seine Frauen werden, umso jünger will er aussehen“, log Hermes.

„Wirklich? Ich dachte immer, man sieht, wenn sich jemand liften lässt. Ich meine, schau dir Joan Rivers an: Ihr Gesicht ist so fest angezogen, dass ich sicher bin, es würde wie ein Luftballon zerplatzen, wenn man ihr eine Nadel in die Wange stechen würde.“

Hermes lachte. „Oh, er ist älter als er aussieht. Viel älter.“

„Über wen redet ihr?“, kam eine Stimme von der Tür.

Dionysos kam mit seinem neugeborenen Sohn auf dem Arm und Ari auf den Fersen herein.

„Meine Güte, ist das heiß hier, ich brauche etwas kaltes Wasser“, beschwerte sich Ari.

„Z. Ich habe Penny gerade erzählt, dass sich Z hat liften lassen, weil er so eitel ist.“

Dio warf einen kurzen Blick Richtung Tür. „Ist er hier? Versteckt ihr euch deswegen in der Küche?“

Hermes nickte.

„Na, dann solltest du besser aufpassen, dass unser lieber Vater nicht mitbekommt, dass du all seine Geheimnisse ausplauderst.“

„Er ist auch dein Vater?“, fragte Penny, wobei sie zwischen ihm und Hermes hin und her blickte.

Dio grinste und reichte ihr die Hand, während er mit der anderen seinen Sohn leicht hin- und herschaukelte. „Ich bin Dio. Und der Kerl neben dir, der dich mit seinen Blicken verschlingt, ist mein Halbbruder.“

Hermes stöhnte. Überlass es Dio, ihn wie einen liebeskranken Idioten hinzustellen! Er hatte geplant, die Sache cool anzugehen und nicht so auszusehen, als finge er bei Pennys Anblick das Sabbern an!

„Also war das deine Mutter, die ich gerade kennengelernt habe?“, fuhr Penny fort.

„Wie?“ Dio schaute Hermes fragend an.

„Vaters derzeitige Frau ist gerade angekommen“, sagte Hermes kryptisch, um zu vermeiden, Heras Namen zu nennen.

„Oh!“, rief Ari vom Kühlschrank aus, wo sie sich ein Glas kaltes Wasser einschenkte. „Vielleicht sollten wir auch eine Weile in der Küche bleiben.“ Dann lächelte sie und ging zu Penny. „Hi, ich bin Ari, Dios Frau.“

„Penny, nett, dich kennenzulernen, Ari.“

Ari winkte der Kellnerin zu. „Warum lassen Sie uns das Tablett nicht einfach hier? Wir werden es brauchen, wenn wir uns hier für eine Weile verschanzen müssen.“

Die Frau nickte und stellte das Tablett auf die Kücheninsel, bevor sie die Küche mit einer Karaffe Punsch verließ.

10

„Uns verschanzen?“, wiederholte Penny. „Was geht hier vor?“

Penny blickte von einem zum anderen. Alle schienen Zs Frau aus dem Weg gehen zu wollen, die, so wie es aussah, auch nicht Dios Mutter war. Hermes hatte sie *Vaters derzeitige Frau* genannt. Was für eine seltsame Ausdrucksweise!

Als Dio ihre Frage ignorierte, indem er dem Baby sanft zumurmelte, und Hermes auf seine Schuhe starrte, erbarmte sich Ari.

„Mach dir keine Sorgen! Das ist nur das übliche Familiengezänk. Dios und Hermes‘ Stiefmutter kann einen Haufen Ärger verursachen. Genauso wie ihr Vater. Und wenn die beiden auf derselben Feier auftauchen, wird es meist explosiv. Deshalb laden wir sie für gewöhnlich nicht auf dieselbe Party ein.“

„Sieht so aus, als hätte das jemand vermasselt“, kommentierte Dio mit einem Seitenblick auf Hermes.

Hermes schnaubte aufgebracht. „Ich war’s nicht! Triton hat die Einladungen für die Party verschickt.“

„Das ist ja jetzt auch egal“, beschwichtigte Ari ihn. „Wir haben hier in der Küche alles, was wir brauchen: Essen und Wein. Oh, Dio, wie wäre es, wenn du uns eine Flasche von dem guten Zeug suchst?“

Er zwinkerte ihr zu. „Gute Idee.“ Dann übergab er ihr das Baby. „Hier, Thoas, pass einen Moment auf deine Mutter auf, während ich uns etwas zu trinken besorge.“

„Thomas? Was für ein süßes Baby.“

Ari lächelte und näherte sich. „Er heißt Thoas, nicht Thomas.“

Penny streichelte mit ihrem Finger über die Wange des Babys. „Oh, er ist so süß.“

Dios Lachen drang vom Weinkühlschrank zu ihnen. „Das würdest du aber nicht sagen, wenn du seine Windeln wechseln müsstest! Das Wort, das dir dann in den Sinn käme, wäre ekelhaft.“

Hermes brach in Gelächter aus. „Ja, ich hätte mir nie vorstellen können, dass ich dich bei so was sehen würde, aber hey, sogar ich kann mich hin und wieder täuschen.“

„Hin und wieder?“ Dio schmunzelte und nahm eine Flasche Wein aus dem Kühlschrank. „Da bist du ja!“

Als er die Flasche öffnete, schaute Penny wieder zu Ari und deutete auf das Baby. „Darf ich ihn halten?“

„Ja, bitte! Er wird von Tag zu Tag schwerer. Und er schläft so wenig. Ich habe kaum Zeit zum Verschnaufen."

Penny hob das winzige Baby in ihre Arme. Der Junge konnte nicht älter als zwei oder drei Monate sein. Seine dunklen Augen musterten sie interessiert, und sein Mund öffnete sich zu einem zahnlosen Lächeln. Sie lächelte zurück und ertappte Hermes dabei, wie er sie beobachtete.

Hermes grinste. „Leute, Penny ist Professorin, und nicht einmal ihr könntet euch ihren Stundenlohn fürs Babysitten leisten, also gewöhnt euch nicht dran!"

Pennys Blick schweifte zu Ari, die zu ihrem Mann gegangen war und jetzt den Wein probierte, den er einschenkte. Sie schwenkte ihn in ihrem Glas und begutachtete die Farbe, bevor sie daran nippte.

„Du siehst wie ein Weinprüfer aus, wenn du das machst", kommentierte Penny.

„Das hoffe ich doch", antwortete Ari. „Ich führe meinen eigenen Weinladen."

„Und Dio hat ein Weingut in Napa und macht sehr guten Wein", fügte Hermes hinzu.

„Wirklich?", fragte Penny interessiert. Sie fand den Gedanken, ein Weingut zu besitzen, schon immer sehr romantisch.

Dio schenkte sich ein Glas ein und nickte. „Wir fahren morgen zu unserem Weingut. Es ist Zeit für die Ernte, und ich muss die Sache überwachen."

„Möchtest du ein Glas Wein, Penny?", unterbrach Hermes und winkte Dio, ihr eins einzuschenken. „Und für mich auch."

Penny blickte zu Hermes, als dieser zu seinem Halbbruder ging, um die Gläser entgegenzunehmen, wobei ihre Augen auf sein Gesäß fielen, wo sich seine Muskeln mit jedem Schritt anspannten. Verdammt, sie sollte das nicht tun; sie sollte ihn nicht so angaffen als wäre er nur ein Stück Fleisch. Ihre Wangen brannten, und plötzlich wurde die Hitze erdrückend.

Als Hermes sich mit den Weingläsern in der Hand umdrehte, hob sie schnell den Kopf, aber sein Lächeln bestätigte ihr, dass er bemerkt hatte, was sie angestarrt hatte. Er schaute tief in ihre Augen, als er ihr ein Glas reichte.

„Penny, Penny", flüsterte er. „Was soll ich nur mit dir machen?"

Sie schluckte, um ihre trockene Kehle zu befeuchten. Seine dunklen Augen sanken tief in ihre. Seine Lippen öffneten sich, aber bevor er noch etwas sagen konnte, rümpfte er die Nase.

Dann drehte er sich um. „Sieht so aus, als bräuchte euer Sohn eine neue Windel."

„Ach du liebe Güte!", rief Ari aus und eilte zu ihnen. Sie nahm Penny das Baby ab, während sie sie entschuldigend anblickte. „Es tut mir so leid, dich dem auszusetzen."

Penny lächelte zurück, erleichtert, dass dieses Geschehnis den Zauber zwischen ihr und Hermes gebrochen hatte. „Das ist schon in Ordnung."

„Dio, hilfst du mir bitte? Ich glaube, ich habe die Windeltasche oben in Tritons und Sophias Wohnung gelassen."

„Sicher, mein Schatz." Als er Ari aus der Küche folgte, warf er einen Blick über seine Schulter zurück, und hauchte ein lautloses *ekelhaft*, bevor er verschwand.

Penny kicherte. Sie mochte Dio und seine Frau. Sie wirkten so unbeschwert und gelassen. „Es ist schön, dass du so gut mit deinem Halbbruder auskommst. Bei vielen Halbgeschwistern ist das nicht der Fall."

Als ihr Blick wieder mit dem von Hermes zusammenstieß, war dieser immer noch so hitzig wie zuvor. „Ja." Dann kam er näher.

Panisch suchte sie nach etwas, was sie sagen könnte. „Willst du wieder zur Party zurückgehen?"

„Nein."

Oh, Gott, sie konnte das nicht tun. Sie konnte nicht einfach hier in der Küche mit ihm rummachen. Was wäre, wenn jemand hereinkäme und sie sähe? Und außerdem war das nicht der Plan. Sie hatte sich vorgenommen, ihn auf Distanz zu halten. Sie konnte ihm nicht erlauben, ihr Gehirn zu Brei und ihre Knie zu Gelee zu verwandeln.

Fieberhaft suchte sie nach einer Ausrede oder einem Fluchtweg, nach irgendetwas, um der Hitze von Hermes' Körper zu entkommen.

„Was hältst du davon, wenn ich dir den Garten zeige? Es ist herrlich da draußen – und ruhig", flüsterte er verführerisch, wobei seine Stimme sanfte Erschütterungen in ihrem Bauch auslöste, die dort nachhallten und sie dazu brachten, sich nach seiner Berührung zu sehnen.

Er nahm ihre Hand, und Penny ließ sich von ihm hinausführen.

Der Garten war wunderschön, genauso, wie er behauptet hatte. In der Mitte stand ein riesiger Springbrunnen, komplett mit der Statue eines Delfins, aus dessen Schnauze Wasser strömte. Sie ging darauf zu, als ihr eine Idee kam. Vielleicht gab es doch einen Weg, wie sie ihr Ziel erreichen könnte.

Sie blickte kurz auf Hermes' Füße. Er trug wieder dieselben Sandalen. Vielleicht könnte sie ihn davon überzeugen, sie auszuziehen, und dann einen genaueren Blick auf sie werfen. Aus einem unbekannten Grund fühlte sie sich unwohl dabei, ihn direkt darauf anzusprechen.

Nachdem sie ihre eigenen Stöckelschuhe ausgezogen hatte, kletterte sie auf den Sims des Brunnens und steckte ihren Zeh hinein. Das Wasser fühlte sich wundervoll anregend und erfrischend kühl an. Sie stieg in den Brunnen und ließ das Wasser ihre Füße kühlen.

„Das ist toll. Komm rein, Hermes!", lockte sie ihn, schnippte mit ihren Fingern durchs Wasser und spritzte ihn an.

„Nein." Er lachte. „Du siehst so aus, als hättest du alleine schon viel zu viel Spaß."

„Ich hätte noch mehr Spaß, wenn du auch reinkämst“, drängte sie ihn.

Aber er schüttelte nur seinen Kopf, wobei seinen Augen noch dunkler wurden. „Ich kann mir andere Dinge vorstellen, die noch mehr Spaß machen.“

Sie näherte sich ihm. „Was für andere Dinge?“, fragte sie, wobei sie ihren Kopf in der Hoffnung, kokett zu wirken, zur Seite neigte.

Er packte sie und zog sie aus dem Brunnen und auf den Sims hinauf.

„Warum hast du das gemacht? Ich hatte Spaß!“

„Wenn du ausrutschst und auf den Marmor fällst, lässt mich Triton köpfen.“ Er machte eine Pause. „Und außerdem – “ Sein Mund kam näher, und ihre Blicke trafen sich. „Die Dinge, von denen ich sprach . . . “ Er ließ seine Augen den Satz vollenden.

„Oh“, sagte sie, als ihr klar wurde, was er vorhatte. Ihre Brust war gegen seine gepresst, und ihre Hände lagen auf seinen Schultern, während sie mit ihm auf dem Sims stand.

„Lass mich dir zeigen, was ich meine“, murmelte er und zog sie mit sich ins Gras hinunter. Seine Arme schlossen sich fest um sie. Dann neigte sich sein Mund zu ihrem. Ein leises Stöhnen entkam ihren Lippen, als sich diese öffneten.

Seine Schuhe waren plötzlich vergessen und alles, was sie verspürte, war sein harter Körper, der sich an ihren presste, und seine Lippen, die sie dazu drängten, nachzugeben. Als seine Zunge in ihren Mund glitt, kostete sie ihn: eine Mischung aus Wein und Mann. So männlich! So überaus berauschend! Ein leises Stöhnen entkam ihrer Kehle, als er seinen Kuss vertiefte. Sie klammerte sich an seine Schultern, um Halt zu finden, als ihre Knie weich wurden.

Sie wollte zurückweichen, doch konnte es nicht. Sein Kuss war zu betäubend, zu fordernd, um ihm zu widerstehen. Ihr Kopf fing an, sich zu drehen, und sie hatte ihre Augen schon lange geschlossen. Schockiert erkannte sie, dass sie sich an ihn rieb, dass ihre Hüften kreisten, um die immer größer werdende Härte in seiner Hose, die sich gegen ihr weiches Zentrum presste, zu spüren.

Als er stöhnte und seine Hand auf ihren Po legte, um das, was sie tat, zu verstärken, riss sie ihren Mund von seinem. Sie musste die Sache stoppen, solange sie dazu noch fähig war, und ihren ursprünglichen Plan wieder aufnehmen.

„Es ist spät, ich sollte wahrscheinlich – “

Hermes‘ Kopf bewegte sich langsam von links nach rechts. „Ja, es ist spät. Ich zeige dir lieber den Rest.“

„Was?“ Ihr war schwindlig. Sie versuchte, ihre Sinne zu sammeln, die sie vermutlich verloren hatte, als sie sich seinem leidenschaftlichen Kuss hingegeben hatte.

„Den Rest des Hauses.“ Er ließ sie los und nahm ihre Hand. „Die Gästezimmer sind oben. Lass mich dir die Renovierung zeigen, die Sophia durchführen lassen musste, um dieses alte Gebäude zu restaurieren.“ Seine Finger strichen über ihren Rücken hoch zu ihrem Hals und liebkosten sie sanft, während er sie durch die Glastüren zurück ins Haus führte.

Penny ließ es geschehen, weil sie keine Kraft mehr hatte, der erotischen Anziehungskraft, die er auf sie ausübte, zu widerstehen. Sie konnte nur hoffen, dass sie nicht den größten Fehler ihres Lebens beging.

11

Hermes kickte die Tür hinter sich mit dem Fuß zu und verriegelte sie. Seine Lippen lagen schon auf Pennys sinnlichem Mund und verschlangen sie, als wäre er am Verhungern. Vielleicht war er das auch. Es war mit Sicherheit schon zu lange her, dass er sie draußen am Brunnen geküsst hatte. Und all das höfliche Geplauder auf der Party hatte ihn hungrig gemacht. Hungrig auf sie.

Es war ihm egal, dass die Party unten noch in vollem Gange war. Er hatte seinen Auftritt gemacht, und das war alles, was man von ihm erwarten konnte. Niemand würde ihn vermissen.

Ein sanftes Wimmern von Penny ließ ihn für einen kurzen Moment von ihren Lippen ablassen. „Bei den Göttern, bist du schön."

Ihre Wangen färbten sich in einem noch tieferen Rot. Sicher, es war heute Nacht schwül, und das Rot ihrer Wangen konnte von der Hitze kommen, aber er bildete sich lieber ein, dass sein Kuss die Röte verursacht hatte. Sowie die Tatsache, dass sie wusste, was als Nächstes kommen würde.

„Hermes, wir sollten nicht weitermachen", flüsterte sie, obwohl ihre Hände um seinen Rücken geschlungen waren und ihn an sich drückten.

Er strich mit seinen Lippen über ihre Wange, wobei er sanfte Küsse auf ihre Haut presste, bevor er an ihrem Ohr verweilte. „Baby, du willst das genauso sehr wie ich. Gib es zu!"

Er drückte seine Erektion an ihren Bauch und machte sie auf sein Bedürfnis aufmerksam. Sie antwortete mit einem unfreiwilligen Stöhnen sowie einem Senken ihrer Augenlider.

Von ihrer Reaktion ermutigt machte er weiter. „Ja, du willst meinen Schwanz spüren, nicht wahr? Du willst, dass ich dich nehme, dass ich dich reite."

Er streichelte mit seiner Hand ihren Oberkörper hinauf bis zu der sanften Schwellung ihrer Brust. Als er deren Ansatz erreichte, umschloss er sie und fühlte das Gewicht in seiner Handfläche. Hitze schoss durch ihn hindurch. In ein paar Minuten würde sein Schwanz tief in ihr vergraben sein, und sein Mund würde diese Brüste lecken, ihre Brustwarzen liebkosen, während sie unter ihm stöhnen und ihn anbetteln würde, sie kommen zu lassen.

Er drückte ihre Brust, fing ihre Lippen wieder ein und sog ihren Duft und ihren Geschmack ein. Er erforschte sie. Er lernte, was sie mochte, fand heraus, was sie anmachte. Er drang tief in ihren Mund vor, leckte ihre Zähne entlang, verflocht sich mit ihrer Zunge, knabberte an ihren Lippen.

Sie hielt ihn nicht davon ab und leistete trotz ihrer früheren Worte keinerlei Widerstand mehr. Stattdessen wanderten ihre Hände tiefer und glitten schließlich auf seinen Hintern, wo sich ihre Fingernägel in sein Fleisch gruben. Wäre er nackt gewesen, hätten diese Nägel sicherlich Spuren hinterlassen. Nicht, dass er etwas dagegen hätte. Wenn sie ihm ihr Brandzeichen aufdrücken wollte, würde er keinen Einspruch erheben. Er würde jede Spur von ihr wie eine Medaille tragen.

Ihre Hände drückten ihn fester, zogen ihn näher und brachten dabei seinen Schwanz enthusiastisch zum Zucken. Er riss seinen Mund von ihrem. „Verdammt, Baby!"

Wenn sie so weitermachte, würde er wie ein unerfahrener Jüngling kommen, bevor er überhaupt in sie eingedrungen war. Das durfte er nicht zulassen. Nein, er musste sie jetzt ausziehen. Er ließ seine Hände auf ihren Rücken gleiten und fand den Reißverschluss ihres Kleides. Nach ein paar Sekunden des Fummelns zog er diesen schließlich so weit hinunter, bis er ihr Kleid bis zu ihrem Bauch hinunterstreifen konnte.

Er ließ seine Augen über ihren Oberkörper wandern. Sie trug einen Push-Up BH aus schwarzer Spitze, der kaum ihre Brustwarzen bedeckte. Wer hätte gedacht, dass diese süße, unschuldige Professorin ein solch skandalöses Stück Unterwäsche tragen würde? Sein Verlangen nach ihr machte ihn sprachlos und verwandelte sein Gehirn gleichzeitig zu Grütze. Seine Augen verschlangen sie, und seine Hände folgten. Seine Finger tauchten unter die Spitze und streichelten sanft über ihr warmes Fleisch, bevor sie nach ihren Brustwarzen griffen. Die Knospen waren steinhart.

Hermes atmete scharf aus, um zu versuchen, dem Pochen seines Schwanzes entgegenzuwirken. Aber das verdammte Ding konnte nicht beruhigt werden, nicht mit so einer verlockenden Frau in seinen Armen, einer Frau, die ihm erlaubte, sie auszuziehen und so intim zu berühren. Er rieb seine Hüften an ihr und versuchte so, eine kurzzeitige Erleichterung für sein Leiden zu finden, aber er wusste, es wäre nur von kurzer Dauer.

Er brachte seine Hände zu den Trägern ihres Büstenhalters und zog diese langsam nach unten, wobei er ihr tief in die Augen blickte. Er bemerkte, wie sie ihre Unterlippe zwischen ihre Zähne zog, als wollte sie ein Stöhnen unterdrücken.

Hermes musste fast schmunzeln. „Baby, wenn du schreien willst, dann schrei!"

Ihre Augen weiteten sich, als fände sie den Gedanken schockierend.

Hermes senkte seinen Blick und seine Hände zur gleichen Zeit. Mit seinen Fingerknöcheln strich er langsam und behutsam über ihre Haut und bahnte sich einen Weg zu ihren Brüsten. Das weiche Fleisch hob sich unter seinen Fingern, und ihr Busen drängte sich ihm erwartungsvoll entgegen. Als er den Stoff ihres BHs erreichte, schob er die Spitze beiseite und legte ihre Brustwarzen frei. Wie tapfere Soldaten salutierten sie ihm.

„Solch wunderschöne Brüste“, bekundete er. Er senkte seine Lippen auf eine Brustwarze und erfasste sie mit seinem Mund. Seine Zunge leckte über die steife Knospe und rief damit ein sichtbares Zittern in Pennys Körper hervor. Bei den Göttern, sie schmeckte gut! Jung und rein und trotzdem sinnlich und verführerisch.

Er ergriff ihr Kleid mit beiden Händen und schob es weiter nach unten, bis es zu Boden fiel. Dann drückte er sie mit dem Rücken an die Tür, wobei sein Schwanz gegen sie stieß, als ob er Einlass verlangte.

Bald, beruhigte er seine übereifrige Erektion.

Er fuhr fort, ihre Brustwarze zu lecken und zu saugen, während er den Rest ihres Körpers erforschte. Ungehindert von ihrem Kleid wanderten seine Hände nun zu ihrem Po hinab. Schock durchfuhr ihn, als er nacktes Fleisch unter seinen suchenden Händen verspürte. Verdammt! Trug sie kein Höschen? Sie brachte ihn um!

Er riss seinen Mund von ihren Lippen und sah an ihr hinab. Dort, wo ihre Beine sich trafen, bedeckte ein kleines Dreieck aus Spitze den Eingang zu ihrem Körper. Schwarze Schnüre spannten sich um ihre Hüften und verliefen zu ihrem Po. Seine Hände folgten ihnen. Sie trug einen Stringtanga. Wie an dem Tag im Café. Er hatte das beinahe vergessen. Unter der fast unschuldigen Fassade bewies Penny, dass sie verführerischer war als die erfahrenste Verführerin auf dem Olymp.

„Gefällt es dir?“, flüsterte sie.

Er hob seinen Blick, um sie anzusehen. „Gefallen? Baby, gefallen beschreibt nicht einmal annähernd, was ich gerade fühle.“

Er senkte seine Lippen zu ihren. „Ich werde dich so lange und so hart ficken, dass du morgen nicht gehen kannst.“ Dann war sein Mund wieder auf ihrem, ohne ihr die Möglichkeit zu geben, auf seine besitzergreifende Behauptung zu reagieren.

Pennys Hände zerrten an seinem Hemd. Ihre Finger fummelten an den Knöpfen herum, bis einige von ihnen schließlich offen waren. Scheinbar ungeduldig riss sie ihm das Hemd vom Leib und warf es zu Boden. Dann waren ihre Hände auf seiner Brust, und ihre Finger erforschten ihn, neckten ihn, während ihre Lippen ihn anflehten, tiefer in sie einzutauchen, sie noch leidenschaftlicher zu küssen. Wie ein Eroberer nahm er ihren Mund und verlor sich in den verlockenden Tiefen.

Penny zu küssen war aufregend. Und ihren halb-nackten Körper an seinen gepresst zu spüren, führte ihn in Versuchung, wie ein wildes Tier aufzuheulen. Doch sie zu berühren reichte nicht. Er brauchte mehr. Er musste sie noch näher spüren. Er musste in ihr sein.

Hermes nahm seine Hände nur von ihrem Po, damit er seine Hose öffnen und sich dieser entledigen konnte, wobei er in derselben Bewegung auch seine

Sandalen abstreifte. Unter seinen Boxershorts drängte sich seine Erektion hervor, wartete ungeduldig darauf, befreit zu werden.

„Berühr mich!“, verlangte er und presste seine Hände wieder auf ihren Hintern, um ihr empfängliches Fleisch mit seinen Händen zu kneten.

Einen Augenblick später fühlte er weiche Hände, die hinten in seine Boxershorts glitten und den Stoff nach unten schoben.

Sein Schwanz entkam seinem Gefängnis. Kalte Luft wehte gegen das empfindliche Fleisch und reizte ihn noch mehr. Dann schloss Penny ihre Hand um ihn und trieb ihn damit fast in den Wahn.

Ein tiefes Stöhnen entkam seiner Kehle, ein Graulen, das so urtümlich war, dass er Angst hatte, sie damit zu erschrecken. Aber Penny fuhr einfach fort, ihre Hand seinen Schwanz entlanggleiten zu lassen, als würde sie ihn vermessen.

Seine eigenen Hände waren nicht untätig. Er hakte seine Daumen unter den Schnüren ihres Tangas ein und zog diesen über ihre Hüften hinunter, um sie davon zu befreien. Während er ihre Haut streichelte, ließ er seine Hand zu dem Ort wandern, den der Stoff gerade enthüllt hatte. Das Büschel Haare zwischen ihren Beinen war zu einer dünnen Linie gestutzt worden. Er ließ seine Finger hindurchgleiten und tauchte dann tiefer, wo ihre Wärme ihn schon begrüßte.

Der Duft ihrer Erregung trieb ihm in die Nase, ein Duft, der drohte, ihn zu überwältigen, und ihn drängte, sich seiner Erlösung hinzugeben, einer Erlösung, die scheinbar unmittelbar bevorstand, wenn sie ihn weiterhin mit ihren zärtlichen Fingern so berührte.

Hermes senkte seinen Mund wieder auf ihre Brüste, leckte und saugte, schmauste an dem üppigen Gelage, während seine Finger ihre feuchten Falten streichelten. Ihre im Überfluss vorhandenen Säfte ließen das Gleiten seiner Finger wie eine Entdeckungsfahrt auf Seide wirken. Unfähig noch länger zu warten, fuhr er mit einem Finger in ihre Scheide. Penny keuchte. Ihre Muskeln schlossen sich um ihn wie eine angespannte Faust.

„Du bist so verdammt eng!“, stöhnte er. Sie würde ihn innerhalb von Sekunden melken, sobald er in ihr war. Er würde es nicht überleben.

Er zog seinen Finger aus ihr, nur um ihn nochmals in sie zu schieben und dieselbe Enge zu spüren. Ja, sie würde ihm zum Verhängnis werden. Aber vielleicht war das gut so. Vielleicht musste er die Kontrolle verlieren. Denn in den letzten Wochen war er so angespannt gewesen, dass er irgendwann zu platzen drohte. Vielleicht konnte Penny ihm helfen, diese Anspannung zu lindern, indem sie ihn alles vergessen ließ, seine Pflichten und vielleicht sogar die Tatsache, dass er ein Gott war. Denn in ihren Armen erwachte alles Ursprüngliche in ihm. Er war ganz Mann. Nur Mann. Machtlos in den Armen einer Frau, ihrem Willen ausgesetzt.

Als sich sein Finger in dem verzweifelten Versuch, ihren engen Kanal zu dehnen, weiter in ihrem Inneren vorarbeitete, beruhigte sich Pennys Hand auf seinem Schwanz. Gut, denn er brauchte die Atempause.

Ihr Stöhnen und Seufzen erfüllte jetzt den Raum und hallte von den tapezierten Wänden und den bequemen Möbeln wider. Mit jeder Sekunde wuchs Hermes‘ Bedürfnis, bis er es schließlich nicht mehr unterdrücken konnte. Er packte sie, hob sie hoch und legte sie auf die Bettkante. Dann spreizte er ihre Beine weit und stellte sich in deren Mitte. Erst jetzt bemerkte er, dass sie immer noch ihre hochhackigen Sandalen trug. Das, zusammen mit dem BH, der ihre Brustwarzen entblößte, machte ihn noch heißer. Er war in seinem ganzen Leben noch nie so erregt gewesen.

Hermes umklammerte ihre Knöchel und zog sie zu sich heran, bis ihr Po mit dem Rand des Bettes auf einer Linie war. Er war kurz davor, noch vorne zu stoßen, als Penny sich ihm mit einem panischen Blick entzog.

„Kondom!“

In seiner Eile hatte er nicht an dieses lästige Ding gedacht. Für ihn, einen Gott, war es egal, ob er eins benutzte oder nicht, doch immer, wenn er sich mit einer Sterblichen vergnügte, wahrte er den Schein, um keinerlei Verdacht zu erregen. Genau, wie er es jetzt tun musste.

„Oh, entschuldige, hätte ich fast vergessen.“

Er ließ ihre Beine los und eilte zum Nachtkästchen. Bis er dort ankam, hatte er mit seiner göttlichen Macht bereits eine Packung Kondome in die oberste Schublade gezaubert. Ungeduldig nahm er nun eines davon heraus und zog es sich über. Dann war er zurück und nahm dieselbe Position wie zuvor ein.

„Wo waren wir?“ Er machte eine Pause. „Oh, ja. Hier waren wir.“ Er tauchte mit einem Stoß bis zum Anschlag in sie ein.

Dann zog er sich fast komplett wieder heraus, nur, um wieder tief in sie zu stoßen und die Enge ihres feuchten Kanals zu genießen. Sie fühlte sich wie Seide an.

Sein Körper übernahm die Führung. Alle Gedanken entflohen seinem Gehirn. Alles, was er tun konnte, war, seinen steinharten Schwanz immer wieder in ihre weiche Muschi zu stoßen, während ihre Knöchel auf seinen Schultern ruhten und ihm damit ermöglichten, sie hart und schnell zu ficken.

Er beobachtete, wie ihre Brüste mit jedem Stoß hüpften, auf und ab und von einer Seite zur anderen, ihre Nippel genauso steinhart wie sein Schwanz. Seine Eier schlugen gegen ihr Fleisch, wobei jedes Aufeinanderprallen einen elektrischen Schock durch seinen Körper jagte. Und mit jedem Eintauchen in ihre feuchte Spalte kam er seinem Höhepunkt näher. Er versuchte, diesen zurückzuhalten, es länger andauern zu lassen. Aber er wusste, er würde diesen Kampf allzu bald verlieren.

Doch er würde dies nicht zulassen, bevor er ihr nicht auch das ultimative Vergnügen bereitet hatte. Er ließ eines ihrer Beine los und ließ seine Hand zu ihrer Muschi gleiten. Mit einem Finger kämmte er durch ihre Locken. Dann badete er ihn in ihren feuchten Falten und wanderte weiter nach oben, wo das kleine Bündel Nerven am Fuße ihrer Locken versteckt war. Er streichelte darüber, was sie sofort zum Aufschreien brachte. Ja, er wusste ganz genau, was sie jetzt brauchte.

„Sachte, Baby! Ich gebe dir, was du brauchst“, versprach er und führte seine sinnliche Attacke auf ihre Klitoris fort, indem er diese in einer langsamen, kreisenden Bewegung streichelte, bevor er sein Tempo ihrer Atmung anpasste.

„Oh, Gott, ja!“, rief sie aus.

„Ja, Baby, komm für mich! Lass mich spüren, wie du mich fest drückst, wenn du kommst“, trieb er sie an, wobei er unaufhörlich seinen Finger über ihren Kitzler rieb, während er weiterhin in sie stieß.

Er biss die Zähne zusammen, um seine bevorstehende Erlösung zu verzögern. Die Muskelstränge in seinem Hals spannten sich an, und sein ganzer Körper verkrampfte sich.

„Fuck! Fuck! Fuck!“, rief er aus.

Und dann fühlte er endlich die Zuckungen, die ihren Höhepunkt signalisierten, die Schauer, die durch sie fuhren, als sie unter ihm erbebte. Mit einem Stöhnen stieß er tiefer in sie hinein und erlaubte seinem Körper, die Führung zu übernehmen. Er wollte sie, alles von ihr. Sie besitzen, sich um sie kümmern. Sie immer wieder beglücken, nicht nur dieses eine Mal.

Die Stärke seines Höhepunkts überraschte ihn. Sein ganzer Körper fühlte sich an, als würde er in tausend Stücke zerbersten. Vergnügen durchfuhr ihn. Und seine Lust stieg immer noch höher, als sein Samen aus ihm herausschoss und sie füllte.

„Oh, Baby!“, murmelte er und ließ sich auf ihr nieder.

Er legte seinen Kopf in ihre Halsbeuge und atmete schwer. Er hatte noch nie solch eine Genugtuung verspürt, solch eine vollkommene Glückseligkeit. Doch das würde nichts für ihn ändern. Bald würde er die Sache mit Penny beenden und wieder seinen eigenen Weg gehen.

Er war ein eingefleischter Junggeselle, und das würde er auch bleiben, selbst wenn es nur dazu diente, Zeus zu verärgern.

12

Hermes stand hinter Penny und bewunderte ihren sanft geschwungenen Hals, während er ihr den Schal umlegte und über ihre Schulterblätter streichelte. Er neigte sich zu ihr, um ihr Parfum einzuatmen – süß, exotisch und berauschend. Sie erbebte bei seiner Berührung und drehte sich zu ihm um, ihre Pupillen geweitet und ihre Lippen geöffnet. Warum war sie wieder angezogen? Seltsam. Hatte er ihr nicht gerade erst die Kleider vom Leib gerissen? Hatte er sie nicht gerade erst gefickt, bis sie beide besinnungslos waren?

Er lehnte sich vor und bemerkte, wie ihre Atmung schneller wurde, während sich ihre Lippen öffneten. Sie legte ihre Arme um seinen Hals, und sanfte Laute erfüllten den Raum. Er kostete ihre Hitze und ihr Verlangen. Sie stöhnte auf, und der Ton kam tief aus ihrem Inneren.

„Penny, meine süße Penny", murmelte er.

Ein lautes Zwitschern erfüllte den Raum. Er öffnete seine Augen. Ein Vogel hatte sich auf dem Deckenventilator über ihm niedergelassen und schaute auf ihn herab. Zwitschernd! Was zum Hades? Er rieb sich den Schlaf aus den Augen und schaute in Richtung der offenen Balkontüren. In seinem Eifer, mit Penny ins Bett zu gehen, hatte er vergessen, die Türen zu schließen, die er tagsüber geöffnet hatte. Er lächelte und drehte den Kopf in der Erwartung zur Seite, Penny schlafend neben sich vorzufinden.

Doch das Bett war leer. Er setzte sich auf und blickte zum Badezimmer. Die Tür stand offen; doch das Bad war leer. Enttäuscht, dass sie nicht hier war, zog er das Bettlaken weg. Wenn sie noch mit ihm im Bett gewesen wäre, hätten sie wiederholen können, was sie am Abend zuvor getan hatten. Er war auch schon dafür bereit – sein Schwanz war härter als ein Brecheisen.

Hermes blickte auf die Uhr am Nachtkästchen. Es war kaum acht Uhr. Einen Moment lang blieb er ruhig liegen und lauschte auf die Geräusche in dem riesigen Haus. Sein überlegener Gehörsinn schnappte das Klimpern von Besteck auf. Der Geruch von frischgebrühtem Kaffee und gebratenem Speck wehte ihm in die Nase. Sophia hatte für gewöhnlich ein Frühstücksbuffet bereit; vielleicht hatte Penny es gerochen, nachdem sie aufgewacht war, und war hungrig geworden. Sie hatten gestern Nacht gewiss ein paar Kalorien verbrannt, und so wie sein Bauch jetzt knurrte, hatte sie vielleicht dasselbe Hungergefühl verspürt.

Hermes sprang aus dem Bett und eilte ins Badezimmer. Fünf Minuten später war er vorzeigbar und rannte aus dem Zimmer und die Treppe hinunter.

Das kühle Holz fühlte sich barfuß gut an. Barfuß? Er schaute an sich hinab. Warum hatte er seine Sandalen nicht angezogen? Es war normalerweise das Erste, was er jeden Morgen tat, wenn er aufstand, weil seine Sandalen immer neben seinem Bett standen, damit er sie nie vergessen konnte.

Er schüttelte den Kopf. Sicher hatte ihn die Nacht mit Penny etwas aus seiner Routine geworfen.

Hermes stürmte in das Esszimmer, wo das Frühstücksbuffet aufgestellt war. Es war leer. Alice kam mit einer Schüssel dampfender Grütze aus der Küche herein.

„Guten Morgen, Hermes, hast du gut geschlafen?“ Sie setzte die Schüssel auf einer Wärmeplatte ab.

Er nickte kurz. „Morgen, Alice. Hast du meine Freundin Penny heute Morgen gesehen?“

„Die Brünette, mit der du gestern auf die Party gekommen bist?“ Alice zwinkerte ihm kichernd zu. „Du Schlawiner!“

Hermes konnte den Stolz in seiner Brust nicht unterdrücken, der bei dem Gedanken daran aufkam, dass er Penny dazu gebracht hatte, mit ihm zu schlafen, nachdem sie die Party schon fast verlassen wollte, bevor sie mit auf sein Zimmer gekommen war. Glücklicherweise hatte er ihr ursprüngliches Vorhaben sofort im Keim erstickt.

„Ja, die Brünette. Ist sie schon zum Frühstück heruntergekommen?“

„Tut mir leid, ich habe sie nicht gesehen.“ Alice musterte das Buffet. „Aber jemand hat sich schon etwas zu essen genommen. Vielleicht hat sie einen Teller mit auf den Balkon genommen. Es ist so ein wunderschöner Morgen.“

Hermes nickte. So musste es sein. Penny frühstückte wahrscheinlich auf dem Balkon, von dem aus es eine herrliche Aussicht auf den Garten gab. Das hätte er sich denken können. „Danke, Alice!“

Er trat auf den Balkon hinaus, und die Glastüren fielen hinter ihm wieder zu.

„Morgen, Hermes!“, begrüßte ihn Sophia, während sie einen Teller auf ihrem Schoß balancierte und nach ihrem heißen Kaffee griff. „Ich dachte, ich hole mir schnell etwas zum Frühstück, bevor der verrückte Tag anfängt.“

Enttäuscht begrüßte er sie: „Morgen. Du hast Penny nicht irgendwo gesehen, oder?“

„Du meinst nach gestern Abend? Nein. Sollte ich das?“ Sophias Augen funkelten. „Sie ist also über Nacht geblieben, wie?“

„Ja.“

Aber jetzt war sie weg. Warum war sie gegangen, ohne ihm Bescheid zu geben? Überraschung und Ärger kamen in ihm hoch. Warum sollte sie sich einfach davonschleichen? War es ihr peinlich, was zwischen ihnen passiert war? Lächerlich! Und außerdem, wenn sich jemand nach mehreren Stunden von fantastischem Sex am Morgen danach davonschleichen würde, dann wäre das er! Nicht die Frau.

Frauen rannten ihm nicht davon. Er rannte davon. Was war nur mit dieser Frau los? Warum würde sie ihn einfach so abservieren?

„Entschuldige mich, Sophia, ich muss . . . “

Nun ja, er wusste nicht, was er tun musste. Vielleicht seine Gedanken sammeln. Seinen Kopf wieder klar bekommen. Die Enttäuschung darin zerquetschen. Vielleicht sollte er nur raus und einen langen Spaziergang am Meer entlang machen, in seinem Kopf Klarheit schaffen. Genau. Das musste er tun.

Er ging schon in Richtung Treppe zum Erdgeschoss, als er seine nackten Füße wieder bemerkte. Richtig, er brauchte ja noch seine Sandalen!

Hermes eilte nach oben und öffnete die Tür zu seinem Zimmer. Seine Augen fielen sofort auf die Stelle neben dem Bett, wo er immer seine Sandalen hinstellte, doch diesmal war diese Stelle leer. Vielleicht hatte er die Sandalen versehentlich unters Bett geschubst. Er bückte sich, um darunter nachzuschauen, sah aber nichts außer einer Staubschicht, die sich dort angesammelt hatte.

Hermes erhob sich und durchsuchte das Zimmer jetzt gründlicher. Seine Sandalen mussten doch irgendwo sein. Er erinnerte sich daran, dass er sie noch angehabt hatte, als er und Penny draußen am Brunnen gewesen waren. Sie war die Einzige, die dort ihre Schuhe ausgezogen hatte. Er war nicht ins Wasser gestiegen; da war er sich sicher.

Nichtsdestotrotz ging er auf den Balkon und sah zum Brunnen hinunter. Dann sah er sich auf dem Balkon um. Nichts!

Seine Sandalen waren verschwunden.

13

Pennys Herz pochte, und in ihrem Kopf drehte sich alles. Was hatte sie nur getan? Sie konnte es immer noch nicht glauben, aber sie hatte Hermes‘ Sandalen gestohlen.

Nein, nicht gestohlen. Nur geborgt, korrigierte sie sich.

Als sie aufgewacht war, um auf die Toilette zu gehen, war sie über die Schuhe gestolpert – sie wäre fast deswegen hingefallen. Sie hatte sie aufgehoben und mit ins Badezimmer genommen, um sie im Licht zu begutachten. Sie waren prachtvoll. Sie wollte sie nur etwas genauer ansehen. Viel genauer, wie etwa unter einem Mikroskop. Doch ihr Büro lag am anderen Ende der Stadt, und sie hatte länger gebraucht, um dorthin zu gelangen, als sie gedacht hatte. Sie hatte gehofft, einen kurzen Blick auf die Sandalen werfen zu können, und sie dann zurückbringen wollen, bevor Hermes überhaupt bemerkt hätte, dass sie weg waren.

Aber das war nicht so aufgegangen. Die Sandalen zu begutachten, hatte viel länger gedauert, als sie gedacht hatte. Und sie war immer noch nicht fertig.

Sie redete sich ein, dass selbst wenn Hermes aufwachte, während sie weg war, die Chance bestand, dass er erst duschen und vielleicht sogar frühstücken würde, bevor er überhaupt bemerkte, dass seine Schuhe verschwunden waren. Sie hätte genügend Zeit, um sie wieder zurückzubringen. Richtig?

Falsch. Sie war eine Idiotin. Ein Trottel!

Denn als sie erst einmal angefangen hatte, die Sandalen näher zu inspizieren, war sie sofort von ihnen fasziniert. Ein Gedanke kam ihr: Was wäre, wenn diese Sandalen die Antwort auf ihre Gebete waren? Was wäre, wenn sie ihr helfen könnten, die Festanstellung zu bekommen, und so ihren Job retteten?

Die Sandalen waren sehr viel mehr als überwältigend. Sie schienen echt alt zu sein. Das Leder war abgetragen und trotzdem fest. Und die Flügel sahen aus, als wären sie nicht nur golden lackiert, sondern mit Blattgold überzogen, wenn nicht sogar aus massivem Gold gegossen. Wenn das wirklich der Fall wäre, wären sie Tausende wert. Sie wusste nicht einmal, warum Hermes so wertvolle Dinge trug, ohne sich dauernd darüber zu sorgen, dass sie Schaden nehmen könnten.

Es schien, als wären die Flügel aus echten Federn gemacht, die in flüssiges Gold getaucht worden waren. Jede einzelne zarte Faser bewegte sich individuell. Sie hatte Angst, sie zu zerbrechen. Wie konnte Hermes sie tagein tagaus und bei jedem Wetter tragen, ohne sie zu beschädigen?

Sie wünschte, sie hätte die Zeit, einen Test zur Altersbestimmung durchzuführen. Diese Sandalen waren besser als alle Repliken, die sie jemals gesehen hatte. Sie blickte auf die Uhr auf ihrem Schreibtisch. Oh Gott, nein! Zu viel Zeit war schon vergangen. Penny musste die Sandalen Hermes unbedingt wieder zurückbringen. Doch sie brauchte noch eine letzte Sache: Sie hatte noch keine Fotos gemacht, obwohl sie das als Erstes hätte tun sollen.

Penny rannte in ihr Vorzimmer, schnappte sich die Kamera und eilte zurück, aber bevor sie das erste Bild schießen konnte, öffnete sich die Tür. Ihr Kopf schnellte nach oben. Sie ärgerte sich über sich selbst, dass sie vergessen hatte, die Tür zwischen den Büros abzusperren. Sie erwartete, Hermes mit wutentbranntem Gesicht nun dort stehen zu sehen. Schuldgefühle kamen in ihr auf, und eine Entschuldigung lag ihr schon auf der Zunge, doch es war nicht Hermes, der hereinkam, sondern Kenton.

„Kenton? Was machst du hier?“, fragte sie, überrascht, ihn zu sehen. Er kam nie in ihr Büro. Er sprach ja sogar fast überhaupt nie mit ihr.

Seine Augen wanderten über ihr Kleid, was ihr bewusst machte, dass sie immer noch dasselbe Kleid trug, das sie auf der Party am Abend zuvor getragen hatte. Sie konnte sich nur vorstellen, welchen Eindruck sie damit erweckte.

Kenton sah sie an. „Ich habe dich vorhin vorbeilaufen sehen, und du hast etwas abgehetzt gewirkt. Das hat mich neugierig gemacht. Was ist denn los?“ Seine Augen schweiften weg von ihr und der Kamera in ihren Händen zu den Sandalen, die auf dem Tisch lagen.

„Ich äh . . . “

„Sind das etwa . . . ich traue meinen Augen nicht!“ Er drängte sich vor, um die Sandalen genauer zu betrachten.

Sie hatte keine Gelegenheit, sie vor seinem prüfenden Blick zu verbergen. Außerdem würde sie, wenn sie das tat, nur noch mehr Aufmerksamkeit darauf lenken. Sie musste es gleichgültig angehen lassen. „Unglaubliche Repliken, nicht wahr?“

„Ja.“ Er nahm eine Sandale in die Hand.

Schnell nahm sie ihm diese wieder ab.

„Wo hast du sie her?“

„Von einem Bekannten. Ich wollte nur ein paar Bilder machen, bevor ich sie ihm wieder zurückbringe.“ Sie sagte es so sachlich, dass sie sich nicht sicher war, ob sie ihn oder sich selbst damit überzeugen wollte.

„Natürlich“, sagte Kenton, unfähig seinen Blick abzuwenden.

Sie schoss so schnell sie konnte ein paar Fotos und packte die Schuhe dann in eine Tragetasche. „Also, was machst du hier an einem Sonntag?“, fragte sie, wobei sie versuchte, ungezwungen zu klingen.

„Nur ein paar Dinge, die ich noch erledigen musste.“ Er zeigte auf die Tragetasche. „Sie sehen wirklich echt aus. Wo hat sie dein Bekannter her?“

„Oh, aus einem Secondhandladen. Kannst du das glauben?“

Er starrte sie an, wobei sich seine Augen verengten. „Nein. Kann ich nicht.“

„Also, ich sollte mich wirklich wieder auf den Weg machen“, sagte sie, hing sich die Tragetasche über die Schulter und ging Richtung Tür. Als sie sich umdrehte, stand Kenton immer noch dort und starrte auf den Tisch, wo die Schuhe gelegen waren.

„Kenton?“

„Ja, ja. Komme schon.“ Er drehte sich um und folgte ihr zur Tür hinaus.

~ ~ ~

„Bist du sicher, dass du überall gesucht hast?“, fragte Sophia nochmals.

Hermes stieß ein frustriertes Grollen aus. „Ja, sie sind weder im Haus noch irgendwo auf dem Grundstück.“

Er, Eros, Triton und Sophia hatten sich wieder in der Privatwohnung im zweiten Stock versammelt, nachdem sie ausgeschwärmt waren und Haus und Garten von oben bis unten durchsucht hatten. Seine Sandalen waren nicht aufgetaucht. Aber der Verlust seiner Sandalen war nicht das Einzige, was Hermes durch den Kopf ging. Mit jeder Sekunde, die verstrich, wurde es offensichtlicher, dass Penny ihn überlistet hatte – ihn, den größten Gauner unter den Göttern wie auch den Sterblichen!

Wie konnte er nur so blind gewesen sein? Die Anzeichen waren alle vorhanden gewesen: Sie war Professorin für griechische Geschichte – er war ein griechischer Gott. Sie hatte bemerkt, dass er mit Triton altgriechisch gesprochen hatte, und sie hatte es verstanden. Sie hatte Interesse daran gezeigt, ob Sterbliche immer noch an griechische Götter glaubten; verdammt, sie wollte eine Abhandlung darüber schreiben. Er hatte ihr sowohl seinen als auch Tritons echten Namen gegeben. Als Professorin für griechische Geschichte musste sie wissen, dass dies Namen griechischer Götter waren. Hatte sie zwei und zwei zusammengezählt, seine Sandalen bemerkt und sie gestohlen, um zu beweisen, dass griechische Götter wirklich existierten? Wie hatte er das nicht kommen sehen?

„Wo zum Teufel ist er?“, hörte er Dios Stimme plötzlich aus dem Gang kommen.

Hermes drehte sich zur offenen Tür und sah, wie sein Halbbruder in die Einzimmerwohnung trat, und deutlich verärgert dreinblickte. Großartig! Nun musste er sich auch noch mit einem angepissten Dio abgeben! Als ob er nicht schon tief genug in der Scheiße steckte.

Als Dio Hermes erspähte, starrte dieser ihn wütend an und ballte seine Hände zu Fäusten. „Warum zum Teufel kann ich nicht teleportieren? Was hast du jetzt wieder verbockt?“

Bevor Hermes antworten konnte, mischte sich Eros ein. „Dein lieber kleiner Halbbruder ist nicht mehr im Besitz seiner Sandalen.“

Dios Augen verengten sich.

„Sein Flittchen von gestern Nacht hat sie gestohlen“, fuhr Eros fort.

„Sie ist kein Flittchen!“, verteidigte Hermes Penny automatisch.

Dio näherte sich Hermes. „Du Idiot lässt dich von einem sterblichen Frauenzimmer hinters Licht führen, sodass sie deine Sandalen stehlen kann? Hast du den Verstand verloren?“

Wut kochte in Hermes auf. Er stemmte seine Hände in die Hüften. „Darf ich dich daran erinnern, dass ich nicht der erste Gott bin, der von einer Sterblichen hintergangen und zum Narren gehalten wurde!“

Dio blähte seine Brust provokativ auf. „Ich mag deine Anspielung nicht.“

„Das ist keine Anspielung. Das ist eine Tatsache! Also wirf nicht mit Steinen, wenn du im Glashaus sitzt!“

„Ari hat genau das getan, was richtig war. Ich hatte es verdient“, gab Dio zu. Immerhin hatte Dio sie eiskalt sitzen lassen, nachdem er sie hatte glauben lassen, dass sich zwischen ihnen etwas Besonderes entwickelte. Als Hera sich eingemischt und Dio zeitweise sein Gedächtnis geraubt hatte, hatte Ari ihn glauben lassen, dass sie verlobt wären und vereinbart hätten, vor der Ehe keusch zu bleiben. Diese Situation war für Dio die reine Folter gewesen.

„Ja, das hattest du.“ Aber hatte er, Hermes, es auch verdient? Er schüttelte innerlich den Kopf. Nein. Er hatte Penny nichts angetan, das so eine Behandlung rechtfertigen würde: seine Sandalen zu stehlen, sich aus seinem Bett zu schleichen und . . . nein, er wollte nicht einmal daran denken, was sie ihm sonst noch angetan hatte.

„Fick dich! Ich muss zur Ernte in Napa sein. Was soll ich jetzt machen? Verdammt, Hermes!“ Dio schüttelte seinen Kopf.

„Nimm ein verdammtes Flugzeug wie jeder andere auch!“, maulte Hermes.

„Idiot!“

„Zumindest hast du noch genug Zeit, ein Flugzeug zu nehmen“, unterbrach Eros. „Aber meine Verabredung ist schon heute Abend in Griechenland. Und für den Fall, dass ihr euch nicht mit Zeitzonen auskennt, es ist mittlerweile Abend in Griechenland!“

„Und was wäre so schlimm daran, wenn du heute keines deiner Betthäschen ficken könntest? Ich muss eine ganze Ernte überwachen. Wenn etwas schief läuft, könnte die Weinlese eines ganzen Jahres zerstört werden!“, knurrte Dio. „Ich brauche etwas zu trinken!“ Er ging zur Kochnische und nahm eine Flasche Wein aus dem Weinregal.

Triton zog eine Augenbraue hoch. „Vor zwölf Uhr mittags?“

„Irgendwo auf dieser Welt ist es schon Mittag“, wandte Dio ein.

„Was jetzt?“, fragte Sophia, als sie sich auf die Couch fallen ließ und ihre Füße auf den Couchtisch legte.

„Also war Hermes‘ heiße Braut eindeutig nicht auf seinen Körper aus. Nein. Offensichtlich wollte sie nur seine Schuhe“, sagte Eros.

Dio schenkte sich ein Glas ein und trank einen großen Schluck, dann blickte er zu Hermes. „Ich hoffe, sie war es wert. Oder hat sie vorgegeben, einzuschlafen?“

„Sehr witzig!“, schnauzte Hermes, denn das Gestichel seines Freundes brachte ihn nur noch mehr in Rage. Wut versengte seine Eingeweide. „Ich habe es ihr richtig besorgt!“ Gut, zumindest hatte er sie bis zum geht-nicht-mehr gevögelt.

„Hermes!“, züchtigte Triton ihn mit einem Blick auf Sophia.

„Entschuldige, Sophia!“, sagte Hermes schnell.

Dio schenkte ein weiteres Glas ein und reichte es Hermes. „Wo ist Penny jetzt?“

Hermes zuckte mit den Achseln und trank von seinem Wein. „Woher zum Hades soll ich das wissen?“

„Du weißt nicht einmal, wo sie wohnt?“, fragte Dio, wobei Ungläubigkeit seine Lippen in ein Grinsen verwandelte, das Hermes ihm aus dem Gesicht schlagen wollte.

„Nein. Ich weiß nicht, wo sie wohnt“, spottete er. „Ich habe sie erst vor ein paar Tagen kennengelernt. Wir trafen uns immer in Vivians Café.“

„Ich kenne Vivians Café. Großartiges Gebäck“, fügte Eros hinzu.

„Wunderbar.“ Hermes leerte den Rest seines Glases.

„Ich muss sagen, ich habe mich noch nie so offensichtlich von einer Frau benutzen lassen. Wie fühlt es sich an, wegen eines Kleidungsstückes ausgenutzt zu werden?“, fragte Eros.

Hermes kniff die Augen zusammen und blickte auf Eros, wobei er versuchte, seine wahren Gefühle zu verbergen. Es hatte sich wunderbar angefühlt, außergewöhnlich befriedigend und überaus süchtig machend. Mit Penny zu schlafen, hatte ihm den Verstand geraubt. Und sicherlich seine Fähigkeit, klar zu denken, beeinträchtigt, wenn er immer noch dasselbe Verlangen nach ihr verspürte wie in der Nacht zuvor.

„Genug davon. Wir brauchen einen Plan, um die Sandalen zurückzubekommen, bevor im Hades die Hölle los ist“, sagte Triton.

„Im Hades ist schon die Hölle los“, murmelte Hermes. „Die Seelen stapeln sich; die Arbeiter streiken, und das Abkommen, das Zeus Hades vorgeschlagen hat, wird niemals zustandekommen, wenn keiner der Götter teleportieren kann. Wer weiß, wo Zeus gerade feststeckt. Er wird mir den Arsch aufreißen!“ Hermes schlug seine Faust gegen das Bücherregal und nahm die Weinflasche vom Tresen, wo Dio sie hingestellt hatte, nachdem er sein Glas wieder gefüllt hatte.

„Also, sich zu betrinken und die Einrichtung zu zerstören, wird uns nicht helfen. Wenn du nichts dagegen hast, dann lass uns einen Plan schmieden", meinte Triton.

„Du weißt also wirklich nicht, wo sie wohnt?", fragte Eros.

„Bist du taub?", entgegnete Hermes und erhob seine Fast gegen seinen Halbbruder.

„Versuch nicht, das an mir auszulassen! Du bist derjenige, der nicht auf seinen wichtigsten göttlichen Besitz aufpassen konnte. Es wäre genauso, als hätte ich meinen Bogen verloren." Eros schauderte bei dem Gedanken sichtlich.

„Interessiert mich nicht." Hermes hielt einen Moment lang inne, während er mit seiner Hand durch sein Haar fuhr und versuchte, seine Gedanken zu ordnen. „Ich weiß nicht, wo sie wohnt, aber ich habe ihre Telefonnummer. Und ich weiß, dass sie an der Uni arbeitet; an der Fakultät für Geschichte. Griechische Geschichte."

„Scheiße, sie war also wirklich hinter deinen Schuhen her! Was wird sie wohl machen? Sie in einem Museum ausstellen?"

Hermes würdigte Eros' Frage keiner Antwort.

„Was wirst du mit ihr machen, wenn du sie findest? Weil ich da nämlich gerne zusehen würde", sagte Dio mit einem anzüglichen Grinsen im Gesicht.

„Du bist wirklich ein kranker Typ!", sagte Eros, bevor er wieder zu Hermes schaute. „Ich bin dabei. Ich will auch zusehen."

„Niemand wird bei irgendetwas zusehen!" Hermes setzte sein Glas auf der Kommode ab. „Aber sie wird dafür bezahlen!" Dafür, ihn verführt zu haben, ihn benutzt zu haben und ihn wie ein blutverschmiertes Taschentuch weggeworfen zu haben. Und niemand hatte das Recht, dabei zuzusehen, wie er ihre Bestrafung austeilen würde.

„Und was werden wir machen, bis wir deine Sandalen wiederhaben?", fragte Dio.

„Beim Hades hoffen, dass Zeus es nicht herausfindet", betete Hermes. Doch in dem Moment, als die Worte seinen Mund verließen, explodierte der Himmel mit einem lautstarken Knall.

„Zu spät. Er weiß es schon", murmelte Triton.

Ein Blitz zuckte durch den blauen, wolkenlosen Himmel, als wollte er dessen Worte unterstreichen.

14

„Ich werde ihm den Kopf abreißen!“, donnerte Zeus. Die Wände wackelten, als seine Stimme durch das Arbeitszimmer grollte und das Gleichgewicht der Götter und Halbgötter erschütterte, die sich in seinen Palast drängten.

Zeus‘ Diener, den er schon seit über einem Jahrtausend beschäftigte, versuchte, die ungebetenen Gäste wieder durch die Tür hinauszuschieben, doch er wurde dabei fast zertrampelt. Laute Schreie und Beschwerden hallten durch den Raum.

„Was zum Hades geht hier vor?“, übertönte Orion die Menge.

Artemis schüttelte verärgert den Kopf. „Sieht so aus, als hätte einer der vier Vollidioten, mit denen du verwandt bist, wieder einmal Mist gebaut.“

Orion funkelte sie an. „Wovon redest du?“

Ares unterbrach ihn. „Sie spricht von Hermes. Er hat seine Sandalen verloren.“

„Da habe ich etwas anderes gehört!“, behauptete Apollo. „Sie wurden gestohlen.“

„Ich habe gehört, er hat sie verkauft!“, behauptete jemand in der Menge.

Zeus verdrehte die Augen. „Ruhe! Ihr Idioten! Ihr alle!“

Sofort verstummten die Stimmen und alle warteten mit angehaltenem Atem.

„Hermes, der Idiot, hat sich von einer Sterblichen übers Ohr hauen lassen.“ Zeus schlug mit seiner Faust auf den weißen Marmorschreibtisch. „Und dafür wird er bezahlen. Sobald ich meine Hände um seinen verdammten Hals legen kann!“ Dann funkelte er die Versammelten an. „Und wenn ihr nicht Sündenbock spielen wollt, dann geht mir jetzt lieber aus den Augen!“

Er hatte noch nie zuvor Götter so schnell verschwinden sehen.

Als Zugabe sandte er einen weiteren Blitz, um den Himmel zu erleuchten. „Wie kann ich nur so einen dummen Sohn haben?“

„Was soll ich sagen, Zeus, es ist eine Gabe!“, behauptete Hera, als sie den Raum betrat.

Ihr katzenhaftes Lächeln brachte Zeus zum Kochen.

„Ich bin im Moment nicht scharf auf deine Meinung, mein liebes Weib.“

„Ach, aber es macht mir so viel Spaß. Du erwartest doch nicht, dass ich da widerstehe, Liebling? Hermes ist mir schon ewig ein Dorn im Auge.“

„Ich schwöre dir, ich werde ihm das Fell über die Ohren ziehen und es an meine Wand nageln, sobald ich wieder auf die Erde teleportieren kann.“

Hera kam auf ihn zu und blieb nur wenige Zentimeter von ihm entfernt stehen, um ihm mit einem perfekt manikürten Fingernagel die Brust hinunterzukratzen.

„Genau, Liebling. Allerdings sieht es so aus, als hättest du hier mit mir Hausarrest. Keine Gelegenheit mehr für ein romantisches, geschmackloses Stelldichein, um dich mit deiner Hure-du-Jour zu vergnügen, wie?“ Sie schmunzelte.

Zeus bemerkte, wie sein Blut zu kochen begann, selbst als er ihre Hand packte und sie tiefer führte. „Vielleicht willst du mir ja dann aushelfen. Da ich meine Bedürfnisse ja nicht mit einer sterblichen Hure stillen kann, sollte ich vielleicht ab und zu eine Göttin ficken. Was hältst du davon?“

Er führte ihre Hand über die Ausbuchtung, die sich durch seine Tunika abzeichnete. Verdammt, selbst Hera konnte ihn in weniger als einer Minute erregen! Er griff nach der Spange auf seiner Schulter, die seine Tunika zusammenhielt, und öffnete sie. Der weiße Stoff fiel zu Boden und sammelte sich um seine Füße.

Heras Lippen formten sich zu einem perfekten *O*, als sie ihren Blick auf seinen Schwanz richtete. „Du bist prachtvoll wie immer, das muss ich dir lassen.“ Dann griff sie nach seiner Erektion und umfasste sie mit ihren eleganten Fingern.

Er gab ein anerkennendes Stöhnen von sich. „Ich bin heute in der Stimmung, einen geblasen zu bekommen.“ Dann griff er nach der Spange auf Heras Schulter. „Von einer nackten Göttin.“ Er öffnete die Spange, und Heras Tunika fiel bis zu ihrem Bauch hinab. Die goldene Schärpe, die um ihre Taille gebunden war, hielt die Tunika davon ab, ganz hinabzufallen.

„Und wo willst du eine nackte Göttin finden, die bereit ist, einen solchen Akt zu vollziehen?“, fragte sie kokett, wobei sie seinen Schwanz fest drückte.

Er packte sie und riss sie an sich, dann schnippte er mit den Fingern und ließ ihr Gewand verschwinden. Nun nackt, presste er sie an sich, wobei ihre sinnlichen Brüste über seine Brust streiften, und ihre Muschi auf seinen Schaft hin ausgerichtet war. Vielleicht war blasen doch nicht das, was er brauchte.

„Nach nochmaliger Überlegung“, räumte er ein, während er sie in seinen Armen drehte und sie dann vorwärts über seinen großen Schreibtisch legte, „ist mir vielleicht doch eher nach einem guten Fick.“

Zeus spreizte Heras Beine weiter, brachte seinen Schwanz auf eine Linie mit ihrer bereits feuchten Spalte und stieß von hinten in sie hinein. Er hielt sie an ihren Hüften fest, nur für den Fall, dass sie versuchte, ihm zu entkommen; es schien jedoch, als würde sich Hera dieses Mal fügen. Sie stöhnte und hielt sich am Tisch fest, ihre Fingerknöchel weiß von der Anstrengung sich festzuklammern, damit seine harten Stöße sie nicht über den Tisch katapultierten.

„Ich liebe deinen Schwanz in mir, Zeus. Du bist viel besser als all die anderen, die mich ficken."

Er knurrte vor Wut. Obwohl er wusste, dass ihre Ehe keine treue war – beiderseits – hasste er es, in einem Moment wie diesem daran erinnert zu werden.

„Wirst du mich dafür bestrafen?", fragte sie stöhnend.

„Ja! Verdammt noch mal, Hera! Ich werde dich für jeden Mann, der seinen Schwanz im letzten Jahrtausend in dir hatte, mit einem Stoß bestrafen. Und was wirst du dagegen tun?" Er schob seine Erektion tiefer und härter in sie und schlug ihr dann mit der flachen Hand auf ihren rosa Hintern. Das anerkennende Stöhnen, das sie von sich gab, machte ihn noch härter.

„Lass uns erst mal sehen, ob du es überhaupt so lange durchhältst!", neckte sie ihn und kam seinem nächsten Stoß mit aller Kraft entgegen.

~ ~ ~

Penny lächelte Kenton müde an. „Also ich muss jetzt wirklich gehen."

Aber Kenton verstand den Hinweis nicht und blieb an ihrer Seite. Er schien beschlossen zu haben, herauszufinden, wohin sie mit den Sandalen in ihrer Tasche ging. Als sie den Korridor entlanggingen, suchte sie verzweifelt nach einem Fluchtweg.

Ihre Augen fielen auf ein Schild, das auf die Toiletten hinwies. Das war ihrer Chance.

Sie fasste sich an den Bauch. „Oh, verdammter Magen; müssen die Meeresfrüchte gewesen sein, die ich gestern Abend hatte." Sie lächelte ihn entschuldigend an und genau, wie sie es vorhergesehen hatte, verwandelte sich sein Blick in Verlegenheit. Männer waren wirklich total durchschaubar! „Also bis Montag", sagte sie und ging zur Damentoilette.

„Soll ich auf dich warten?", rief er ihr nach.

Sie machte eine abweisende Geste mit ihrer Hand, ohne zurückzublicken. „Nicht nötig. Es wird etwas dauern."

Penny ging in die Toilette, schloss die Tür hinter sich und seufzte dabei erleichtert. Sie hätte so eine Ausrede normalerweise nie benutzt, aber irgendwie hatte sie ihren neugierigen Kollegen loswerden müssen.

Es gab nur einen Ein- und Ausgang zur Damentoilette, deshalb musste sie eine Weile hierbleiben, nur für den Fall, dass Kenton trotz allem im Flur wartete. Sie schaute auf ihr Handy, um zu sehen, wie spät es war. Fast neun Uhr morgens. Hermes würde jetzt sicher schon wach, geduscht und angezogen sein – und bemerkt haben, dass seine Sandalen weg waren. Würde er heute einfach ein anderes Paar Schuhe anziehen und seine Sandalen später suchen? Wer trug tagein tagaus schon dieselben Schuhe? Nicht einmal Männer taten das. Kenton, diese Modepuppe, trug fast jeden Tag ein anderes Paar.

Ein lautes Donnergrollen ließ sie aus dem Fenster sehen. Es fing plötzlich zu regnen an. Es schüttete regelrecht. Wie ein tropischer Regen. Das Wetter war in letzter Zeit wirklich unvorhersehbar. Sie schüttelte den Kopf. Dann erblickte sie ihr Spiegelbild im Spiegel über dem Waschbecken.

„Diebin!“, flüsterte sie sich selbst zu. Das war sie. Genau wie ihr Vater. Aus demselben Holz geschnitzt. Hatte das Schicksal sie schließlich eingeholt?

Es gab jetzt kein Zurück mehr. Kein Retten der Situation. Sie hatte die verdammten Sandalen gestohlen und würde dafür bezahlen müssen. Der Schaden war schon angerichtet.

Mitgefangen, mitgehangen.

Vielleicht konnte ja trotzdem noch etwas Gutes dabei herauskommen. Sie dachte an ihre Großmutter und wie es ihr das Herz brechen würde, wenn sie ihr sagen müsste, dass sie Charleston verlassen müssten, weil Penny ihren Job verloren hatte. Dass sie versagt hatte, die Festanstellung zu bekommen! Ihr Herz stach schmerzhaft. Nein, das konnte sie ihrer Großmutter nicht antun. Es könnte sie buchstäblich umbringen.

Nachdem Penny nochmals auf die Uhr gesehen hatte, entschied sie, dass genug Zeit verstrichen war, ging zur Tür, öffnete sie einen Spalt und spähte in den Gang. Er war leer. Ohne eine Sekunde zu verlieren, eilte sie die Gänge hinunter zum Labor im Untergeschoss, da ihr eine Idee gekommen war.

Niemand würde an einem Sonntag da sein, aber sie war mit Irene befreundet, die das Labor leitete. Mit etwas Glück könnte sie sie dazu bringen, heute vorbeizukommen und eine Kohlenstoffdatierung für sie durchzuführen. Dann würde sich Penny heute Abend wieder in die Pension schleichen und Hermes‘ Sandalen heimlich zurückbringen.

War es immer noch Diebstahl, wenn sie das Diebesgut noch am selben Tag zurückbrachte?

Als Penny am Eingang zum Labor ankam, nahm sie ihr Handy heraus und wählte.

„Komm schon, Irene, nimm ab!“, murmelte sie zu sich selbst.

Es klingelte zwei Mal, drei Mal, dann ein viertes Mal. Schließlich wurde der Anruf angenommen. „Ja?“ Irenes Stimme klang verkatert.

„Irene, ich bin’s, Penny. Tut mir leid, dich so früh an einem Sonntagmorgen zu stören, aber ich muss dich um einen Gefallen bitten. Ich habe eine Eilbestellung für eine Kohlenstoffdatierung für dich. Kannst du vielleicht heute noch ins Labor kommen?“

„Also“, meinte Irene und zögerte kurz. „Okay, ich komme gleich, aber ich habe heute Nachmittag einen Familienausflug.“

„Oh, du bist die Beste. Und kannst du mir noch einen Gefallen tun? Kannst du es für dich behalten? Niemand darf davon erfahren. Insbesondere nicht Kenton.“

„Sicher doch.“

„Danke, meine Liebe. Ich schulde dir was.“

„Etwas Großes, und ich werde es auf jeden Fall einfordern.“

Penny lächelte und legte auf. Sie legte einen Schuh in eine der großen Bearbeitungstüten, die neben der Labortür hingen, verschloss sie und schrieb die Anweisungen darauf. Dann legte sie die Tüte in den Nachtschalter und schloss ihn. Sie hörte, wie die Tüte in einen Behälter auf der anderen Seite der Tür fiel.

Nachdem sie einen beruhigenden Atemzug genommen hatte, eilte sie die Treppe wieder hinauf. Die Sandale würde sicher sein, wo sie war. Niemand außer der Belegschaft, die dort arbeitete, konnte das Labor betreten. Aber sie konnte nicht weiterhin mit der zweiten Sandale herumlaufen. Was würde geschehen, wenn sie Hermes begegnete?

Penny eilte zu ihrem Büro zurück und blickte ständig nervös über ihre Schulter, um sich zu versichern, dass Kenton nicht wieder wie aus dem Nichts auftauchte. Als sie ihr Büro unentdeckt erreicht hatte, atmete sie erleichtert auf.

Hastig öffnete sie den Safe, der in einem Schrank in der Ecke ihres Büros verborgen war und legte den Schuh hinein, bevor sie die Tür verriegelte. Sie hängte die Tragetasche wieder an den Haken.

Die Sandale wäre hier ein paar Stunden lang sicher. Dann würde sie austüfteln, wie sie Hermes beide Sandalen zurückbringen konnte.

Als würde das alles wieder in Ordnung bringen! Als wäre dadurch das Brandmal, eine Diebin zu sein, mit dem sie sich gezeichnet hatte, wieder entfernt.

Als sich eine Tür öffnete, schnellte sie herum, um dem Eindringling ins Auge zu sehen.

Ihr Herz stoppte, nur um eine Sekunde später doppelt so schnell weiterzuschlagen.

Scheiße! Jetzt saß sie wirklich in der Klemme.

15

Mit ihrer Handtasche in der Hand und einem Ausdruck von Schock auf ihrem Gesicht stand Penny vor ihm. „Hermes!“ Ihre Stimme bebte, als sie seinen Namen sagte.

„Wo sind sie?“, knurrte Hermes, kaum fähig, sich davon abzuhalten, sie anzufallen, sie bei den Schultern zu packen und die Wahrheit aus ihr herauszuschütteln.

Er war fuchsteufelswild! Und darüber hinaus hatte ihn der wolkenbruchartige Regenguss erwischt, den Zeus heraufbeschworen hatte, und Hermes hatte keine Gelegenheit gehabt, sich mit seinen göttlichen Kräften zu trocknen, da einige Studenten auf seinem Weg zu Pennys Büro durch die Gänge gewandert waren.

„Was?“, fragte sie und wich vor ihm zurück.

Sie hatte Angst. Er konnte es deutlich in ihrem Gesichtsausdruck erkennen, so wie ihre Augen nach einem Fluchtweg suchten und ihre Lippen leicht zitterten. Zum Teufel, er konnte förmlich die Furcht riechen, die in Wellen von ihr ausstrahlte.

„Als ob du das nicht wüsstest!“, sagte er zähneknirschend und beinahe unfähig, seine Wut noch länger zu zügeln.

„Ich weiß es nicht. Wirklich.“ Sie stand jetzt mit dem Rücken zur Wand. Ihr Blick wanderte von seinem Gesicht zur Tür hinter ihm. Als ob sie entkommen könnte! Als ob er sie gehen lassen würde!

Er machte einen Schritt auf sie zu.

„Hermes“, fing sie an, wobei sie ihre Tasche wie ein Schutzschild vor sich hielt. Sie war völlig atemlos, ihre Lippen waren nach vorne geschoben, und ihre Brust hob sich. „Du bist völlig durchnässt. Kann ich dir ein Handtuch bringen?“ Sie stellte ihre Handtasche auf den Tisch und versuchte, an ihm vorbeizueilen.

Seine Hand schoss hervor und packte ihre Schulter, um sie davon abzuhalten, sich an ihm vorbeizuzwängen. „Nein! Ich will kein Handtuch.“ Er lehnte sich vor, sein Gesicht nur Zentimeter von ihrem entfernt. Wasser tropfte von seinen Haaren auf ihre Schulter. „Du weißt, was ich will.“

„Bitte Hermes!“, flehte sie und sah zu ihm hoch. „Ich weiß, ich hätte dich heute Morgen nicht so einfach verlassen sollen. Ich habe nur . . . “ Sie zögerte. „Es gab etwas Wichtiges, das ich völlig vergessen hatte. Zeitkritische Arbeit. Aber dann wollte ich gleich zurückkommen. Eigentlich hatte ich gehofft, zurück zu sein, ehe du überhaupt aufwachst – ”

„Halt!“, brüllte er.

„Was?“, quiekte sie.

Angsterfüllte Augen blickten ihn an. Ihre Atmung wurde schneller, und er bemerkte, wie die Ader an ihrem Hals wild pochte. Für einen kurzen Moment fühlte er sich wie ein Arsch. Er machte Frauen keine Angst. Er liebte Frauen. Nicht ein einziges Mal in seinem Leben hatte er je einer Frau wehgetan.

Noch nie hatte er einer Frau wehtun wollen.

„Hast du es von Anfang an geplant?“, fragte er, wobei er die Worte durch seinen angespannten Kiefer hervorpresste.

Sie antwortete ihm nicht, sondern sah ihn nur mit ihren verstörten Rehaugen an. Wie gut war ihre Schauspielkunst? Wie lange würde sie ihre Täuschung und diese Darbietung von Unschuld aufrechterhalten können?

„Hast du mit mir geschlafen, nur damit du mir meine Sandalen nehmen konntest? Wolltest du überhaupt mit mir zusammen sein?“ Er hasste den flehenden Ton in seiner Stimme.

Fast so sehr, wie er das plötzliche Verständnis und das Mitleid, das in ihren Augen auftauchte, hasste. Als wüsste Penny, dass er Hals über Kopf in sie verliebt war, und sie das nicht wollte, was er ihr anbot, ihm dies aber irgendwie schonend beibringen müsste.

„Nein“, flüsterte sie, während sich ihr Kopf von einer Seite zur anderen bewegte. „Niemals. Ich bin verrückt nach dir Hermes. Du bist unglaublich.“ Sie hob eine zitternde Hand zu seiner Wange. Hatte sie Angst, dass er diese wegschlagen würde?

Verdammt, das konnte er sie doch nicht glauben lassen!

Blitzschnell drückte er sie an die Wand, sein Gesicht nur Zentimeter von ihrem entfernt. Sie rang verwundert nach Luft, und dann fielen seine Lippen auch schon über ihre her. Verschlangen sie. Bestraften sie. Zeigten ihr, wer er wirklich war. Kein Mann, mit dem man spielte. Sondern ein Gott! Ein Gott!

Penny stöhnte, und ihre Lippen öffneten sich und erlaubten seiner Zunge, in ihren Mund vorzustoßen und mit ihrer zu ringen. Er verlor sich in ihr. Seine Hand wanderte über ihren Körper, berührte ihre Brüste, knetete sie grob. Sie stöhnte, drückte sich näher an ihn und verlangte mehr.

Ihre Hände knöpften sein Hemd auf, zogen den nassen Stoff von seinen Schultern. Sie streichelte seine Brust, ließ ihre Finger mit seinen Brustwarzen spielen und ließ ihn damit momentan alles vergessen.

Hermes riss seinen Mund von ihr. „Verdammt, Penny! Wo sind meine Sandalen?“

„Ich habe sie nicht.“

Er glaubte ihr nicht, aber bei den Göttern, er würde die Wahrheit aus ihr herausbekommen, auf die eine oder andere Art. In der Liebe und im Krieg war alles erlaubt. Ob das hier Liebe oder Krieg war, wusste er nicht. Aber es war jetzt egal, weil das Ergebnis das gleiche war: Er würde die Wahrheit aus ihr herausvögeln, wenn es nötig war.

Er griff nach dem Saum ihres Kleides und schob das Kleidungstück über ihre Oberschenkel hoch. Seine Hand glitt zwischen ihre Beine und streichelte über ihr Höschen – ein Höschen, das schon mit Feuchtigkeit durchtränkt war. Verdammt noch mal, erregte sie das genauso sehr, wie es ihn erregte?

Mit einem Ruck riss er das dünne Stück Unterwäsche von ihrem Körper und warf es zu Boden.

„Sag mir die Wahrheit!“, verlangte er nochmals.

„Ich habe sie nicht genommen“, beharrte sie.

Wütend über ihre Verweigerung hob er sie hoch und legte sie über den Tisch, wobei er die Akten wegstieß, um Platz zu schaffen.

„Du hast noch eine Chance“, warnte er sie und stellte sich zwischen ihre Beine. Seine Finger öffneten schon den Knopf seiner Jeans und zogen den Reißverschluss hinunter.

Ohne seine Augen von ihr zu nehmen, schob er seine Hose und seine Boxershorts bis zu seinen Knien hinab, um seine Erektion zu befreien. Bei den Göttern, war er hart! Er zog ein Kondom aus seiner Tasche, riss es auf und zog es sich über.

„Sag mir die Wahrheit! Wo sind sie?“

„Ich habe sie nicht. Vielleicht hat sie ein anderer Partygast genommen.“

Ihre Brust hob sich, ihre harten Brustwarzen – ein Zeichen ihrer Erregung – drückten durch den Stoff ihres Kleides. Er packte ihre Hüften und tauchte in sie ein. Gleichzeitig entwich ein Schrei ihren Lippen.

„Oh Gott!“, rief sie mit flatternden Augenlidern aus. Ihre Beine schlangen sich um ihn, ihre Finger gruben sich in seinen Hintern und versuchten, ihn näherzuziehen, während sie sich ihm entgegen bäumte, um jedem seiner Stöße entgegenzukommen.

„Verdammt, Penny!“

Plötzlich fühlte sich die ganze Sache nicht mehr wie die Bestrafung an, die er für sie vorgesehen hatte. Die Erregung, die in ihren Augen leuchtete, und die reichlichen Säfte in ihrer warmen Muschi waren Zeugnis dafür, dass sie dies genoss. Das konnte er nicht erlauben! Sie durfte die Sache nicht genießen. Sie sollte seinen Zorn zu spüren bekommen!

Er pflügte in sie hinein, härter, tiefer, stärker. Aber ihr Gesichtsausdruck veränderte sich nicht. Sie stieß ihn nicht weg, versuchte nicht, ihm zu entkommen. Stattdessen stöhnte sie auf und zog ihre Unterlippe zwischen ihre Zähne, als wollte sie sich davon abhalten, vor Vergnügen zu schreien.

Seine Eier zogen sich bei dem erotischen Bild zusammen. Verdammt! Er würde wieder kommen. Er sollte sich ihr verweigern, sich zurückhalten, ihr nicht geben, was sie wollte. Aber sein Körper hatte andere Pläne. Seine Hüften lieferten Stoß auf Stoß, und sein Schwanz dachte nur an sein eigenes Vergnügen.

„Wer hat dir aufgetragen, meine Sandalen zu stehlen?“

Ihre Lippen öffneten sich. „Niemand.“

Er ließ sich gehen, ließ seinen Körper für sich übernehmen und verlor die Kontrolle. Sekunden später spürte er seinen Samen durch seinen Schwanz schießen und wie er sie genauso wie in der Nacht zuvor füllte.

Er blickte auf sie hinab. Ihre Wangen glühten, ihr Haar war zerzaust, und ihre Beine waren immer noch um ihn geschlungen. Ihre Muschi zitterte immer noch von den Nachbeben ihres eigenen Orgasmus. Er hatte sie wie ein geiler Hengst gefickt.

Das Klingeln eines Handys unterbrach seine Gedanken.

Pennys Augen weiteten sich aus Panik. „Das ist Oma.“ Sie griff nach ihrer Tasche, während sie versuchte, sich aufzusetzen.

„Dieses Gespräch ist noch nicht vorbei“, knurrte er, während er sich aus ihr herauszog. Eigentlich hatten sie das Gespräch noch nicht einmal angefangen, da sein Körper andere Ideen gehabt hatte. Dumme Ideen!

„Ich muss den Anruf annehmen. Der Klingelton gehört zu meiner Großmutter. Etwas muss passiert sein.“

Widerwillig trat Hermes zurück und erlaubte ihr, nach dem Telefon zu greifen, während sie gleichzeitig versuchte, ihr Kleid nach unten zu ziehen, um ihre Nacktheit zu bedecken.

Penny schluckte schnell. Sie konnte nicht glauben, was gerade passiert war. Sie hatte sich von Hermes ficken lassen, als wäre sie ein sexbesessenes Flittchen. Und was noch schlimmer war, sie hatte es genossen. Jede einzelne Sekunde! Als wäre sie eine billige Schlampe, die ihre Beine immer und überall breitmachte.

Ihre Wangen brannten vor Scham. Aber sie versuchte, das Gefühl zu unterdrücken, und war dankbar für den Telefonanruf, der sie unterbrochen hatte. Zumindest bedeutete das, dass sie Hermes jetzt nicht ansehen oder irgendwelche Fragen beantworten musste.

„Oma?“, beantwortete sie das Telefon.

„Penny, ich bin gestürzt und kann nicht mehr aufstehen.“

Angst durchfuhr sie wie ein Blitz und raubte ihr den Atem. „Bist du in Ordnung?“, fragte sie, während sich Panik in ihr ausbreitete.

„Ja, ja. Nichts ist verletzt außer mein Stolz.“ Ein Zögern lag in ihrer Stimme. „Glaube ich zumindest.“

„Hast du Schmerzen?“

„Nur ein bisschen; es ist nicht arg schlimm. Mach dir keine Sorgen!“

Zu spät – Penny machte sich bereits Sorgen. „Wo ist Rose?“

„Ich habe sie nach Hause geschickt. Dein Vater hat angerufen und gesagt, dass er kommt. Aber er ist noch nicht hier. Ich bin sicher, er kommt jeden Moment, falls du beschäftigt bist, Schätzchen.“

„Beweg dich nicht, Oma! Ich bin in zehn Minuten da.“

Penny legte auf und steckte das Handy zurück in ihre Tasche. „Dieser Scheißkerl!“

„Wer?“, fragte Hermes. Er hatte seine Hose zugemacht und war gerade dabei, sein Hemd wieder anzuziehen.

Überraschenderweise sah Hermes wirklich besorgt aus. Da fühlte sie sich gleich noch schlechter.

Sie schnappte ihre Tasche und eilte zur Tür. „Mein Vater sollte heute auf meine Großmutter aufpassen, deshalb hat sie ihre Krankenpflegerin nach Hause geschickt. Und natürlich ist er nicht aufgetaucht, und jetzt ist sie gestürzt. Ich muss heim und ihr helfen.“

„Ich komme mit.“

Sie blickte über ihre Schulter. „Das ist nicht nötig.“

„Du glaubst doch nicht wirklich, du kannst mich so einfach abservieren? *Tss-tss*. Ich weiche dir nicht von der Seite, bis ich meine Schuhe wiederhabe.“

Penny starrte ihn an und wusste nicht, was sie sagen sollte. Warum gestand sie ihm nicht einfach die Wahrheit? War der Grund vielleicht, dass sie immer noch die Hoffnung hatte, die Sandalen in ein paar Stunden anonym zurückzubringen, damit er nicht herausfinden würde, dass sie sie genommen hatte? Oder konnte sie es ihm nicht sagen, weil sie sonst zugeben müsste, dass ihr Vater nicht der einzige Dieb in der Familie war? Dass der Apfel nicht weit vom Stamm fiel?

„Penny, das ist nicht vorbei; du weißt das so gut wie ich.“ Er trat auf sie zu. „Für eine ganze Weile nicht.“

Ihr Puls raste, und ihr Herz schlug ihr bis zum Hals. Wenn sie nur die Zeit zu dem Moment zurückdrehen könnte, bevor sie heute Morgen die Sandalen gestohlen hatte.

Warum hatte sie sie überhaupt genommen? Sie erinnerte sich nur an den unerklärlichen Drang, sie näher untersuchen zu wollen, der sie gepackt hatte, als sie die Sandalen das erste Mal berührt hatte – so als wären sie magisch.

16

Penny hielt das Auto vor einem gepflegten Bungalow an. Kein anderes Auto war in der Einfahrt. „Ich kann nicht glauben, dass er ihr das angetan hat“, murmelte sie.

Hermes folgte Penny ins Haus, wo sie sofort zum ersten Zimmer zu ihrer Rechten eilte. Eine ältere Frau lag auf dem Boden neben dem Bett.

„Oh, Oma!“ Penny kniete sich neben sie und nahm ihre Hand.

„Es ist schon in Ordnung, Penny“, sagte die Frau, aber ihr Gesicht strafte sie Lügen.

„Hier, lass mich helfen!“ Hermes bückte sich und versuchte, die alte Frau vorsichtig in eine sitzende Position aufzurichten, aber sie zuckte mit schmerzverzerrtem Gesicht zusammen.

„Aua!“

„Oma! Du hast gesagt, du bist nicht verletzt!“, tadelte Penny sie. „Warum hast du nichts gesagt? Du könntest dir etwas gebrochen haben!“

„Du machst dir zu viele Sorgen!“, entgegnete ihre Großmutter. „Ich bin sicher, es ist nur eine leichte Prellung.“

„Das nehme ich dir nicht ab“, antwortete Penny und zog ihr Telefon aus der Tasche.

Hermes zögerte. Noch einmal zu versuchen, Pennys Großmutter hochzuheben, könnte ihr nur noch mehr Schmerzen bereiten. „Wo tut es weh?“, fragte er stattdessen, während Penny eine kurze Nummer wählte, die nur aus drei Ziffern bestand. 9-1-1, vermutete er. Er zog eine Augenbraue hoch. War es wirklich notwendig, einen Notarzt zu rufen?

„Nur auf meiner linken Seite“, gab Pennys Großmutter zu. „Ich bin auf die Seite gefallen, als ich versuchte, vom Bett in den Rollstuhl zu kommen, und er unter mir weggerutscht ist.“

„Ja, meine Großmutter ist hingefallen. Ich glaube, sie hat sich die Rippen gebrochen“, sagte Penny ins Handy, das fest an ihr Ohr gepresst war. Sie ging auf und ab. „Nein, soviel ich sehe, blutet sie nicht.“

Hermes bemerkte, wie die alte Frau ihre Augen verdrehte. „Das ist wirklich nicht nötig, Penny.“

Penny schaute sie ernst an. „Ja bitte, kommen Sie gleich! Die Adresse lautet . . . “

Während Penny dem Notdienst die Adresse gab, nahm Hermes ein Kissen vom Bett. Er hob den Kopf der alten Frau vorsichtig hoch und schob es darunter. „Ich glaube, Sie werden nicht hochkommen, bevor der Notarzt hier ist.“

„Sie ist eine Sklaventreiberin, die da“, sagte Pennys Großmutter und deutete auf Penny.

„Oma! Ich sorge nur dafür, dass es dir gut geht. Weiß Gott, es kümmert sich ja sonst niemand!“

Hermes blickte sie an, überrascht von der Wut und Verbitterung in ihrer Stimme.

„Du kannst deinen Vater dafür nicht verantwortlich machen.“

„Kann ich das nicht?“, fragte sie bissig.

„Ich bin sicher, es ist ihm nur etwas dazwischen gekommen. Es ist meine Schuld. Ich hätte warten sollen, bis er hier ist, bevor ich Rose nach Hause geschickt habe.“ Dann sah sie Hermes an. „Und jetzt, Penny, warum stellst du mich nicht diesem netten jungen Mann vor, den du mit nach Hause gebracht hast?“

Penny stand eine Sekunde lang da. Ihr Mund öffnete sich und schloss sich wieder, als sie sichtbar herumkrebste, was sie sagen sollte.

„Ich bin Hermes“, stellte sich Hermes vor, um ihr auszuhelfen. Er beugte sich über die alte Dame und streckte ihr die Hand hin. „Es freut mich, Ihre Bekanntschaft zu machen.“

„Oh“, sagte die alte Dame und nahm seine Hand, während sich ein süßes Lächeln auf ihrem Gesicht ausbreitete. „Sie müssen Pennys neuer Freund sein. Sie sehen sehr gut aus und sind so ein Gentleman.“

„Oma, wirklich! Er ist nicht mein fester Freund. Wir sind nur Bekannte.“

„Gute Bekannte“, fügte Hermes hinzu, als er den zweifelnden Blick in den Augen ihrer Großmutter bemerkte. Dann zwinkerte er der alten Frau zu.

Diese lachte. „Du protestierst zu viel, Schätzchen. Ich bin vielleicht alt, aber ich bin nicht tot und auch nicht blind.“ Sie zeigte auf Pennys Kleid. „Du trägst immer noch dasselbe Kleid, in dem du auf die Party gegangen bist. Du hast es gestern Nacht nicht nach Hause geschafft.“

Penny stieß ein unbehagliches Lachen aus. „Oma, bitte blamiere mich nicht!“ Sie bückte sich zu ihrer Großmutter und richtete nervös das Kissen zurecht. „Wie fühlst du dich jetzt?“

Pennys Wangen waren rot, und Hermes konnte nicht umhin, sich zu fragen, ob Penny wirklich so war, wie sie sich jetzt gab – eine Frau, die sich zutiefst um ihre Großmutter sorgte und ihre Emotionen offen zur Schau stellte. Wie konnte eine Frau wie sie eine Diebin und Lügnerin sein? Aber alle Beweise deuteten darauf hin, dass sie genau das war, wonach sie aussah. Sie hatte seine Sandalen gestohlen und jetzt versuchte sie, die ganze Sache zu verschleiern und ihn loszuwerden.

„Ich habe dir gesagt, mir geht es vollkommen gut. Tut mit leid, dass ich dich von der Arbeit abhalte. Ich weiß, du bist mit deinen Recherchen beschäftigt, damit du die Festanstellung bekommst“, sagte ihre Großmutter.

„Nette Art, das Thema zu wechseln, Oma!“ Pennys Augen schossen zu Hermes, was unmittelbar sein Interesse weckte.

„Wer sagt, ich wechsle das Thema? Versucht dieser junge Störenfried – wie heißt er gleich noch mal? Kenton? – versucht er immer noch, sich vorzudrängen?“

Pennys Lippen verzogen sich vor Missfallen. „Er macht nur, was jeder andere ehrgeizige Mensch auch tun würde.“

Von draußen kam der Lärm der Sirenen näher, und Hermes bemerkte, wie sich Erleichterung auf Pennys Gesicht zeigte.

„Das muss der Krankenwagen sein.“ Sie eilte aus dem Zimmer, und Hermes hörte einen Moment später, wie die Haustür aufging.

Als zwei Sanitäter den Raum betraten, trat Hermes zur Seite, um sie ihre Arbeit machen zu lassen und die alte Dame nach Verletzungen zu untersuchen.

Alles fing endlich an, einen Sinn zu ergeben. Penny konkurrierte mit jemandem um eine Festanstellung. Wie weit würde sie gehen, um ihr Ziel zu erreichen? Hatte sie deshalb seine Sandalen gestohlen, um die Festanstellung zu bekommen?

Ein Paar authentische Sandalen eines griechischen Gottes in die Hände zu bekommen, musste ein ziemlicher Coup sein. Es würde ihrer Forschung und dem Artikel, den sie dem Personalkomitee vorlegen wollte, Glaubwürdigkeit verleihen. Einen Beweis, dass griechische Götter existierten, in die Hände zu bekommen, war für eine ehrgeizige Frau wie sie genug, um zu lügen, zu betrügen und zu stehlen. Er verstand blinde Ambition, er verstand auch Gier. Davon gab es genug auf dem Olymp. Aber diese Eigenschaften in Penny zu sehen, in der Frau, die sich in seinen Armen hatte gehen lassen, machte ihn krank. Wie hatte sie das nur tun können? Ihn so zu benutzen? Und wofür? Damit sie eine Festanstellung an einer unbedeutenden Universität bekam!

Nur über seine verdammte Leiche!

Er würde seine kostbaren Sandalen wiederbekommen und sicherstellen, dass sie nie die Wahrheit über ihn und die Götter veröffentlichte. Das war seine Pflicht! Wenn er sie vernachlässigte, würde ihm Zeus nicht nur das Fell über die Ohren ziehen; Hermes würde auch alle Götter in Gefahr bringen und alles zerstören, wofür sie lebten.

Penny konnte nicht anders, als sich Sorgen um ihre Großmutter zu machen. Es wäre nicht das erste Mal, dass sie sich bei einem scheinbar harmlosen Sturz ein paar Knochen gebrochen hatte. Das letzte Mal, als das passiert war, hatte Oma ihr versichert, dass es ihr gut ging, obwohl sie sich in Wahrheit eine Rippe gebrochen hatte. Dieses Mal ging Penny kein Risiko ein.

„Meinen Sie, sie hat sich etwas gebrochen?“, fragte sie einen der Sanitäter und ignorierte die Beteuerungen ihrer Großmutter, dass alles in Ordnung war.

„Schwer zu sagen. Wir bringen sie besser ins Krankenhaus zum Röntgen.“

„Ja, machen wir das“, stimmte Penny zu.

„Penny, das ist wirklich nicht nötig!“, protestierte ihre Großmutter.

Der Sanitäter schritt ein. „Ich muss Ihrer Enkelin zustimmen, Mrs. Galloway. Wir lassen Sie besser im Krankenhaus gründlich untersuchen.“

Ihre Großmutter stieß ein missbilligendes Grunzen aus, während die beiden Sanitäter sie vorsichtig auf eine Bahre hoben.

„Ich verpasse meine Lieblingssendung im Fernsehen.“

Penny verdrehte die Augen. „Ich nehme sie dir auf.“

Als Penny vor den beiden Sanitätern herging, die ihre Großmutter aus dem Zimmer trugen, ging die Eingangstür auf.

„Penny!“, begrüßte sie ihr Vater, der auf der Türschwelle stand und schockiert dreinblickte. „Was macht der Krankenwagen hier?“

Dann schweifte sein Blick an ihr vorbei. „Oh, Gott! Mama! Was ist passiert? Ist alles in Ordnung?“ Er drückte sich an Penny vorbei, um sich neben die Bahre zu stellen und die Hand seiner Mutter zu nehmen.

„Mir geht es gut, Bart. Penny ist nur wieder übervorsichtig. Ich habe ihr gesagt, dass ich mir nichts gebrochen habe, aber sie besteht darauf, mich zum Röntgen ins Krankenhaus zu schicken. Wieso redest du ihr das nicht aus?“

Er beugte sich hinab, um ihre Stirn zu küssen. „Penny hat schon recht.“ Dann drehte er sich mit gerunzelter Stirn zu ihr. „Wie ist das passiert? Ich dachte, sie hat eine Krankenschwester!“

Penny ballte ihre Hände an ihren Hüften zu Fäusten. „Hat sie auch. Aber sie hat dich erwartet, deshalb hat sie Rose früher nach Hause geschickt.“

Ihr Vater drehte sich wieder zu seiner Mutter. „Oh. Das wusste ich nicht. Tut mir leid, dass ich zu spät dran bin.“

„Entschuldigen Sie uns!“, sagte einer der Sanitäter. „Wir machen uns lieber auf den Weg.“

„Natürlich.“ Ihr Vater trat beiseite, und Penny funkelte ihn kurz an.

Dann folgte sie den Sanitätern hinaus. „Kann ich bei Ihnen mitfahren?“

Einer der Sanitäter nickte. „Sicher, steigen Sie hinten ein!“

Sie war schon dabei, in den Wagen zu steigen, als sie Hermes‘ Stimme hinter sich hörte. „Penny!“ Sie hatte ihn völlig vergessen, weil die Sorge um ihre Großmutter und der Ärger über ihren Vater alles überschatteten.

Sie drehte sich um, um ihn anzusehen, und sah ihn neben ihrem Vater stehen.

„Wer ist dieser Fremde in unserem Haus, Penny?“, fragte ihr Vater und deutete auf Hermes.

Hermes drehte sich um. „Ich bin Pennys Freund.“

Ihr Vater drehte überrascht seinen Kopf. „Du hast mir nicht gesagt, dass du einen Freund hast."

„Ich sage dir viele Sachen nicht!", gab Penny schnippisch zurück. Und außerdem war Hermes nicht ihr Freund. Was war er dann? Gab es ein Wort für einen Mann, den sie bestohlen hatte? Ihr Opfer?

„Penny", fing Hermes wieder an. „Wir sehen uns später, wenn du aus dem Krankenhaus zurück bist."

„Ich kann nicht." Sie zeigte auf ihre Großmutter, die auf der Bahre lag, die die Sanitäter jetzt hinten in den Krankenwagen hineinschoben.

Seine Augen bohrten sich in sie. „Wir müssen etwas bereden. Etwas Wichtiges."

Sie spürte einen Schauer durch sie hindurchrasen. Es musste einen Ausweg aus dieser Situation geben. Sie konnte ihn später nicht treffen. Alles, was er tun würde, wäre, ihr wegen seiner Sandalen auf den Zahn zu fühlen. Nein, sie musste eine Ausrede finden und sich etwas Zeit verschaffen, bis sie die zweite Sandale von Irene zurückgeholt und einen Plan ausgearbeitet hatte, wie sie beide ungesehen zurückbringen konnte. Es war die einzige Möglichkeit, unbeschadet aus diesem Schlamassel herauszukommen.

„Kommen Sie?", fragte der Sanitäter, der kurz davor war, die Hecktüren des Wagens zu schließen.

Sie nickte leise und sah dann Hermes an. „Na gut."

Bis zum Abend würde Irene alles Nötige erledigt haben, und Penny würde genug Zeit gehabt haben, sich in die Pension zu schleichen, die Sandalen zurückzubringen, und alle wären so schlau wie zuvor.

Sie konnte nur hoffen, dass ihr Plan aufging.

17

Der Krankenhausaufenthalt hatte länger gedauert, als Penny erwartet hatte. Sie hatten nicht nur über eine Stunde warten müssen, bis die Röntgenaufnahmen gemacht werden konnten, der behandelnde Arzt bestand auch darauf, den Hausarzt ihrer Großmutter zu kontaktieren, um über ihre Gesundheitsprobleme zu sprechen. Bis der Arzt bereit war, sie zu entlassen, war es schon heller Nachmittag.

Während sie darauf warteten, dass eine Krankenschwester einen Rollstuhl brachte, hatte Penny endlich eine Chance, sich einen Moment wegzuschleichen, um einen Anruf zu machen. Sie hatte es sich anders überlegt: Egal ob Irene mit der Karbondatierung der Sandale fertig war oder nicht, Penny würde sie diesen Nachmittag wieder holen, sobald sie ihre Großmutter zuhause abgeladen hatte. Da die Türen der Pension sicher während des Tages unverschlossen waren, würde sie es schaffen, hineinzugelangen und die Sandalen irgendwo zu deponieren, wo sie leicht aufgefunden werden könnten.

„Hier spricht Irene", wurde der Anruf beantwortet.

„Hey, Irene, ich bin's, Penny. Wegen der Sandale", fing sie an.

„Oh, ja, ich habe die Probe entnommen und den Prozess gestartet, aber ich bin noch nicht fertig. Karbondatierungen brauchen länger als ein paar Stunden; ich dachte, du weißt das."

„Das ist jetzt egal. Ich habe es mir anders überlegt. Ich brauche nur die Sandale wieder", unterbrach Penny sie.

„Wirklich? Na gut. Hol sie dir morgen früh im Labor ab! Ich komme um halb acht in die Arbeit."

„Ich brauche sie heute noch. Jetzt gleich. Bitte."

Irene seufzte schwer. „Es tut mir leid, aber das geht nicht. Ich bin im Auto. Ich bin schon auf der Autobahn."

Panik schoss durch sie hindurch. „Was?"

„Ja, ich habe dir doch gesagt, dass ich heute einen Familienausflug habe. Ich bin schon auf dem Weg dorthin und werde erst wirklich spät in der Nacht zurück sein."

„Oh, nein!" Das durfte nicht passieren! Sie brauchte die Sandale jetzt. Was sollte sie Hermes sagen, wenn er sie später ausfragen würde?

„Was?" Ein Rauschen kam durch die Leitung. „Kann nicht . . . "

„Du wirst undeutlich", sagte Penny, weil sie Schwierigkeiten hatte, Irenes Antwort zu verstehen.

Sie nahm das Handy vom Ohr und schaute auf das Display. Der Anruf war unterbrochen worden.

„Verdammt!“, fluchte sie.

Das war nicht Teil ihres Plans. Was sollte sie jetzt nur machen?

~ ~ ~

„Bist du dir sicher, dass du das tun willst?“ Hermes warf seinem Freund Triton einen zweifelnden Blick zu.

Triton nickte und sah dann Eros an, der am Küchentresen in der Pension lehnte. „Das wird ein Kinderspiel sein.“

„Ihr Typen seid absolut verrückt!“, rief Sophia aus.

„Nichts für ungut, Sophia, aber das ist eine Götterangelegenheit, also bitte halte dich da raus!“, sagte Hermes so behutsam wie er konnte.

„Hermes!“, warnte Triton.

Hermes warf ihm einen finsteren Blick zu. „Ich habe *bitte* gesagt, oder etwa nicht?“ Dann fuhr er sich mit der Hand durchs Haar. „Ich hoffe, das funktioniert.“ Er zeigte auf das Fenster. „Der Sturm ist erst einmal vorbei, aber was auch immer Zeus gerade ablenkt, es wird nicht ewig dauern. Er wird es uns spüren lassen, und ein Sturm wird das Geringste unserer Probleme sein.“

Eros zuckte mit den Achseln. „Hey, ich freu mich drauf. Triton ist derjenige, der sich in die Hosen macht.“

Ein Schlag auf den Hinterkopf ließ Eros die Klappe halten. „Noch ein falsches Wort und ich werfe dich in den Brunnen“, fügte Triton hinzu, während er seine Hand an seiner Hose abwischte. „Was für einen Scheiß tust du dir in die Haare?“

„Hey!“ Eros strich sein Haar wieder in Form.

Sophia verdrehte die Augen. „Ich muss mich um die Gäste kümmern.“ Kopfschüttelnd verließ sie die Küche.

Hermes wollte fast Sophia nachahmen und auch die Augen verdrehen, aber verkniff es sich. Seine Freunde taten ihm einen Gefallen. Das Mindeste, was er tun konnte, war, über ihre Mätzchen hinwegzusehen.

„Also, wir putzen uns besser heraus“, sagte Triton zu Eros und deutete auf die Treppe, die zu seiner und Sophias privater Wohnung führte.

„Viel Glück!“, sagte Hermes und verließ das Haus.

Er plante, Penny ins Kreuzverhör zu nehmen und sie auszufragen, bis sie nicht länger abstreiten konnte, was sie getan hatte. In der Zwischenzeit würden Triton und Eros ihren eigenen Plan ausführen, um die Sandalen zurückzubekommen.

Hermes ließ sich von einem Taxi zu Pennys Haus fahren. Die Tatsache, dass er sterbliche Fortbewegungsmittel benutzen musste, vergrößerte nur seinen Ärger über die Tatsache, dass er zuvor die Wahrheit nicht aus Penny herausbekommen hatte. Wären sie nicht durch den Krankenhausaufenthalt ihrer Großmutter unterbrochen worden, hätte er seine Sandalen schon zurück.

Als das Taxi vor Pennys Haus anhielt, bezahlte er den Fahrer und schritt zur Eingangstür. Er klingelte und wartete ungeduldig. Penny sollte lieber nicht vorgeben, nicht zuhause zu sein. Er konnte Geräusche von drinnen hören.

„Penny!“, rief er und klopfte gleichzeitig mit der Faust an die Tür.

Schließlich hörte er das Geräusch von Schritten, die Richtung Tür eilten. Als die Tür kraftvoll aufgerissen wurde, sprang Hermes instinktiv zurück.

„Ich komme schon, verdammt, ich komme!“, knurrte Pennys Vater, der auf der Schwelle auftauchte. „Ich kann nicht zwei Sachen gleichzeitig machen!“ Als seine Augen auf Hermes fielen, stemmte er seine Hände in die Hüften. „Oh, Sie sind’s.“

Hermes ignorierte den unfreundlichen Ton in dessen Stimme und entschied sich, nicht freundlicher als sein unwilliger Gastgeber zu sein. „Ich bin hier, um Penny zu besuchen.“

„Sie ist nicht hier.“

„Ich habe ihr gesagt, ich komme vorbei.“

Aus dem Haus rief die Stimme der alten Dame: „Bart, wer ist es?“

„Niemand!“, antwortete Bart und blickte Hermes finster an. „Penny hatte etwas Wichtiges zu erledigen.“

Er machte Anstalten, die Tür zu schließen, aber Hermes keilte seinen Fuß zwischen die Tür und den Türrahmen, damit sie sich nicht schloss.

Bart kniff die Augen zusammen. „Ich sagte – ”

„Ich bin nicht taub“, unterbrach Hermes ihn. „Wo ist sie?“

Einen Moment lang schien Bart zu zögern, aber dann hatte es den Anschein, als hätte er seine Meinung über etwas geändert. „Sie ist in die Kirche gegangen.“

„In die Kirche?“

„Ja, Grace Episcopal in der Wentworth Street.“

Überrascht von der Antwort wich Hermes zurück, und Pennys Vater zögerte nicht, die Tür ohne ein weiteres Wort zuzuschlagen. Warum sollte Penny in die Kirche gehen? Dachte sie, beten würde ihre Sünden ungeschehen machen? Nicht in einer Million Jahre! Wenn sie dachte, sie könnte ihm aus dem Weg gehen, indem sie in einer Kirche Zuflucht suchte, hatte sie sich geirrt.

An der nächsten Kreuzung hielt Hermes ein Taxi an und gab dem Fahrer die Adresse der Kirche. Während der kurzen Fahrt brodelte es in seinem Inneren förmlich. Er hatte ihr gesagt, dass er zu ihr nach Hause kommen würde, sobald sie aus dem Krankenhaus zurück war, und Penny hatte seine Bitte, mit ihr zu reden, deutlich ignoriert und sich stattdessen entschieden, ihm aus dem Weg zu gehen.

Erpicht darauf, ihr zu sagen, was er von ihrer Ausweichtaktik hielt, beeilte sich Hermes, den Fahrer, sobald das Taxi am Straßenrand anhielt, zu bezahlen. Er sprang aus dem Fahrzeug und rannte die paar Stufen, die zum Haupteingang der riesigen Kirche führten, hinauf. Er lauschte, hörte aber keine Musik und keinen Gesang von drinnen, woraus er schloss, dass keine Messe im Gange war.

Als er die schwere Tür öffnete und das dunkle Innere betrat, begrüßte ihn Stille. Er hatte die schwere und ernste Atmosphäre, die viele Kirchen gemeinsam hatten, noch nie gemocht. Sie waren so anders als die Paläste, in denen die Götter lebten. Wenn die Sterblichen nur wüssten, dass kein Gott, der etwas auf sich hielt, an so einem Ort Hof halten würde! Nun ja, vielleicht gerade mal einer: Hades. Der stand auf alles Dunkle und Gotische!

Hermes schritt weiter ins Innere und suchte die Bankreihen nach einem Anzeichen von Penny ab. Es gab keines. Hatte ihr Vater ihn auf eine sinnlose Suche geschickt? Er hatte deutlich verspürt, dass Bart ihn nicht mochte, und das beruhte auf Gegenseitigkeit.

Hermes drehte sich um und warf einen weiteren Blick über die leeren Reihen, als sein Auge auf die Beichtstühle an einer Seite der Außenwand fiel. War Penny zum Beichten gekommen? Als ob das alles wieder einrenken würde. Er ging näher an den aufwendig geschnitzten Beichtstuhl heran, um zu erkunden, ob dieser besetzt war, als er Schritte hinter sich hörte.

Er drehte sich um und starrte auf einen Priester, der auf ihn zukam.

„Kann ich Ihnen helfen?“, fragte der Geistliche mit beruhigender Stimme.

„Ich suche nur nach einer Bekannten. Mir wurde gesagt, sie wäre in der Kirche. Aber ich sehe, dass die Kirche leer ist, also wurde ich wahrscheinlich falsch informiert“, sagte er und wandte sich zum Gehen um.

„Vielleicht ist sie unten im Keller“, schlug der Priester vor. „Ist sie eine Ehrenamtliche?“

Hermes starrte ihn mit gerunzelter Stirn an. „Eine Ehrenamtliche?“

Der Mann nickte und deutete auf eine Seitentür. „Ja, für unsere Tafel.“

Hermes‘ Herz blieb fast stehen. Penny arbeitete ehrenamtlich in einer Küche, die die Armen der Stadt verpflegte? Nein, der Priester musste sich irren. „Ich glaube nicht, dass Penny eine ehrenamtliche Helferin ist. Ich habe wahrscheinlich die falsche Kirche erwischt.“

„Penny Galloway?”

Hermes nickte.

„Oh, ja, sie ist unten. Sie ist eine unserer treuesten Helferinnen. Kommt pünktlich jeden Sonntagabend.“

„Penny? Sind Sie sich da sicher?“

Der Priester sah ihn verdutzt an. „Sie wirken überrascht.“

Das war untertrieben. Hermes konnte es nicht glauben. „Ich habe diese Seite von ihr leider noch nicht gesehen.“

Der Geistliche lächelte. „Penny redet für gewöhnlich nicht über das, was sie für andere Leute tut. Es ist ihr sehr peinlich, wenn wir sie und die anderen Freiwilligen jedes Jahr ehren und ihnen für ihre Dienste danken. Ohne sie und die vielen anderen, die uns jede Woche helfen, könnten wir die Tafel nicht mehr betreiben. Und es gibt so viele Menschen in dieser Stadt, die unsere Hilfe brauchen."

Hermes nickte, praktisch sprachlos. Er konnte nicht verstehen, wie diese unterschiedlichen Seiten von Penny zusammenpassten: die brillante Gelehrte, die fürsorgliche Enkelin, die Diebin und die ehrenamtliche Helferin in einer Kirche. Etwas ergab keinen Sinn. Vielleicht musste er es mit eigenen Augen sehen, um es zu glauben. Vielleicht würde er es dann verstehen.

„Darf ich mir ansehen, wo sie arbeitet?"

Der Priester deutete auf die Tür. „Die Tafel ist für alle geöffnet. Folgen Sie einfach den Schildern."

„Vielen Dank."

Hermes drehte sich um, ging zu der Tür, auf die der Priester gedeutet hatte, öffnete sie und ging in den Keller hinunter. Stimmen und Klimpern von Besteck drangen schon zu ihm herauf, genauso wie die Aromen von hausgemachtem Essen.

Am Ende der Stufen folgte er dem Schild, das ihn nach rechts schickte. Nach ein paar Metern wurde der Gang breiter, und eine Doppeltür öffnete sich zu einem großen Raum. Hermes blieb am Eingang stehen und spähte hinein.

Der Raum war an einem Ende mit langen Tischen und Bänken eingerichtet; mehrere Ausgabestationen mit einer offenen Küche dahinter befanden sich am anderen Ende des Raumes. Eine große Menschenmenge saß an den Tischen und aß bereits, während noch mehr in einer Reihe anstanden, um bedient zu werden.

Penny war nicht schwer auszumachen. Sie trug eine bunte Schürze, hatte ihre Haare zu einem Pferdeschwanz gebunden und ein freundliches Lächeln auf den Lippen, während sie eine ältere Frau bediente und ein paar Worte mit ihr wechselte.

Von der Szene angezogen, machte Hermes ein paar Schritte in den Raum und beobachtete Penny weiter. Sie schien sich bei dem wohlzufühlen, was sie tat, während sie, genauso wie die drei anderen Freiwilligen, mehrere verschiedene Gerichte auf die Teller, die die Gäste hielten, schöpfte. Sie schien ein freundliches Wort für jede einzelne Person zu haben, der sie Essen aushändigte.

Als sie nun einen grauhaarigen Schwarzen bediente, der älter als Methusalem sein musste, konnte selbst Hermes sehen, dass die Hände des Mannes stark zitterten. Penny schien es auch zu bemerken. Hermes konnte ihre Worte hören, die jetzt zu ihm drifteten.

„Lassen Sie mich doch einen Teller an den Tisch bringen“, meinte sie mit einer Stimme voller Güte, die es ihm schwer machte zu verstehen, dass dies dieselbe Frau war, die ihm seine Sandalen gestohlen hatte.

„Sonnenschein, das ist so nett von dir“, antwortete der alte Mann.

„Was möchten Sie heute zu Ihrem Hackbraten dazu?“, fragte sie, während sie auf die Behälter deutete.

„Die Süßkartoffeln und ein paar grüne Bohnen. Mit viel Soße“, antwortete er und schlurfte zu einem nahegelegenen Tisch, wo er sich auf die Bank setzte.

Penny richtete seinen Teller her, trug ihn zu ihm und stellte ihn mit einem Lächeln vor ihn. „Und wenn Sie noch mehr möchten, wenn Sie das aufgegessen haben, rufen Sie mich einfach.“

„Vielen lieben Dank, Sonnenschein!“, sagte der Mann und machte sich über sein Essen her.

Hermes drehte sich weg und flüchtete in den Gang hinaus. Für diese Menschen war Penny ein Engel. Sie war eine Säule dieser Gesellschaft, eine Frau, die ihre Zeit für einen guten Zweck opferte. Wie konnte sie eine Diebin sein? Wenn die Penny, die gerade Essen bei einer Armenspeisung verteilte, die wahre Penny war, was hatte sie dann veranlasst, seine Sandalen zu stehlen?

18

Eros musterte seinen Freund Triton, der komplett aufgemotzt in schwarzer Hose, Hemd und Schuhen vor ihm stand. Er hielt eine Sturmhaube in der Hand. „Wenn Dio uns so sehen könnte!“

„Er würde nur mitmachen wollen“, warnte Triton. „Gut, dass er nach Napa geflogen ist. Außerdem brauchen wir keine drei Mann, um in ein Universitätsbüro mit minimalen Sicherheitsvorkehrungen einzubrechen.“

„Ich weiß nicht, warum ihr diese ganze Aufmachung überhaupt braucht!“, sagte Sophia schmunzelnd. „Ihr seht aus wie die Bande aus *Ocean’s 11*.“

„Ich persönlich finde diesen Raubzug wichtiger“, rechtfertigte Eros ihr Aussehen.

„Genau“, stimmte Triton zu.

Eros grinste Sophia an. „Es hängt viel davon ab. Und das ist unsere beste Gelegenheit. Während Hermes Penny von ihrem Büro fernhält, können wir es nach Herzenslust durchsuchen.“

Sophia zeigte auf Tritons Hand. „Und die Sturmhauben?“

„Baby, du willst doch nicht, dass ich verhaftet werde, weil ich dabei erwischt werde, wie ich in die Universität einbreche, oder? Ich kann nicht riskieren, dass mein Gesicht auf den Überwachungsvideos auftaucht. Jemand könnte mich erkennen.“

Eros nickte. „Gilt auch für mich. Zugegeben, ich bin nur von Zeit zu Zeit zu Besuch hier, aber da ich nicht teleportieren kann, bin ich nicht scharf darauf, in einer Zelle zu sitzen, aus der ich nicht ausbrechen kann.“

„Seid ihr euch überhaupt sicher, dass die Schuhe in ihrem Büro sind?“, fragte Sophia. Sie schien nicht wirklich erfreut darüber zu sein, dass ihr Ehemann etwas Illegales unternahm.

Eros tauschte einen Blick mit seinem Freund aus. „Es ist sicherer, als sie zuhause aufzubewahren, wo ihre Großmutter und ihr Vater sie finden könnten.“

„Obwohl die Großmutter bettlägerig ist?“, hakte Sophia nach.

„Nach dem, was Hermes erzählt hat, ist die Frau im Oberstübchen noch ganz schlau, obwohl sie an einen Rollstuhl gefesselt ist. Penny kann ihr nichts verheimlichen.“

„Komm schon, lass uns losgehen!“, sagte Triton und ging Richtung Tür.

„Sobald wir bei der Universität sind, bleib im Schatten der Bäume und außer Sicht!“, empfahl Eros.

Eros folgte Triton die Treppe hinunter und verließ die Pension hinter ihm. Sie gingen schnell und erreichten das Universitätsgelände eine halbe Stunde später. Sie nickten sich zu, stülpten dann die Sturmmasken über ihre Köpfe und gingen weiter, während sie den wenigen Kameras auswichen, die an strategischen Punkten montiert waren. Sie betraten das Gebäude, in dem Pennys Büro lag, über den Hintereingang.

Hermes hatte ihnen gesagt, wo sie Pennys Büro finden konnten, und seine Wegbeschreibung war präzise. Sie fanden den richtigen Korridor und stoppten vor der Außentür ihres Büros. Sie war verschlossen.

„Möchtest du die Ehre haben?", flüsterte Triton, während er auf das Schloss zeigte.

Eros starrte darauf und stellte sich vor, wie die Zapfen darin sich bewegten. Das Schloss klickte, und er öffnete mit Leichtigkeit die Tür. „Nach dir!"

Sie schlichen sich hinein und schlossen die Tür leise hinter sich.

Systematisch arbeiteten sie sich durch jeden Schub, jeden Aktenschrank, jede Schachtel und jeden Korb auf jedem Regal – alles und überall, wo die Sandalen versteckt sein könnten.

„Nichts!", murmelte Eros. „Wo verdammt noch mal hat sie sie versteckt?"

Er hörte, wie Triton die Tür eines Wandschranks öffnete. „Hier!"

Eros drehte sich um, um zu sehen, was sein Freund gefunden hatte.

„Ein Safe", sagte Triton, als er auf den schweren Eisensafe zeigte, der am Boden des großen Wandschranks stand.

„Verdammt!", fluchte Eros. „Hast du schon mal einen Safe geöffnet?"

Triton schüttelte den Kopf. „Du weißt genauso gut wie ich, dass wir ihn mit unseren Kräften nicht öffnen können, wenn wir uns nicht vorstellen können, wie das Schloss im Inneren aussieht." Er zeigte auf die Tür hinter sich. „Türen sind einfach."

„Lass es mich trotzdem mal versuchen!", sagte Eros, weil er nicht aufgeben wollte. Sicherlich war seine Bekannte in Griechenland schon stinksauer auf ihn, aber vielleicht könnte er noch etwas retten, wenn er jetzt auftauchen würde.

Er konzentrierte sich auf das Innenleben des Safes, stellte sich die Räder und Verriegelungen vor und versuchte, sie zu drehen, jedoch ohne Erfolg.

„Scheiße!", fluchte er und schaute Triton verzweifelt an. „Was jetzt?"

Triton runzelte die Stirn. „Lass mich nachdenken!" Er summte vor sich hin, bis sich seine Augen schließlich weiteten. „Natürlich. Ich habe genau den richtigen Typen für diesen Job."

„Wen?"

„Michael, Sophias Cousin."

„Ich dachte, er wäre ein mickriger Gauner – Unterschlagung und dergleichen. Warum glaubst du, dass der einen Safe knacken kann?"

Triton grinste. „Hermes hat ihn vor kurzem gesehen. Es stellt sich heraus, dass Michael nach anderen Geschäftsmöglichkeiten gesucht hat, da er Sophia nicht um ihr Haus bringen konnte. Er *lernt* bei einer Firma, die Safes installiert. Ich bin sicher, er weiß, wie man einen öffnet."

Eros lächelte, denn ihm gefiel die Idee. „Ich hoffe, er hat schon genug gelernt."

„Glaub mir, mit etwas Angst im Nacken schafft Michael alles! Lass uns den Widerling holen!"

Es dauerte eine Stunde, Michael aus seinem Apartment abzuholen und zur Universität zu schleppen. Bis sie dort ankamen, zitterte dieser wie Espenlaub.

„Was zum Teufel wollt ihr mit mir machen?", winselte er.

„Mach dir nicht in die Hosen!", warnte ihn Eros. „Ich kann den Gestank nicht leiden."

Triton legte seine Hand beruhigend auf Michaels Schulter. Eros blickte ihn an. Es schien, als ob sein Freund insgeheim Michaels Angst genoss. Und warum auch nicht, nachdem dieser versucht hatte, Sophia wegen ihres Geldes zu töten? Es war ein Wunder, dass der Kerl noch lebte.

„Nun, du weißt, wie das abläuft", instruierte Triton ihn. „Du machst, was ich sage, und ich lasse dich gehen. Verstanden?"

Michael nickte leise. „Ja, natürlich!"

„Jetzt mach den verdammten Safe auf und mach es schnell!"

„Aber – "

„Kein aber! Mach dich an die Arbeit!", befahl Triton und warf ihm einen Beutel mit Werkzeug hin, den er aus Michaels Wohnung mitgenommen hatte.

Michael drehte sich zum Safe und kniete sich hin. „Es ist ein drehbares Kombinationsschloss. Ich kann es auf zwei Arten öffnen. Hängt davon ab, ob es euch egal ist, dass jemand herausfindet, dass ihr ihn aufgebrochen habt." Er schaute auf, um Eros und Triton anzusehen.

Eros tauschte einen flüchtigen Blick mit Triton aus und blickte dann zurück auf Michael. „Mir wäre lieber, wenn niemand wüsste, dass wir den Safe geöffnet haben. Nur für den Fall."

Michael nickte. „Okay. In dem Fall brauche ich nur das." Er zog ein Stethoskop aus seiner Tasche, steckte die gummierten Ohrenbügel in seine Ohren und presste dann den Schalltrichter gegen die Tür des Safes. Schweiß rann ihm schon von Stirn und Nacken, und seine Finger zitterten, als er das Nummernrad berührte und anfing, es zu drehen, während er dabei auf den Mechanismus im Inneren lauschte. Er atmete unregelmäßig, und seine Finger rutschten immer wieder ab.

Eros klopfte ungeduldig mit seinem Fuß auf den Boden, und Michael drehte genervt seinen Kopf. „Das ist nicht gerade hilfreich."

Eros hörte auf, seinen Fuß zu bewegen.

Michael drehte sich wieder zum Safe und konzentrierte sich. Ein paar Minuten später hörte Eros ein Klicken. Dann zog Michael am Griff, und der Safe öffnete sich.

„Mach Platz!“, befahl Triton und spähte hinein.

~ ~ ~

Penny eilte über das Universitätsgelände, während sie ihre Augen vor der Morgensonne schützte. Sie konnte Hermes nicht weiter belügen. Sie musste die Schuhe zurückgeben, erklären, was sie getan hatte und warum, und hoffen, dass er ihr vergeben würde.

Sie hoffte nur, dass er so verständnisvoll war, wie sie ihn einschätzte. Aber eins nach dem anderen: Zuerst musste sie die Sandale zurückholen, die sie bei Irene gelassen hatte. Jetzt sofort.

Sie raste in das Labor im Untergeschoss und fand Irene über ihren Schreibtisch gebeugt. „Irene, Morgen.“

Irene richtete sich auf, und Penny bemerkte, wie gestresst und aufgewühlt sie aussah. „Es tut mit so leid, Penny.“

„Daran lässt sich nichts ändern. Du hattest deinen Familienausflug. Ich hätte dich nicht unter Druck setzen sollen. Ich verstehe – “

Irene unterbrach sie: „Penny, die Sandale ist weg.“

Bei Irenes Worten drehte sich Pennys Magen um. „Was meinst du mit *sie ist weg*?“

„Als ich heute Morgen hereinkam, war die Sandale nicht mehr dort, wo ich sie gestern hingelegt hatte.“

Penny blickte sich im Raum um und weigerte sich zu verstehen, was Irene zu sagen versuchte.

„Ich habe überall gesucht. Sie ist weg. Jemand muss sie genommen haben.“

Übelkeit stieg aus Pennys Magen hoch und brannte in ihrem Hals. „Wie ist das möglich? Bist du dir sicher? War jemand hier, als du heute Morgen gekommen bist?“

„Niemand. Mein Assistent ist im Urlaub.“

„Oh mein Gott!“ Tränen füllten Pennys Augen, als die Bedeutung der Worte ihrer Freundin auf sie einschlug.

Die Sandale war weg! *Gestohlen!*

„Die zweite“, flüsterte sie zu sich selbst, drehte sich um und rannte zu ihrem Büro. „Bitte lass sie noch da sein, bitte!“

Sie stürmte in ihr Büro. Wenn sie Hermes wenigstens eine Sandale wiederbringen könnte, vielleicht könnte er dann einen Handwerksmeister eine zweite anfertigen lassen, indem er die erste als Vorlage benutzte. Und natürlich würde sie die Kosten übernehmen. Sie würde ihr Sparbuch plündern, einen

Kredit aufnehmen, sie würde alles tun, was sie müsste, um das wiedergutzumachen.

Penny eilte zum Wandschrank, in dem der Safe stand, und öffnete die Tür. Sie bückte sich und drehte das Schloss, um die Kombination einzugeben. Ihr Herz schlug ihr bis zum Hals, als sie das Klicken hörte, das anzeigte, dass das Schloss sich öffnete. Doch ihr Herz hörte im nächsten Moment auf zu schlagen.

Die zweite Sandale war ebenfalls weg!

19

„Eine Sandale? Was mache ich denn mit nur einer?“ Hermes starrte auf seine Freunde Triton und Eros, die um die Kücheninsel in Tritons *Olymp Inn* versammelt standen. Vor ihnen lag eine seiner einzigartigen Sandalen, perfekt wie immer, mit intakten und in der frühen Morgensonne glänzenden, goldenen Flügeln.

Eros grinste ihn schief an. „Im Kreis fliegen?“

Triton schmunzelte. „Sieht vielleicht etwas seltsam aus, aber wenn das einer hinkriegen kann, dann du.“

Hermes warf mit einer Scheibe Brot auf Eros, doch sein Freund fing diese mitten im Flug auf, bevor sie ihr Ziel traf.

„Ich wollte Marmelade drauf“, beschwerte sich der Liebesgott mit einem Grinsen und biss dann in die gebutterte Scheibe.

„Ich geb‘ dir Marmelade, wenn du dir deine blöden Kommentare nicht verkneifst. Hast du schon mal ein Flugzeug mit nur einem Flügel fliegen sehen?“, fragte Hermes und machte eine kurze Pause. Als weder Triton noch Eros antworteten, fuhr er fort: „Eben! Und ich kann das auch nicht.“

„Betrachte es mal so!“, fing Triton an. „Fünfzig Prozent unserer Arbeit sind erledigt.“

Hermes starrte ihn an. „Was soll das jetzt wieder heißen?“

Triton zeigte auf die Sandale. „Das sind fünfzig Prozent.“

Hermes verkniff es sich, die Augen zu verdrehen. „Soll ich es dir vielleicht in Worten erklären, die selbst du verstehst: Ein halbes Boot schwimmt auch nicht, sondern geht unter.“

Triton und Eros lachten beide, dann legte Triton seine Hand auf Hermes‘ Unterarm. „Ich mache ja nur Spaß. Du warst die letzten paar Tage viel zu angespannt. Entspann dich ein bisschen! Wir sind auf der richtigen Spur. Die andere Sandale kann nicht weit sein. Penny hat sie wahrscheinlich nur separat versteckt, um das Risiko zu verringern.“

„Wie?“, brummte Hermes.

Eros legte sein angebissenes Toastbrot auf den Teller. „Ja, du weißt schon, setz‘ nicht alles auf eine Karte. Sie ist einfach clever. Du kannst dich glücklich schätzen.“

„Glücklich, in welcher Beziehung?“, entgegnete Hermes.

Eros tauschte einen verschwörerischen Blick mit Triton aus. „Zumindest gehst du nicht mit einer dummen Frau. Das wäre schlimmer.“

Hermes schlug mit der Faust auf die Kücheninsel. „Ich gehe nicht mit ihr!“ Wie könnte er mit einer Frau gehen, die ihm seinen wertvollsten Besitz gestohlen hatte, einer Frau, die ihn belogen hatte, einer Frau, die einen Narren aus ihm gemacht hatte? Doch gleichzeitig konnte er den Anblick von Penny im Speisesaal der Kirche nicht aus seinem Kopf bekommen – den Anblick einer fürsorglichen, gebenden Penny.

„Dann habe ich mich wohl getäuscht“, räumte Eros schnell ein, aber sein Gesicht zeigte keinerlei Reue wegen seines Kommentars. „Dann gehe ich davon aus, dass du gestern Abend nicht mit ihr geschlafen hast, um sie uns vom Hals zu halten? Hat sie dich nicht mehr rangelassen, jetzt wo sie hat, was sie wollte?“ Er zwinkerte Triton zu. „Kein Wunder, dass unser Freund heute Morgen etwas gereizt ist: Er durfte gestern nicht ran.“

Hermes kniff seine Augen zusammen und funkelte den Liebesgott verärgert an. „Du wandelst auf dünnem Eis, Eros. Auf sehr dünnem Eis.“ Er atmete tief ein, um seinen Ärger hinunterzuschlucken. „Ich hätte gestern Abend alles bekommen können, was ich wollte. Aber ich habe mich entschieden, dass ich *sie* nicht ranlasse. Glaubst du wirklich, ich würde meine Energie an eine Frau verschwenden, die mich so unverfroren benutzt hat, nur, damit sie mich bestehlen konnte?“

Dass er gestern Abend nicht einmal mit Penny gesprochen hatte, wollte er nicht zugeben. Aber nachdem er sie in der Kirche gesehen hatte, wie sie sich um Bedürftige kümmerte, hatte er es nicht übers Herz gebracht, sie mit seinem Verdacht zu konfrontieren und über die Sandalen zu befragen. Er hatte gestern Abend eine andere Penny gesehen. Eine Frau, die all ihre Wünsche zurückstellte und sich um andere annahm, genauso wie sie für ihre Großmutter sorgte. War das die wahre Penny? Oder war die Diebin die echte Penny?

Und Penny war eine Diebin: Der Beweis lag in Form seiner Sandale vor ihm. Trotzdem war er nicht bereit, Penny wegzustoßen. Er wusste, er sollte jegliche Verbindung zu ihr abbrechen, sie schwer bestrafen und sie zwingen, ihm die andere Sandale wiederzugeben. Also warum machte er nicht genau das? Warum zögerte er?

„Wir müssen die zweite Sandale finden“, sagte Hermes, obwohl er keine Konfrontation mit Penny wollte. Dieses Widerstreben konnte er nur der Tatsache zuschreiben, dass sie gestern Abend sein Herz berührt hatte – sie zeigte so viel Fürsorge für andere, dass sie bemerkt hatte, dass der alte Mann, den sie bedient hatte, sein Essen verschüttet hätte, wenn sie es ihm nicht zum Tisch getragen hätte; und sie hatte ihre Pflichten mit einem warmherzigen Lächeln ausgeführt.

„Okay, lasst uns nachdenken!“, schlug Triton vor.

„So früh am Morgen? Wirklich?“, beschwerte sich Eros und zog eine Grimasse.

Hermes klopfte mit seiner Faust gegen Eros‘ Schläfe. „Es wird dir gut tun, zur Abwechslung mal einen anderen Muskel zu trainieren.“

„Ist es möglich, dass jemand Penny dazu angestiftet hat?“, grübelte Triton.

„Du meinst, sie könnte einen Komplizen haben?“, fragte Hermes.

Triton nickte. „Man braucht Mumm, um so etwas alleine durchzuziehen. Was hatte sie mit den Sandalen geplant, sobald sie sie hatte? Sie muss gedacht haben, dass sie sie verkaufen könnte. Warum sollte sie sie sonst stehlen?“

Eros hob die Hand. „Ich glaube, du bist da etwas auf der Spur. Es muss einen Hehler für Antiquitäten geben, der für sie die Sandalen verkaufen könnte. Vielleicht an einen privaten Sammler.“

„Und vielleicht hat diese Person schon die zweite Sandale, um sie dem möglichen Käufer zu zeigen“, fügte Triton hinzu.

Hermes zuckte mit den Achseln. „Ich weiß nicht. Das klingt nicht nach ihr. Dafür ist sie nicht der Typ.“

Triton zog eine Augenbraue hoch. „Nicht der Typ? Darf ich dich auf etwas hinweisen?“ Er machte eine kurze Pause. „Sie hat deine verdammten Sandalen gestohlen!“

„Was ich meine, ist, wenn sie über griechische Mythologie spricht, hört man die Aufregung in ihrer Stimme. Sie ist voller Begeisterung und Bewunderung dafür. Sie ist darauf aus, antike Artefakte zu erhalten und zu studieren. Ich kann nicht glauben, dass so jemand einfach die Sandalen an einen reichen Sammler verkaufen würde, der sie dann in einem privaten Safe versteckt. Penny würde eine Entdeckung wie diese mit der Welt teilen wollen, sie in einem Museum ausstellen, damit andere sie bewundern könnten.“

Eris runzelte die Stirn. „Aber das ist doch lächerlich! Sie könnte die Sandalen niemals einem Museum geben. Die würden zu viele Fragen stellen, wie etwa, wo sie sie herhat. Und was dann?“

Der Liebesgott hatte nicht ganz unrecht. „Ich kann nur nicht glauben, dass sie es wegen des Geldes tun würde.“

Triton drückte Hermes‘ Schulter mit seiner Hand. „Ich erzähl‘ dir ein kleines Geheimnis: Menschen tun alles Mögliche für Geld. So funktioniert die Welt der Sterblichen. Um Hades‘ willen, es ist auf dem Olymp ja auch nicht viel anders. Nur ist dort die Währung Macht anstatt Geld.“

„Danke, dass du mich an Zeus erinnert hast“, meinte Hermes trocken.

„Hey, zumindest kann er dich gerade nicht zusammenstauchen. Er steckt auf dem Olymp fest, so wie all die anderen auch“, stellte Eros klar. „Ich glaube, ich habe einen Lichtblick gefunden: Zeus kann uns jetzt nicht nerven. Und ich gehe mit Sicherheit nicht ans Handy, wenn er anruft.“

„Ich auch nicht“, stimmte Triton zu. Dann klopfte er Hermes auf den Rücken. „Siehst du, es ist nicht alles im Eimer. Betrachte die Sache als einen Urlaub von Zeus!“

Hermes zog eine Grimasse. „Ja, einen Urlaub, für den ich teuer bezahlen werden muss, sobald er um ist.“

20

Penny stand vor der schönen Pension, wo sie eine Liebesnacht mit Hermes verbracht hatte, und atmete tief ein. Auf dem Schild draußen stand *Olymp Inn*. Seltsam, sie hatte das Schild noch nie zuvor bemerkt.

Sie musste hineingehen und Hermes beichten, dass sie sein Vertrauen missbraucht hatte. Dass sie so schlecht wie ihr Vater war und nichts als Unheil und Schmerz mit sich brachte. So sehr sie es auch nicht zugeben wollte, sie war eine Diebin.

Sie machte einen weiteren Schritt vorwärts. Sie musste das tun. Sie konnte Hermes' Sandalen nicht wie geplant zurückbringen, weil beide verschwunden waren. Verloren. Gestohlen. Von ihr. Gleichermaßen von Verlegenheit wie von Scham brannten Tränen in ihren Augen. Sie würde alles zugeben und die Verantwortung für ihre Taten übernehmen, und dann würde sie irgendwie versuchen, alles wiedergutzumachen. Was auch immer es kostete.

An der Eingangstür schloss sie ihre Augen einen Moment lang, während ihre Lunge sich weigerte, sich mit Luft zu füllen. Sie fühlte sich schwindlig und lehnte ihre Stirn an die Tür und bemerkte, wie diese nachgab. Sie drückte dagegen und öffnete sie weiter, bis sie ins Foyer treten konnte. Die Treppe aus dunklem Mahagoni erhob sich vor ihr. Sie setzte einen Fuß auf die erste Stufe und legte die Hand auf das Geländer, während sie tief einatmete.

„Du schaffst das", redete sie sich gut zu.

Als sie hinaufstieg, fühlte sie sich, als ob sie zum Galgen ging. Ihr Herz sackte in ihren Magen. Hermes würde ihr ihre fantastische Geschichte, dass sie die Sandalen nur untersuchen hatte wollen und nie die Absicht gehabt hatte, sie zu behalten, nie abnehmen. Er würde sie aufs Polizeirevier schleppen und sie als das entlarven, was sie war: eine Diebin. Wie der Vater, so die Tochter. Der Apfel fiel wirklich nicht weit vom Stamm.

Sie hatte genau das getan, was sie ihrem Vater all die Jahre vorgeworfen hatte: Sie hatte ihre Familie zerstört. Denn das würde nun sicherlich passieren: Sie würden sie wegen schweren Diebstahls ins Gefängnis sperren, und ihre Großmutter wäre wieder ganz alleine. Nun ja, vielleicht nicht sofort, da ihr Vater gerade eingezogen war, aber sie kannte ihren Vater nur zu gut. Er würde nicht bleiben, sobald ihm bewusst wurde, dass die ganze Verantwortung für seine Mutter auf ihn allein fallen würde. Nein, sobald er wieder auf den Beinen war und Oma nicht mehr brauchte, würde er aus Charleston verduften und sie sitzenlassen.

Und Penny würde im Gefängnis sitzen, unfähig, ihrer Großmutter zu helfen.

Sie unterdrückte ein aufsteigendes Schluchzen und zögerte, als sie den Treppenabsatz erreichte und Stimmen aus dem hinteren Teil des Hauses hörte, wo sich die Küche befand. Penny drehte sich in deren Richtung, als eine Hand auf ihrer Schulter sie plötzlich stoppte. Sie wirbelte ihren Kopf herum und war überrascht, Sophia zu sehen.

„Oh hallo, Sophia", begrüßte sie sie nervös.

„Penny, du bist zurückgekommen", antwortete Sophia gelassen.

Wie viel wusste Sophia? Wusste sie von dem Diebstahl? Oder hatte Hermes ihr nichts erzählt?

Penny zwang ein Lächeln auf ihre Lippen. „Tut mir leid, euch so früh am Morgen zu stören, aber ich bin hier, um mit Hermes zu reden. Ist er da?"

Sophia nickte. „Komm mit!"

Penny folgte ihr in Richtung Küche, aber bevor sie diese überhaupt erreichten, kam Hermes ihnen schon entgegen.

„H-h-hi", stotterte sie, als er vor ihr stehenblieb.

Hermes starrte sie mit undurchdringlicher Miene an. „Penny." Seine Ein-Wort-Begrüßung war ein dunkles, heiseres Flüstern und sank tief in ihre Brust.

Das Geräusch von weiteren Schritten störte die Ruhe im Haus, und zwei Männer tauchten hinter Hermes auf. Einen hatte sie schon kennengelernt: Triton. Dem anderen, einem Mann mit kurzen, dunklen Haaren und genauso gut aussehend wie Triton und Hermes, war sie noch nicht vorgestellt worden, obwohl sie ihn in jener Nacht auch auf der Party gesehen hatte.

„Also, wenn das nicht unsere kleine Diebin ist!", begrüßte Triton sie und durchbohrte sie mit seinem Blick.

Penny zuckte zusammen. *Scheiße!* Alle verdächtigen sie – und zu Recht. Aber zu hören, wie jemand anderer dieses Wort aussprach, zu hören, wie jemand sie mit dem Namen anredete, den sie verdiente, schmerzte nichtsdestotrotz. *Dieb,* wie sie dieses Wort immer gehasst hatte.

„Lasst mich das regeln!", fuhr Hermes seine Freunde an, ohne seine Augen von ihr zu nehmen. „Erkennst du das?" Er senkte seine Lider und sah auf seine Hände hinab.

Sie folgte seinem Blick, während er seine Hand hob. Vor Schock rang sie nach Luft.

In seiner Hand hielt er eine der geflügelten Sandalen. Unbeschädigt, makellos, die Flügel vollständig intakt.

„Ich nehme das als ein *Ja*", meinte er ruhig.

Sekunden verstrichen. Penny schluckte schwer; ihre Handflächen wurden feucht, ihr Herz raste, ihr Kopf suchte nach den richtigen Worten, nach den Worten, die sie ihm sagen musste.

„Ich bin diejenige, die sie gestohlen hat." Sie sah ihm in die Augen. „Es tut mir leid."

21

Ein Gefühl ähnlich wie Erleichterung breitete sich in Hermes aus. Penny war zu ihm gekommen, um ihm alles zu gestehen. Zumindest bedeutete das, dass sie nicht durch und durch schlecht war. Es gab etwas Gutes in ihr. Wie viel würde sich noch herausstellen.

„Es würde dich also nicht überraschen, wenn ich sage, dass ich die Sandale in dem Safe in deinem Büro gefunden habe, oder?"

„Nein, würde es nicht."

„Also, wo ist die andere?", zwang sich Hermes zu fragen. „Die andere Sandale. Wo ist sie?"

Ihr Blick schwenkte zurück auf die Sandale, dann klappte ihr Mund auf. „Du hast nur die eine. Die aus meinem Safe!"

„Ja, das habe ich dir doch gerade gesagt. Diese hier war in deinem Safe!"

„Du hast die andere nicht auch zurückgestohlen?"

„Nein! Wenn ich die andere hätte, würde ich nicht hier stehen und dich fragen, wo sie ist." Ungeduld kroch sein Rückgrat hoch.

Penny schloss die Augen einen Moment lang, als versuchte sie, die Wahrheit wegzuwünschen. Als sie ihre Augen wieder öffnete, spiegelte sich darin Bedauern und Scham wider. „Es tut mir so leid. Ich weiß nicht, wo die andere ist."

Hermes' Herz hörte auf zu schlagen. „Was?" Hatte sie nicht gerade zugegeben, die Sandalen gestohlen zu haben? „Verdammt, Penny! Erzähl mir keinen Schwachsinn! Du hast doch gerade zugegeben, dass die Sandale in deinem Safe war. Wir beide wissen, wie sie dort hinkam! Also lass diesen Mist und sag mir, was du mit der zweiten Sandale gemacht hast!"

Penny senkte ihre Augenlider. „Sie ist verschwunden. Ich schwöre es."

„Verschwunden?", unterbrach Eros. „Wie zum Teufel kann sie einfach aus dem Safe verschwinden?"

Penny zuckte bei Eros' Worten zusammen, und ihr Blick schoss zu ihm. „Sie war nie im Safe. Ich habe nur eine Sandale hineingelegt. Die andere°.°.°.°" Sie zögerte.

Hermes nahm ihr Kinn, hielt es zwischen Daumen und Zeigefinger fest und zwang sie dadurch, ihn anzusehen. „Wer hat die andere?" Hatte sie einen Komplizen?

„Ich weiß es nicht. Es tut mir leid."

„Es tut dir leid?", fauchte Eros. „Es tut dir leid! Hast du eine Ahnung, was für einen Schaden du angerichtet hast? Wie viel Ärger du verursacht hast?"

Hermes wandte sich zu dem Liebesgott um. „Halt‘ die Klappe, Eros! Ich sagte, ich kümmere mich darum.“ Dann drehte er sich zu Penny zurück. „Sag mir, wer dich dazu angestiftet hat. Wer ist dein Komplize?“

„Mein Komplize?“ Ungläubigkeit breitete sich in ihren Augen aus. „Ich habe keinen Komplizen.“

Enttäuscht darüber, dass das bedeutete, dass Penny alles alleine geplant hatte und dass niemand sie dazu angestiftet hatte, nahm er seine Hand von ihrem Kinn.

„Hast du das von Anfang an geplant? Von dem Moment an, als du mich in Vivians Café gesehen hast?“ Hatte sie die ganze Zeit von den Sandalen gewusst und es auf ihn abgesehen? Und was für ein einfaches Ziel er gewesen war, so einfach in ihre Honigfalle zu tappen.

„Nein!“, protestierte sie vehement. „Ich habe nichts geplant, ich habe nur .°.°. es ist einfach passiert. Ich wusste nicht, was ich tat.“

War das die Wahrheit? „Hast du mit mir geschlafen, nur damit du meine Sandalen stehlen konntest?“ Die Götter mochten ihm beistehen, wenn das der Fall war. Denn es gab keinen größeren Zorn als den eines Gottes, der von der Frau, die er begehrte, schamlos ausgenutzt wurde. Ja, begehrte! Weil er sie immer noch begehrte, und im Moment hasste er sich für diese Schwäche.

„Nein! Wie kannst du das nur denken?“

Der verletzte Ausdruck in ihren Augen gab ihm zu denken. Sprach sie die Wahrheit? „Warum dann? Warum hast du mit mir geschlafen?“ Warum fragte er das, wenn er doch eigentlich fragen sollte, wo die zweite Sandale war?

Röte stieg in ihre Wangen und breitete sich schneller über ihr ganzes Gesicht aus als er je einen Menschen hatte erröten sehen. Verlegen sah sie weg, wobei sie nicht nur seinen Blick, sondern auch die prüfenden Blicke seiner Freunde mied. Offensichtlich hatte der Grund, dass sie mit ihm geschlafen hatte, nichts mit den Sandalen zu tun. Bei dieser Erkenntnis machte sein Herz vor Begeisterung einen Satz. Sie hatte mit ihm geschlafen, weil sie ihn mochte. Das sollte ihm nichts bedeuten, aber das tat es trotzdem.

„Also warum, wenn du das nicht geplant hast?“

„Ich bin aufgewacht .°.°. Ich hatte die Sandalen schon vorher bemerkt. Ich wollte sie nur genauer ansehen. Sie waren so ungewöhnlich. Sie ähnelten so sehr den Sandalen des griechischen Gottes Hermes. Ich konnte mir nicht erklären, warum .°.°. warum du dir Sandalen machen lassen solltest, die wie die eines Gottes aussehen. Und dann, als ich entdeckte, dass es aussah, als ob die Flügel aus Gold wären°.°.°.°“ Sie schüttelte den Kopf, als könnte sie immer noch nicht glauben, was sie gesehen hatte.

Hermes riskierte eine Vermutung darüber, was dann passiert war. Immerhin wusste er, dass sie sich um ihre Großmutter kümmerte, deren ärztliche Betreuung ein Vermögen kosten musste. Vielleicht war Penny nur verzweifelt gewesen und hatte Geld gebraucht. „Dachtest du, du könntest sie einschmelzen? Etwas Geld herausholen?“

„Nein!“, stieß sie hervor. „Hermes, es tut mir leid. Es war so spontan und dumm. Ich war nur neugierig. Ich wollte sie nur in meinem Büro unter dem Mikroskop betrachten. Ich wollte sie sofort wieder zurückbringen, aber ich habe mehr Zeit im Büro gebraucht als ich geplant hatte. Es waren so verblüffende Repliken. Ich konnte nicht aufhören, sie zu bewundern. Als ich sah, wie spät es schon war – “

„Ich will nur wissen, wo die andere Sandale ist“, unterbrach er sie, unsicher darüber, was er glauben sollte. War es wirklich nur wissenschaftliche Neugier gewesen, die sie zu dem Diebstahl verleitet hatte? Wollte sie die Sandalen wirklich zurückbringen?

„Ich weiß es nicht. Das schwöre ich. Ich habe eine Sandale ins Labor der Universität gebracht, um eine Kohlenstoffdatierung vornehmen zu lassen. Meine Freundin Irene, die ich um einen Gefallen gebeten habe, ist gestern ins Labor gegangen.“

„Eine Kohlenstoffdatierung? Warum zum Teufel?“, unterbrach Hermes.

„Ich wollte wissen, ob sie echt sein könnten. Aber Irene war mit dem Test noch nicht fertig.“

Hermes seufzte, doch bevor er etwas Weiteres sagen konnte, öffnete Eros seinen Mund. „Als ob sie so einfach datiert werden könnten. Die Sandalen sind nicht von dieser Welt.“

„Schnauze, Eros!“, zischte Hermes, aber es war zu spät.

„Was meinst du mit nicht von dieser Welt?“ Pennys Blick wanderte zwischen ihm und Eros hin und her, ihr Gesicht voller Fragen. „Sie sind offensichtlich aus Leder und Gold.“ Sie zeigte auf die Sandale in Hermes‘ Hand.

„Ignorier‘ ihn! Erzähl‘ weiter!“, knirschte Hermes.

Dann huschte plötzlich ein Blitz der Erkenntnis über Pennys Gesicht. Sie zeigte auf Eros. „Er heißt Eros?“ Sie starrte sie alle misstrauisch an. „Wie viele Freunde hast du noch, die nach griechischen Göttern benannt sind?“

„Das ist egal“, drückte er mühsam heraus. „Du hast über deine Freundin Irene gesprochen, die den Test machte. Was ist passiert?“

Widerwillig blickte Penny von seinen Mitgöttern weg. „Irene hat den Schuh wieder in den Raum mit den Proben gebracht und ist nach Hause gegangen. Sie wollte mir die Sandale heute Morgen zurückgeben, aber als sie reinkam, war die Sandale weg.“

„Weg“, wiederholte er.

„Ja, sie ist verschwunden.“

„Wer könnte sie genommen haben? Irene selbst? Vielleicht hat sie den Wert erkannt und sie deshalb genommen.“

„Niemals! Dafür ist sie nicht der Typ.“

Hermes konnte nicht umhin, zu schnauben. „Der Typ? Ich dachte auch nicht, dass *du* der Typ wärst, der mich bestiehlt. Menschen betrügen einander nun mal."

Penny schüttelte den Kopf. „Das würde sie nie tun."

„Das wird sich noch herausstellen. Wer wusste noch von den Sandalen?"

„Niemand. Ich habe niemandem außer Irene davon erzählt." Sie stand händeringend vor ihm. „Bitte lass es mich wiedergutmachen! Du hast eine Sandale wieder. Ich werde eine zweite anfertigen lassen. Es ist mir egal, ob ich mein Sparkonto dafür plündern muss, aber ich werde alles tun, um das wiedergutzumachen."

„Du kannst das nicht wiedergutmachen, Penny."

„Doch! Bitte lass es mich versuchen! Ich werde die fehlende Sandale ersetzen."

Hermes schüttelte den Kopf. „Die Sandalen sind unersetzbar."

„Wo hast du sie her? Wir können einfach dorthin zurückgehen°.°.°."

„Das ist es ja! Wir können nicht zurückgehen." Er war einen Moment lang still und hatte seine Augen auf ihre fixiert. Konnte er ihr klarmachen, was sie wirklich getan hatte? Das Chaos, das sie verursacht hatte? Es würde bedeuten, sich ihr zu offenbaren.

Bevor er eine Entscheidung treffen konnte, schlug Eros mit seiner Hand gegen die Wand. „Wir sitzen jetzt alle hier auf der Erde fest. Ohne die zweite Sandale können wir nie wieder auf den Olymp zurück. Und die Götter, die gerade auf dem Olymp sind, können nirgendwohin teleportieren. Sie können ihren Pflichten nicht nachkommen. Die einzige Möglichkeit, das zu beheben, ist, die zweite Sandale zu finden."

„Eros, ich habe dir gesagt, du sollst die Klappe halten!", fuhr Hermes ihn an und starrte ihn dabei finster an.

„Olymp?", piepste Penny, wobei sich ihre Augen weiteten.

„Du und dein loses Mundwerk!", sagte er zu Eros, dann drehte er sich wieder zu Penny. Einen Moment lang überlegte er, die letzten Augenblicke aus ihrem Gedächtnis zu löschen, damit sie sich nie an Eros' Worte erinnern würde, aber dann entschied er sich dagegen.

„Ich bin ein Gott, Penny. Ich bin der griechische Gott Hermes, und ohne meine Sandalen kann ich meine Arbeit nicht machen. Keiner der Götter kann das. Chaos wird sich im Himmel und auf der Erde verbreiten, und die Schuld dafür liegt bei dir. Dein Name wird in die Geschichte eingehen als der Name der Frau, die den Himmel und die Erde für alle Ewigkeit in die Knie gezwungen hat."

Sie starrte ihn an, ihre Augen so groß wie Untertassen und ihr Mund weit offen. „Ein Gott? Du glaubst doch nicht wirklich, dass du ein Gott bist, oder?" Sie sah ihn an, als wäre er verrückt geworden, während sie mit ihrer Hand hinter sich griff, als bereitete sie sich darauf vor, zu fliehen.

„Ich bin ein Gott, genauso wie meine zwei Freunde hier.“ Er drehte sich um und zeigte auf die beiden. „Darf ich vorstellen: Eros, der Gott der Liebe, und Triton, der Gott der Seeleute und Matrosen.“

Die zwei nickten ihr zu.

„Vollkommen verrückt“, murmelte sie zu sich selbst. „Komplett durchgedreht. Nein, das ist nicht wahr. Ihr seid verrückt.“

„Es ist die Wahrheit“, behauptete Hermes beharrlich.

Die meisten Sterblichen würden es ihm nicht glauben, wenn er ihnen sagte, er wäre ein Gott. Warum sollte Penny also nicht auch glauben, er wäre verrückt? Tatsächlich hatte Sophia dasselbe über Triton gedacht, als er ihr das erste Mal gesagt hatte, dass er ein Gott war. Sie hatte erst angefangen, ihm zu glauben, als er ihr seine göttlichen Fähigkeiten demonstriert hatte. Aber ohne Hermes‘ Kräfte zu fliegen oder zu teleportieren, war es ziemlich schwer, Penny zu beweisen, dass er wirklich ein Gott war.

„Das kann nicht sein“, fuhr sie fort, während sie ihren Kopf schüttelte.

Hermes seufzte. „Im Moment zählt nur, die Sandalen so schnell wie möglich wiederzubeschaffen. Und wir fangen bei deiner Freundin Irene an.“

„Irene? Aber ich habe dir doch gesagt, sie würde das nie tun.“

„Du meinst, einen guten Freund bestehlen?“

Sie blinzelte und senkte dann ihre Augenlider. „Es tut mir leid.“ Sie wich zurück.

Hermes klammerte seine freie Hand um ihren Oberarm. „Oh nein, du wirst nirgendwohin gehen, meine süße kleine Diebin!“ Nein, sie würde eine ganze Weile nicht von seiner Seite weichen. Nicht bis dieses ganze Fiasko behoben war und selbst dann .°.°. Nun gut, er würde später darüber nachdenken, wie er sie dafür bestrafen würde, dass sie Chaos und Verwüstung unter den Göttern angerichtet hatte.

„Was wirst du mit mir machen?“

War das Furcht, die jetzt aus ihren Augen sprach?

Er beugte sich näher und ließ seinen Mund nur Zentimeter über ihrem schweben. „Zuerst wirst du mir helfen, meine zweite Sandale zu finden, und dann – ” Er machte eine dramatische Pause. „ – dann wirst du bestraft.“

Woraus diese Bestrafung bestehen würde, darüber war er sich noch nicht sicher.

22

Penny gab Gas und spürte, wie das Auto beschleunigte. Sie versuchte, sich auf den morgendlichen Verkehr in der Stadt zu konzentrieren, aber Hermes, der auf dem Beifahrersitz saß, machte Hackfleisch aus ihren Bemühungen. Hatte er wirklich gesagt, er wäre ein Gott und wollte sie bestrafen? Ja, mit ihren Ohren war alles in Ordnung, was bedeutete, dass auf jeden Fall mit Hermes etwas nicht in Ordnung sein musste.

Wie hatte sie das nicht kommen sehen? Sie hatte von Fällen wie diesem schon gehört: wenn ein Geisteskranker vollkommen in seine Scheinwelt gesaugt worden war, dass er nicht mehr zwischen Realität und Fantasie unterscheiden konnte. Nur, dass sie noch nie von jemandem gehört hatte, der wirklich dachte, ein Gott zu sein. Größenwahn, ja so nannte man das. Aber waren Größenwahnsinnige wirklich gefährlich? Würde er so weit gehen, ihr etwas anzutun?

Sie beäugte ihn von der Seite. Hermes wirkte ruhig, aber was wäre, wenn das alles nur Fassade war? Am besten wäre, wenn sie ihn nur mit Samthandschuhen anfassen und alles tun würde, was er verlangte, um die verdammte zweite Sandale zu finden. Und sobald sie sie zurück hätten, müsste sie sich schnellstmöglich aus dem Staub machen. Vielleicht würde er besänftigt sein, sobald er sein kleines Requisit wiederhatte – denn das war es doch nur: ein Requisit für seine aufwendige Fantasie.

Würde es schaden, mehr über die seltsame Fantasiewelt, in der er lebte, herauszufinden? Neugier ließ sie fragen: „Also, wenn du nicht gerade in Charleston bist, wo lebst du dann als Gott?“

Er drehte den Kopf zu ihr und zog eine Augenbraue hoch. „Also glaubst du mir?“

Penny schluckte, und Schweiß bildete sich auf ihrer Stirn. „Äh .°.°.°“

„Natürlich nicht; warum auch?“, meinte er und blickte aus dem Fenster. „Sophia hat Triton zuerst auch nicht geglaubt. Sie dachte, er sei geisteskrank. Ein Verrückter.“ Er drehte sich wieder zu ihr und grinste. „Denkst du das auch von mir? Dass ich ein Irrer bin?“

Ihre Handflächen fühlten sich feucht an, und sie klammerte sie fester um das Lenkrad. War das eine Falle? Würde er sie anfallen, sobald sie zugab, dass das genau das war, was sie glaubte?

„Nein, natürlich nicht. Ich meine, alles passt zusammen, stimmt‘s? Dein Name, die Sandalen, die Namen deiner Freunde. Wenn ihr vom Teleportieren zum Olymp redet.“ Sie sah ihm nicht in die Augen und konzentrierte sich stattdessen auf den Verkehr, während sie hoffte, dass er nicht erkannte, dass sie ihm nicht glaubte.

„Du bist eine miserable Lügnerin, Penny."

Seine Hand rutschte auf ihren Schenkel und brachte bei dem Kontakt ihr Herz zum Stoppen und ihren Körper zum Zucken.

„Ekelt es dich an, von mir berührt zu werden, jetzt, wo du denkst, ich sei verrückt?" Seine Hand wanderte weiter an ihrem Bein nach oben und glitt sanft an der Innenseite ihres Oberschenkels entlang. „Vorletzte Nacht mochtest du meine Berührungen. Was wir gemacht haben, hat dir gefallen. Ich kann mich genau daran erinnern, wie du unter meinen Händen dahingeschmolzen bist, und unter meinen Lippen – "

Seine Hand glitt zwischen ihre Beine, und seine Finger drückten gegen ihr Geschlecht, was einen überraschten Schrei aus ihrer Kehle löste.

„ – mit meinem Schwanz in dir. Bei den Göttern, als ich in dir war, fühlte ich mich wie im Paradies."

Ihr Mund wurde trocken, doch gleichzeitig schoss flüssige Hitze zu ihrem Geschlecht. „Bitte°.°.°.°" Sie musste ihn stoppen. Sie konnte das nicht noch einmal tun.

„Bitte, was? Mehr?" Er beugte sich näher. Seine Stimme verwandelte sich in ein verführerisches Flüstern, und seine Hand presste gegen ihren Schamhügel. Selbst durch ihr leichtes Sommerkleid fand er ihre Klitoris mit zielsicherer Präzision.

„Stopp! Bitte!", flehte sie fast keuchend. „Du bekommst deine Sandale zurück, ich schwöre es. Bitte be–°.°.°.°"

„. . . berühre mich nicht?", vervollständigte er ihren Satz mit einem hörbaren Lächeln in seiner Stimme, fast so, als ob er mit ihr spielte.

Vielleicht tat er das auch.

„Gut", stimmte er schließlich zu und nahm seine Hand von ihr. „Aber das ist noch nicht vorbei."

Erleichtert fuhr sie auf ihren ihr zugewiesenen Parkplatz an der Universität und stellte den Motor ab. „Wir sind da."

Als sie zu Irenes Labor gingen, füllte Penny ihre Lunge mit Luft. Wenigstens konnte sie in den breiten Gängen des Universitätsgebäudes atmen, ohne dass Hermes' überwältigende Hitze und sein männlicher Duft sie erstickten.

„Hier entlang!", wies sie ihn an und bog in den Korridor, in dem sich das Labor befand. Sie zeigte auf die Eingangstür und öffnete sie, ohne zu klopfen.

Hermes folgte ihr hinein, und sie hörte die Tür hinter ihnen zufallen. Es gab einen kleinen Empfangsbereich mit einem Tresen, sowie einige Glastüren dahinter. Diese führten in verschiedene Räume des Labors, die mit verschiedenen, höchst komplex aussehenden, wissenschaftlichen Apparaten ausgestattet waren.

Penny läutete die kleine Glocke auf dem Tresen, um Aufmerksamkeit auf sich und Hermes zu lenken. Eine Seitentür ging auf, und Irene kam in ihrem weißen Laborkittel und mit einem Klemmbrett unter dem Arm herein. Ihre Blicke trafen sich, und Irene kam sofort auf sie zu.

„Hey, Penny!“, sagte sie und klang dabei nicht so fröhlich wie gewöhnlich, sichtlich noch immer aufgewühlt von dem Diebstahl.

Penny konnte nur hoffen, dass Hermes nicht unfreundlich zu ihr sein und sie nicht noch weiter aufregen würde. „Hi, Irene“, fing sie an. „Es tut mir leid, dass ich dich nochmals störe, aber mein Bekannter wollte mit dir reden. Du weißt schon, wegen der Sandale. Sie gehörte ihm.“

Bedauern huschte über Irenes Gesicht, und sie reichte Hermes die Hand. „Hi, ich bin Irene. Es tut mir so leid. Ich weiß wirklich nicht, was ich sagen soll. Wir hatten noch nie einen Diebstahl wie diesen. Niemand hat je etwas so Wertvolles aus meinem Labor gestohlen.“

Penny bemerkte, wie Hermes die Augen zusammenkniff, während er Irenes Hand schüttelte. „Aber es hat Diebstähle gegeben. Das meinen Sie doch damit, oder?“

Irene bewegte sich unbehaglich von einem Bein aufs andere. „Also, ich würde so etwas nicht Diebstahl nennen.“

„Was dann?“, beharrte Hermes.

„Schwund. Sie wissen schon, Zubehör, das verschwindet. Solche Sachen. Aber das ist in jedem großen Institut normal.“

Hermes nickte. „Ich verstehe. Also erzählen Sie mir, was passiert ist! Sie haben die Karbondatierung durchgeführt. Und dann? Was ist danach passiert?“

Irene runzelte die Stirn. „Also, erst einmal bin ich mit dem Test noch nicht fertig. Ich habe eine kleine Probe entnommen und alles vorbereitet, aber ich hatte nicht die Zeit, es fertigzumachen. Ich meine, es war ja Sonntag und ich musste auf eine Familienfeier. Also bin ich gegangen.“

„Und die Sandale?“, bohrte Hermes nach.

„Ich habe sie in den Raum gebracht, wo wir für gewöhnlich alle Proben aufbewahren, die für Tests vorgesehen sind.“ Sie zeigte auf einen der glasumschlossenen Räume im hinteren Teil des Labors.

„Wann war das?“

Irene zuckte mit den Achseln. „Ich bin mir nicht sicher.“

Hermes lehnte sich über den Tresen, und unwillkürlich machte Penny einen Schritt in seine Richtung, für den Fall, dass er Irene angreifen wollte. „Versuchen Sie, sich zu erinnern!“

„Also, ich war um etwa vier Uhr auf der Party, also muss ich hier kurz vor zwei gegangen sein.“

„Und wann haben Sie festgestellt, dass die Sandale weg war?“

„Heute Morgen. Ich bin um etwa halb acht gekommen und wollte mit dem Test weitermachen, aber die Sandale war nicht mehr in dem Raum.“

Penny beobachtete Hermes‘ Reaktion und war überrascht, dass er nicht wütend wirkte. Er schien eher ruhig und gefasst. Oder war das die Ruhe vor dem Sturm?

„Also, das würde dem Dieb von zwei Uhr am Sonntagnachmittag bis sieben Uhr dreißig heute Morgen Zeit gegeben haben, einzubrechen und die Sandale zu stehlen“, schlussfolgerte Hermes.

„Sicher, aber wie denn?“, fragte Irene. „Es gab kein Zeichen eines Einbruchs.“

Wohlwissend, dass kein Zeichen eines Einbruchs bedeutete, dass Irene die wahrscheinlichste Tatverdächtige war, musste Penny fragen: „Wer hat außer dir sonst noch Zugang zum Labor?“

„Mein Assistent, der Hausmeister und der Campussicherheitsdienst natürlich. Aber mein Assistent ist im Urlaub in Südamerika, und der Hausmeister ist schon seit zwanzig Jahren bei uns.“

Hermes nickte und legte dann seine Hand auf Pennys Kreuz. „Danke Irene. Lass uns gehen, Penny!“

„Es tut mir wirklich leid“, bekundete Irene noch einmal.

„Ich weiß“, sagte Hermes und drehte sich um, um Penny aus dem Labor und in den Gang zu geleiten.

Bedeutete sein Handeln, dass er Irene glaubte und er sie als Verdächtige eliminiert hatte? „Und jetzt?“

Hermes drehte sich zu ihr. „Nun, meine süße Penny, sagst du mir, wer noch von den Sandalen weiß.“

„Aber ich habe es dir doch schon gesagt!“

Er ergriff ihren Arm und zog sie näher. „Es muss noch jemanden geben. Jemand muss dich mit den Sandalen gesehen haben.“ Er machte eine Geste Richtung Labortür. „Irene hat sie nicht gestohlen.“

„Das habe ich dir doch gleich gesagt. Sie würde so etwas nie tun“, presste Penny angespannt hervor.

„Du verstehst doch, dass ich diese Behauptung selbst überprüfen musste, nicht wahr? Schließlich hast du mich schon einmal angelogen.“

Dieser Kinnhaken schmerzte. Sie senkte die Augenlider, um seinem durchdringenden Blick auszuweichen.

„Jetzt denk nach: Hat noch jemand die Sandalen gesehen?“

Ihr Kopf fühlte sich an, als würde er explodieren. „Ich weiß es nicht. Ich kann mich nicht erinnern.“

„Was hast du mit ihnen gemacht, bevor du die Sandale ins Labor gebracht hast?“, fragte er sie mit noch nachdrücklicherem Tonfall als zuvor.

Würde er jetzt bald ausrasten?

„Verdammt, ich kann nicht klar denken!“, stammelte sie, weil ihr die Furcht die Erinnerungen an das Geschehen vernebelte. Tränen stiegen ihr in die Augen.

23

Hermes schloss die Tür zu Pennys Büro hinter sich und beobachtete, wie sie zu ihrem Schreibtisch ging. Er hatte den Anflug von Furcht in ihren Augen gesehen, als er weitere Informationen von ihr gefordert hatte. Und ihm hatte es nicht gefallen, sie so zu sehen. Vielleicht war es an der Zeit, dass er ihr versicherte, dass er ihr nicht wehtun würde. Er wollte, dass sie klar denken konnte, damit sie ihm dabei helfen konnte, die Sandale wiederzubekommen, und solange sie vor ihm Angst hatte, würde sie keine große Hilfe sein.

Hermes ging auf sie zu und legte seine Hände auf ihre Schultern. Sie zuckte zusammen und verkrampfte sich sofort.

„Schhh, Baby, ich werde dir nicht wehtun", flüsterte er ihr ins Ohr. „Entspann dich! Du bist ganz verspannt." Er fing langsam an, ihren Nacken und ihre Schultern zu massieren.

„Oh", sagte sie, ohne sich ihm zu entziehen.

„Na, na", sagte er sanft, während er weiter ihre Schultern knetete und versuchte, die Knoten, die sich gebildet hatten, zu lösen. Ihr Kopf fiel nach vorne, und er fühlte, wie sie sich durch seine Berührung entspannte. „Siehst du, das ist schon besser. Jetzt entspann dich einfach und versuch, dich daran zurückzuerinnern, als du die Sandalen hier hattest. Denk zurück, Schritt für Schritt und erinnere dich daran, was gestern Morgen passiert ist!"

Die ganze Zeit massierte er ihre verspannten Schultern mit langsamen Strichen und rieb seine Daumen in langsamen Kreisen ihre Wirbelsäule entlang. Pennys Atmung verlangsamte sich ebenso wie ihr Herzschlag. Wenn er wollte, könnte er sie jetzt in seinen Armen drehen und sie küssen, bis sie beide außer Atem wären, und sie würde keinen Widerstand leisten. Aber so sehr er das auch tun wollte, sie mussten sich auf etwas Wichtigeres konzentrieren!

Ein sanftes Stöhnen rollte über Pennys Lippen und erinnerte ihn an die Laute des Vergnügens, die sie Samstagabend in seinen Armen von sich gegeben hatte. Es schien eine Ewigkeit her zu sein. Bei dem Gedanken an ihre Liebesnacht verwandelten sich seine massierenden Striche zu einem Streicheln, und seine Finger glitten in ihr Haar und berührten sanft ihren Kopf. Ohne nachzudenken, trat er einen Schritt näher und brachte damit seinen Körper eng an ihren. Er spürte, wie sie sich an ihn lehnte.

„Oh, Baby", murmelte er.

„Kenton", flüsterte sie.

Der Schock, den Namen eines anderen Mannes über ihre Lippen kommen zu hören, katapultierte ihn zurück. Penny drehte sich im selben Augenblick mit geweiteten Augen zu ihm um.

„Ich habe die Sandalen fotografiert.“ Sie zeigte auf die Kamera auf ihrem Schreibtisch. „Kenton unterbrach mich dabei und sah sie. Er war neugierig. Ich habe ihm gesagt, sie seien Repliken.“

„Kenton?“

„Ja, er ist Assistenzprofessor in meiner Abteilung.“ Sie machte eine Pause. „Und er hat sich für dieselbe Festanstellung beworben wie ich.“

Na, wenn das kein Zufall war! Blinder Ehrgeiz konnte Menschen dazu veranlassen, alles Mögliche zu tun. „Also, das sieht mir nach einem Motiv aus. Wo kann ich ihn finden?“

Penny rannte Richtung Tür. „Ich werde diesem Arschloch gehörig den Marsch blasen!“

Grinsend folgte Hermes ihr. Penny war wieder voller Elan, und so mochte er sie definitiv lieber: temperamentvoll, angriffslustig und feurig. Ach ja, eine Frau nach seinem Geschmack!

Er folgte ihr und legte seine Hand auf ihren Oberarm, um sie zu bremsen. Sie sah ihn finster an. „Als ob es noch nicht genug wäre, dass er mit Michelle schläft! Dieser kleine Arsch!“

„Wer ist Michelle?“

„Die Dekanin der Geschichtsfakultät. Sie sitzt im Personalkomitee. Mit ihr zu schlafen ist seine Art, dafür zu sorgen, dass er statt mir die Festanstellung bekommt! Warte nur, bis Michelle hört, dass er ein Dieb ist!“

Hermes stoppte sie, indem er ihre Schultern packte und sie zu sich umdrehte. „Ich glaube, ich sollte dich auf etwas hinweisen: Du hast sie mir zuerst gestohlen, und außerdem darf niemand etwas von den Sandalen erfahren. Du darfst der Dekanin nichts davon erzählen. Ich kann eine Enthüllung wie diese nicht riskieren!“

Sie blickte ihn verwirrt an. „Enthüllung? Aber willst du nicht, dass er bestraft wird?“

„Natürlich will ich, dass er bestraft wird. Aber nicht von der Dekanin oder der Polizei. Jetzt lass uns gehen und herausfinden, was er mit der Sandale gemacht hat.“ Er ließ ihre Schultern los. „Und überlass das Reden mir!“

„Aber – “

„Bitte“, sagte er sanft.

Mit einem kurzen Nicken gab sie nach und ging weiter. Nach der nächsten Ecke stoppte sie vor einer Tür. *Kenton Lowry, Assistenzprofessor, Griechische Geschichte,* hieß es auf dem Schild neben der Tür. Penny hob ihre Hand, um zu klopfen, aber Hermes stoppte sie, griff stattdessen nach der Türklinke und öffnete schnell die Tür.

Inmitten eines überraschten Keuchens, das von der einzigen Person in dem Büro kam, betrat er den Raum.

Kenton war kein besonders großer Mann; und er war auch eher das, was Hermes einen Schönling nennen würde, mit seinen perfekt gestylten Haaren, seiner geschniegelten Kleidung und seinen manikürten Fingernägeln.

Kenton warf Hermes einen irritierten Blick zu. „Kann ich Ihnen helfen?" Seine Worte klangen abgehackt. Dann wanderten seine Augen an Hermes vorbei. „Oh, Penny", sagte er eine Spur freundlicher. „Was ist los? Klopft denn heutzutage niemand mehr an?"

Aber bevor Penny antworten konnte, beugte sich Hermes über Kentons Schreibtisch. „Wegen der Sandalen", fing er an und bemerkte, wie Kentons Augen sich fast unmerklich weiteten.

„Welche Sandalen?"

Hermes machte eine Geste Richtung Penny. „Die Sandalen, die Sie gestern Morgen in Pennys Büro gesehen haben. Was haben Sie mit ihnen gemacht?"

Kenton sprang auf, seine Brust wie ein Pfau aufgeblasen. „Was deuten Sie da an?" Er sah an ihm vorbei und funkelte Penny an. „Wer ist dieser Verrückte?"

„Er ist der Besitzer der Sandalen", antwortete Penny.

„Verrückter, wie?", knurrte Hermes. „Wie wäre es mit geschädigter Partei?" Er blickte sich im Zimmer um und bemerkte erst jetzt, dass die Wände mit Repliken alter griechischer Waffen geschmückt waren. Ein Gedanke kam ihm in den Sinn. „Oder wären lieber *Sie* die geschädigte Partei?"

Kenton verkrampfte seinen Kiefer, funkelte ihn wild an und ballte seine Hände zu Fäusten. Dummer Sterblicher! Hermes erkannte ein schuldiges Gewissen, wenn es ihm direkt ins Auge sprang. Und dieser Kenton hatte auf jeden Fall ein schuldiges Gewissen. Kenton wusste genau, was mit Hermes' Sandalen passiert war. Und es war nur eine Frage der Zeit, bis Hermes die Wahrheit aus ihm herausbekommen würde.

„Wo zum Teufel sind meine Sandalen?" Hermes benutzte absichtlich den Plural, weil er wusste, dass er Kenton so ein Bein stellen konnte. Wenn dieser die Sandale aus Irenes Labor gestohlen hatte, dann hätte er nur die eine, und früher oder später würde er darauf beharren, dass er nicht beide Sandalen gestohlen hatte, sondern nur eine.

„Ich weiß es nicht! Und ich mag Ihre Anspielung nicht, dass ich etwas mit dem Diebstahl ihrer blöden Sandalen zu tun hätte!", gab Kenton wütend zurück. Dann sah er wieder Penny verärgert an. „Und wenn dein Bekannter nicht sofort aus meinem Büro verschwindet, werde ich den Sicherheitsdienst rufen und ihn vom Gelände entfernen lassen. Und denken Sie nicht, Sie könnten denen entkommen! Im ganzen Gebäude sind Kameras. Sie werden Sie finden!"

Kenton griff nach seinem Telefon und hob den Hörer ab. „Ich warne Sie noch einmal."

Hermes blinzelte, als ihm eine Idee kam. „Gut, ich verschwinde. Aber ich komme wieder!“ Er drehte sich um und verließ mit Penny im Schlepptau das Büro.

Am Ende des Korridors stoppte er und drehte sich zu ihr um. „Wo ist das Büro des Sicherheitsdienstes für dieses Gebäude?“

„Bist du verrückt?“, fragte Penny. „Du kannst da nicht hingehen. Hast du Kenton nicht gehört? Er wird den Sicherheitsdienst rufen.“

„Ich habe nichts an den Ohren.“

Penny schaute ihn verwirrt an. „Aber – ”

„Wo ist das Büro?“

„Warum?“

„Weil du den Sicherheitsdienst anrufen und eine Unruhestiftung melden wirst.“

24

Hermes beugte sich über den Wasserspender im Korridor und tat so, als würde er das nach Chlor schmeckende Wasser trinken, während er die Tür zum Büro des Sicherheitsdienstes aus dem Augenwinkel beobachtete.

„Komm schon, Penny!“, flüsterte er sich selbst zu.

Endlich wurde die Tür aufgerissen, und zwei Männer in Uniformen mit dem Universitätsemblem eilten den Flur in der entgegengesetzten Richtung von Hermes‘ Standort davon. Sobald die Männer ihm den Rücken zugewandt hatten, spurtete Hermes zur Tür, schlitterte über den Linoleumboden und schob seinen Fuß zwischen Tür und Angel, als wäre er ein Baseballspieler, der auf die Homebase schlitterte – keine Sekunde zu früh. Die Kante der schweren Tür knallte gegen seinen Knöchel.

„Geschafft!“ Hermes boxte mit einer Hand triumphierend in die Luft.

Hinter ihm hörte er sich nähernde Schritte. Er sprang schnell auf, darauf bedacht, seinen Fuß zwischen Tür und Angel zu lassen, damit sich die Tür nicht doch noch schließen konnte. Lässig lehnte er sich dagegen, um sie zu einem möglichst großen Teil zu verdecken, damit wer auch immer vorbeiging, nicht bemerkte, dass sie offen stand.

„Du siehst überhaupt nicht verdächtig aus“, kommentierte Penny, als sie näherkam und sich dabei ein verschmitztes Lächeln auf ihren Lippen bildete.

Bei ihrer sarkastischen Bemerkung verdrehte Hermes die Augen. „Hey, du warst nicht diejenige, die sich beinahe den Knöchel gebrochen hat, damit die Tür nicht zufiel!“ Obwohl er verletzt werden konnte, würde jegliche körperliche Verletzung dank seiner göttlichen Kräfte schnellstens heilen. Alle physischen Verletzungen waren lediglich vorübergehend.

Er öffnete die Tür weiter und führte Penny hinein, bevor er die Tür leise hinter ihr schloss.

„Das liegt daran, dass ich damit beschäftigt war, einen anonymen Anruf zu machen und den Sicherheitsdienst zu belügen. Wenn irgendjemand jemals herausfindet, dass ich das war, werde ich gefeuert!“

„Was hast du ihnen denn erzählt?“

„Dass die Dekanin der Geschichtsfakultät durchgedreht ist und vor einer Studentenklasse einen Striptease macht.“

Bei so viel Einfallsreichtum schmunzelte Hermes. „Deine Chefin Michelle? Kein Wunder, dass die zwei Typen so schnell rausgerannt sind. Sie wollten wahrscheinlich die Show nicht verpassen!“

Dann blickte er sich in dem fensterlosen Raum um. Es gab eine große Videokonsole mit mehreren Monitoren, zwei Stühle davor und eine Schrankwand dahinter. „Lass uns an die Arbeit gehen! Sie werden nicht ewig weg bleiben."

Penny deutete auf die Konsole. „Weißt du überhaupt, wie das funktioniert?"

Hermes lächelte zuversichtlich. „Keine Sorge." Obwohl Zeus' *Überwachungsanlage* deutlich anders aussah, funktionierte sie ähnlich wie ihr weltliches Gegenstück. „Das bekomme ich schon raus."

Er setzte sich vor die Konsole, griff nach der Maus und klickte auf ein Icon auf dem Computerbildschirm vor sich. „Irgendwo auf dem Server müssen sie die Aufzeichnungen in chronologischer Reihenfolge gespeichert haben, und ich wette, sie sind nach Gebäuden geordnet. Wir müssen nur die richtige Stelle finden und die Bänder im Schnelldurchlauf ansehen, bis wir etwas finden." Er warf Penny einen aufmunternden Blick zu.

„Ich hoffe, du hast recht", sagte sie mit gerunzelter Stirn. „Denn wenn sie uns hier erwischen, werde ich mit Sicherheit entlassen."

Er grinste und tätschelte ihre Hand. „Ich dachte, du wirst entlassen, weil du diesen Scherzanruf gemacht hast."

„Kannst du bitte ernst bleiben?"

Er lachte, denn es machte ihm Spass, sie zu hänseln. „Aber mir *ist* doch ernst!"

Als Penny die Augen verdrehte und den Kopf schüttelte, ging Hermes an die Arbeit und scrollte durch die Ordner, bis er den für das Gebäude fand, in dem sich die Geschichtsfakultät befand.

„Okay, es scheint mehrere Kameras zu geben, eine am Vordereingang, eine im Hauptkorridor und eine beim Seiteneingang, aber es gibt keine auf dem Gang, wo sich das Labor befindet."

„Verdammt!", rief Penny aus. „Was machen wir jetzt?"

„Keine Sorge, wir finden vielleicht doch etwas auf den Videos aus den anderen Kamerawinkeln. Lass uns mal schauen!" Er spielte das erste Band im Schnelldurchlauf ab.

„Das ist zu schnell, ich kann nichts sehen", beschwerte sich Penny.

Er legte seine Hand auf ihre. „Ich mache das schon. Ich werde es langsamer laufen lassen, wenn ich etwas Verdächtiges bemerke." Er sah weiter die Digitalbänder durch, wobei sich seine Augen ohne Schwierigkeiten an die Geschwindigkeit der Aufnahme anpassten. Ein Sterblicher würde alles verschwommen sehen, aber seine göttlichen Kräfte ermöglichten es ihm, alles klar wahrzunehmen.

Da die Bänder, die er prüfte, von Sonntagnachmittag und -abend waren, war nicht viel im Gebäude los. Das half ihm, die Bänder schneller durchzusehen als wenn er eine Aufnahme eines Montags, an dem Vorlesungen stattfanden, durchsehen müsste.

Hermes seufzte und warf einen Blick auf die Uhr über der Konsole. Wenn er nicht bald etwas fand, müssten sie verschwinden und später wiederkommen.

„Irgendetwas?“, fragte Penny mit zweifelnder Stimme.

Er war kurz davor, den Kopf zu schütteln, als etwas auf dem Bildschirm seine Aufmerksamkeit erregte. Er verlangsamte das Band und spulte es ein paar Sekunden zurück. Dann deutete er mit dem Finger auf den Monitor.

„Ist das nicht dein Vater?“, fragte er und drehte sich zu Penny um.

Penny starrte mit weit geöffnetem Mund auf den Monitor. Auf dem Bildschirm war Pennys Vater im Gespräch mit Kenton zu erkennen.

„Kennt er Kenton?“, fragte Hermes.

Sie riss ihren Blick vom Bildschirm los und starrte ihn direkt an. „Bitte lass meinen Vater nichts damit zu tun haben!“, flehte sie, aber an ihrem Gesichtsausdruck erkannte Hermes, dass sie vermutete, dass ihr Vater in die Sache verwickelt war.

„Es gibt nur einen Weg, das rauszufinden.“

Hermes schloss das Fenster auf dem Monitor und stand auf, nahm Penny am Oberarm und zog sie hoch. „Wir müssen gehen. Die Sicherheitsbeamten werden jeden Moment zurück sein.“

Sichtlich verstört nickte sie und erlaubte ihm, sie aus dem Büro in den Gang zu führen, gerade als die zwei Wachmänner zurückkamen. Beide sahen deutlich verärgert aus.

„Wenn ich diese Studentin erwische!“, grummelte einer von ihnen.

Und der andere fügte hinzu: „Das klang viel zu gut, um wahr zu sein.“

Hermes zog Penny um die Ecke und hielt an. „Ich werde Kenton damit konfrontieren. Warte in deinem Büro auf mich!“

Sie schüttelte den Kopf, und ihre Augen füllten sich mit Tränen. „Nein, ich will dabei sein. Ich will es wissen!“

„Du musst das nicht tun. Ich erzähle dir später alles.“

„Nein, ich muss es ihn sagen hören.“

Für einen langen Moment sah er sie an. Dann nickte er. „Na gut.“

Sie marschierten zurück zu Kentons Büro, und wie zuvor klopfte Hermes nicht an. Stattdessen stieß er einfach die Tür auf und stürmte hinein.

Kenton blieb sofort wie angewurzelt stehen. Der Schock stand ihm ins Gesicht geschrieben.

Hermes überrumpelte ihn sofort und schleuderte ihn gegen das Bücherregal, bevor er ein einziges Wort sagen konnte.

„Lass uns noch mal reden, und dieses Mal möchte ich die Wahrheit hören!“

Hermes griff nach dem griechischen Dolch, der an der Wand hing, und hielt ihn hoch. Kentons Augen wanderten zu der Waffe und weiteten sich voller Furcht.

„Das können Sie nicht tun“, jammerte er.

„Ich kann noch viel mehr tun.“ Hermes kniff die Augen zusammen. „Was haben Sie Sonntagabend mit Pennys Vater besprochen?“

„Ich habe nichts – “, versuchte Kenton zu protestieren.

„Ihr wurdet gefilmt!“, zischte Hermes. „Also versuchen Sie nicht, es noch länger abzustreiten. Ich schlage vor, Sie versuchen es diesmal mit der Wahrheit, oder ich muss den hier benutzen.“ Er deutete auf den Dolch in seiner Hand.

Kenton warf Penny einen Blick zu. „Du kannst das nicht zulassen!“

Penny stellte sich neben Hermes. „Ich lasse es nicht nur zu, ich werde ihn auch noch anfeuern, dass er dafür sorgt, dass es wirklich wehtut.“

Als Kenton erkannte, dass er keinen Verbündeten in ihr hatte, senkte er den Kopf.

„Ich wollte sie nicht stehlen. Ich wollte sie nur genauer begutachten.“

Hermes verdrehte die Augen. Wo hatte er das schon einmal gehört? „Leider habe ich Ihre Ausleihprivilegien gerade aufgehoben. Also geben Sie mir jetzt meine Sandalen wieder!“

„Das würde ich ja tun“, sagte Kenton und hob seine Hände. „Aber ich habe sie nicht.“

Mit einem Arm über Kentons Brust und dem Dolch unter Kentons Kinn drückte Hermes ihn fester an den Schrank. „Habe ich erwähnt, dass ich nicht sehr geduldig bin?“

Kenton blickte zu Penny. „Pennys Vater hat sie genommen. Ehrlich!“

Hermes hörte, wie Penny scharf einatmete, und sah sie von der Seite an. Enttäuschung breitete sich wie ein Lauffeuer auf ihrem Gesicht aus, und das brach ihm das Herz. Er blickte weg und funkelte Kenton an. „Ich will die ganze Geschichte, und zwar schnell!“

„Ich hatte von Barts nicht gerade sauberer Vergangenheit gehört. Sie wissen schon, Diebstahl. Ich dachte, ich könnte ihn dazu bringen, die Sandalen für mich zu stehlen, natürlich nur, damit ich einen genaueren Blick darauf werfen könnte“, fügte Kenton schnell hinzu. „Also habe ich ihm erzählt, dass ich gesehen hatte, wie Penny die Sandalen ins Labor hinunterbrachte. Ich hatte schon überlegt, wie ich selbst unbemerkt in das Labor kommen könnte, aber ich wusste nicht wie. Außerdem darf ich nicht erwischt werden. Ich würde meinen Job verlieren. Aber Bart, er hatte eine Idee.“

„Was für eine Idee?“, fragte Penny.

Kentons Augen landeten auf Penny. „Er hat sich zusammengereimt, dass selbst das Labor ab und zu geputzt werden muss. Also hat er den Schlüssel aus dem Schrank des Hausmeisters gestohlen.“

„Wenn er das Schloss zum Wandschrank des Hausmeisters aufbrechen konnte, warum ist er nicht gleich zum Labor gegangen und hat dort das

Schloss geknackt? Warum musste er den Schlüssel stehlen?“, wunderte sich Hermes.

„Man braucht für das Labor zusätzlich zum Schlüssel einen Zugangscode, sonst geht der Alarm los. Der Hausmeister hat die Zugangscodes für alle Labore und Sicherheitsbereiche auf einem Zettel, der sich auch in seinem Wandschrank befindet, notiert“, erklärte Kenton.

„Was passierte dann?“, bohrte Hermes nach.

„Ich war nicht hier, als er einbrach. Ich musste ja ein Alibi haben, darum war ich mit Freunden zum Essen aus. Bart sollte mich später am Abend treffen, aber er ist nicht aufgetaucht. Ich habe ihn auf seinem Handy angerufen, aber er ist nicht rangegangen. Er hat mir die Sandalen nie gegeben.“

„Er hat Sie also hintergangen, wie?“ Hermes schüttelte den Kopf.

„Wie konnte er mir das nur antun?“, sagte Penny mit ausdruckloser Stimme.

Kenton schnaubte. „Er hat es mir angetan! Er sollte mir die Sandalen geben. Ich hätte sie in meine Forschungsarbeit einbauen können! Und jetzt, was soll ich jetzt machen?“ Er warf Penny einen verzweifelten Blick zu. „Ich brauche die Festanstellung.“

Hermes schüttelte den Kopf. Er hatte recht gehabt: Blinder Ehrgeiz war Kentons Motiv. Er ließ von Kenton ab. „Ich vermute, Bart hat herausgefunden, dass er mehr Geld herausholen könnte, wenn er die Sandalen verkauft, anstatt sie Ihnen zu geben.“

Hermes sah zu Penny, die ihren Kopf niedergeschlagen hängen ließ. Aber er würde sie nicht weinen lassen, nicht vor Kenton. Als er sich zu dem Schönling umdrehte, setzte er wieder einen wütenden Gesichtsausdruck auf, um seiner nächsten Drohung Nachdruck zu verleihen.

„Ein Wort davon zu irgendjemandem und Sie können sich von Ihrer Karriere verabschieden. Ist das klar?“

„Ohne die Festanstellung werde ich meinen Job sowieso verlieren.“

Hermes musterte ihn verdutzt. Kenton verhielt sich offensichtlich gerne melodramatisch. „Ein Wort über die Sandalen“, wiederholte Hermes, „und ich werde – ”

„Sie haben mein Wort“, unterbrach ihn Kenton und ließ sich frustriert in seinen Bürostuhl fallen.

25

Penny versuchte, das unbehagliche Gefühl, das ihre Arme kribbeln ließ, zu verscheuchen, indem sie sie rieb, als sie gefolgt von Hermes in das Schlafzimmer ihres Vaters trat. Während der gesamten Rückfahrt von der Universität hatte sie kaum gesprochen, und Hermes hatte sie nicht gedrängt. Sie versuchte immer noch, sich mit der Neuigkeit über ihren Vater abzufinden. Wie der Vater, so die Tochter. Aus dem gleichen Holz geschnitzt.

„Ich weiß nicht, warum ich überrascht bin. Ich wusste, dass er sich nicht geändert hat. Er ist immer noch derselbe Gauner, der er immer war.“ Wie ironisch es doch war. Ihr Vater hatte die Sandale gestohlen, die sie zuerst gestohlen hatte. Machte sie das zu rivalisierenden Dieben? „Warum habe ich das nicht kommen sehen?“

Als Hermes seine Hand auf ihren Arm legte, sah sie verwundert auf.

„Mach dir deswegen keine Vorwürfe! Du bist nicht für die Taten deines Vaters verantwortlich.“

„Nein, aber ich werde dafür sorgen, dass er nicht ungestraft damit davonkommt“, antwortete sie und seufzte, als ihr plötzlich klar wurde, wie sie klang. „Was für eine Heuchlerin ich doch bin. Ich schimpfe über meinen Vater, weil er ein Dieb ist! Und was ist mit mir? Ich bin doch auch nicht besser; ich bin genauso wie er!“

Hermes‘ Hände umfassten ihre Schultern, und er schüttelte sie kurz. „Sag das nicht! Du bist nicht wie er. Du bist überhaupt nicht wie er. Deine Motive waren .°.°. anders.“

„Hah!“, schnaubte sie. „Anders? Wer fragt am Ende nach den Motiven? Ein Diebstahl ist ein Diebstahl.“

„Ich“, stellte Hermes klar und beugte sich näher, wobei sein Kopf sich zu ihr senkte. Seine Augen schienen sie durchdringen zu wollen, und sie blickte abrupt weg.

„Wir durchsuchen lieber sein Zimmer, bevor er zurückkommt.“ Sie zögerte. „Wenn er zurückkommt.“ Jetzt, da er die Sandale hatte und sie an den Höchstbietenden verkaufen konnte, brauchte er sie und Oma nicht länger. Er würde genauso schnell wieder aus ihrem Leben verschwinden wie er aufgetaucht war. Sie hatte wenig Hoffnung, dass die Sandale irgendwo im Haus war. Wahrscheinlich verpfändete er sie gerade irgendwo.

Hermes ließ ihre Schultern los und blickte sich im Zimmer um. „Gut, lass uns den Raum durchsuchen!“

Ihr Vater war erst ein paar Tage zuvor eingezogen und hatte es schon geschafft, dass das Zimmer so aussah, als lebte er schon sein ganzes Leben hier. Kinkerlitzchen zierten die Kommode. Fotos von ihr und Oma standen auf dem Nachtkästchen. Penny nahm eines hoch, das sie als Kind mit ihrem Vater zeigte und das sie noch nie zuvor gesehen hatte. Es sah so aus, als wären sie auf einem Volksfest, und sie hielt ein großes Stofftier und lächelte breit. Ein Moment der Trauer überkam sie. Trauer wegen all dessen, was hätte sein können. Und was niemals sein würde.

„Etwas gefunden?“, fragte Hermes und riss sie damit aus ihren Gedanken.

Sie schüttelte den Kopf. „Nein. Noch nicht.“

Sie stellte das Bild wieder zurück und ging schnell die Schübe der Kommode durch, als Hermes mit dem Wandschrank fertig wurde.

„Die Sandale ist nicht hier“; sagte er.

„Warte!“ Penny eilte zum Schub des Nachtkästchens, in der Hoffnung, dass sie dort wäre. Doch das war sie nicht. Sie ging in die Hocke und spähte unter das Bett.

„Irgendetwas?“, fragte Hermes.

Sie schüttelte den Kopf. Außer ein paar Staubflocken war nichts unter dem Bett. Sie ergriff Hermes‘ helfende Hand und stand auf.

„Ich verstehe das nicht. Warum hat er alles zurückgelassen, wenn er nicht wieder zurückkommt?“

„Wer sagt, dass er nicht zurückkommt?“, fragte Hermes.

„Warum sollte er zurückkommen, wenn er die Sandale hat? Er wird sie verkaufen und abhauen. Ich kenne ihn.“ Sie musterte nochmals den Raum. „Seltsam“, sagte sie plötzlich, als sie ihre Augen wieder schweifen ließ. „Hast du seinen Seesack gesehen?“

Hermes schüttelte den Kopf. „Ich habe keinen Seesack gefunden.“

„All seine Kleidung ist hier, also warum ist sein Seesack weg?“, wunderte sie sich.

„Vielleicht hat er ihn woanders im Haus verstaut?“, fragte Hermes.

Penny drehte sich zur Tür, während sich die Rädchen in ihrem Kopf plötzlich zu drehen begannen. „Oh, dieser Scheißkerl!“ Sie rannte aus dem Zimmer.

„Was?“, rief Hermes ihr nach und rannte ihr hinterher.

„Er muss sich gedacht haben, dass ich sein Zimmer durchsuchen würde, wenn ich ihn wegen irgendeiner Missetat verdächtige.“ Sie trat in das Zimmer ihrer Großmutter. Wie sie vermutet hatte, war es leer, weil Rose ihre Großmutter zur Physiotherapeutin gebracht hatte. „Er benutzt das Zimmer meiner Großmutter, um seine Beute zu verstecken!“

Während Penny unter dem Bett nachschaute und dann die Schübe der Kommode ihrer Großmutter öffnete, öffnete Hermes den Wandschrank und durchstöberte ihn. „Deine Großmutter hat aber sehr viele Kleider.“

Penny lächelte wehmütig. „Sie war in ihren jungen Jahren eine ziemliche Schönheit. Und sie liebte es, gut angezogen zu sein und auszugehen. Sie machte sich sogar für einen Spaziergang im Park fein. Solche Eleganz sieht man heutzutage nicht mehr. Das war eine andere Ära."

„Es muss hart für sie sein, so ans Haus gebunden zu sein", meinte Hermes.

Penny drehte sich zu ihm um und lächelte aufgrund seines einfühlsamen Kommentars. Warum hatte sie ihn nur bestohlen? Wenn sie es nicht gemacht hätte, hätten sie vielleicht eine Chance auf eine Beziehung gehabt. Aber so wie die Sache stand, hatte sie diese Chance im Keim erstickt.

Natürlich war da immer noch die Frage bezüglich Hermes' Geisteszustandes. Obwohl er in den letzten paar Stunden keine weiteren Kommentare dazu abgegeben hatte, dass er oder seine Freunde Götter wären, hatte sie seine verrückte Behauptung nicht vergessen.

„Sieh an, sieh an", sagte Hermes plötzlich und riss sie aus ihren Gedanken.

Penny sah, wie er einen Seesack vom obersten Regal zog und auf den Boden fallen ließ.

„Gehört der deinem Vater?"

„Mit Sicherheit würde meine Großmutter nicht damit verreisen wollen", antwortete sie trocken und hielt den Atem an, als Hermes den Sack öffnete und ausleerte.

Die ganze Luft verließ auf einen Schlag ihre Lunge. Der Seesack enthielt keine Sandale, stattdessen fielen Geldbündel auf den Teppich.

„Hast du eine Ahnung, woher er das Geld hat?", fragte Hermes.

„Nicht die geringste. Aber ich glaube, es stammt nicht aus einer legitimen Quelle, sonst würde er es nicht versteckt haben. Und als er hier eingezogen ist, war er total abgebrannt."

Hermes blätterte die Geldbündel durch. „Das müssen ein paar tausend Dollar sein." Dann hob er ein Stück Papier vom Teppich auf.

Penny deutete darauf. „Was ist das?"

Überraschenderweise lächelte Hermes sie an. „Eine Quittung über 3.500 Dollar von einer Pfandleihe. Rate mal, wofür!"

Pennys Puls raste. „Für eine Sandale mit goldenen Flügeln?"

26

Hermes saß auf dem Beifahrersitz von Pennys Auto und trommelte mit seinen Fingern auf seine Knie, während sie in eine schäbigere Gegend von Charleston fuhren. Auf menschliche Fortbewegungsmittel angewiesen zu sein, war ermüdend und frustrierend. Er fing endlich an, zu verstehen, warum jeder sich ständig über den Verkehr beschwerte. Bei dieser Geschwindigkeit würde er sein halbes Leben damit verbringen, zu versuchen, von einem Ort zum anderen zu gelangen.

Es fühlte sich wie eine Ewigkeit an, bis sie endlich vor einer Pfandleihe anhielten. Sie sah dunkel und leer aus und hatte Gitter vor den Fenstern. Hermes überprüfte den Namen auf der Quittung.

„Das ist das Geschäft“, bestätigte er Penny.

„Das sieht nicht gut aus“, murmelte sie.

Nein, wirklich nicht. Das Geschäft sah aus wie ein Rattenloch, heruntergekommen und gefährlich. „Warum wartest du nicht einfach hier, während ich mich umsehe?“

„Du willst, dass ich alleine im Auto bleibe?“, fragte sie, während sie die Straße hinunter spähte, wo ein paar Typen herumlungerten, die wie Drogendealer aussahen. „Ich komme lieber mit. Wenn sie das Auto wollen, können sie es haben.“

Hermes legte seine Hand über ihre. Er bevorzugte es sowieso, sie bei sich zu haben, und war froh, dass sie mit ihm kommen wollte. Aber er mochte es nicht, dass sie Angst hatte. „Ich bin stärker als die drei zusammen.“

Penny sah ihn zweifelnd an und verdrehte nur die Augen.

„Eines Tages in naher Zukunft wirst du mir glauben. Aber jetzt lass uns den Laden überprüfen!“

Er stieg aus; Penny machte dasselbe und eilte zu seiner Seite, sobald sie das Auto abgeschlossen hatte.

„Es sieht nicht so aus, als ob der Laden geöffnet ist.“

„Es ist mitten am Tag, an einem Wochentag. Irgendjemand muss da sein.“ Dann fielen seine Augen auf ein Schild in der Tür. *Geschlossen* stand darauf. Daneben war ein handgeschriebenes Schild an das Glas geheftet, auf dem *Geschlossen wegen eines familiären Notfalls* stand.

„Ich glaube, der Vogel ist ausgeflogen“, kommentierte Hermes.

„Verdammt!“, fluchte Penny. „Das war ein Flop. Lass uns verschwinden, solange wir noch ein Auto haben!“ Sie blickte über ihre Schulter.

„Wir müssen den Laden durchsuchen“, beharrte er und ergriff den Türknauf. Dabei versperrte er mit seinem Körper Pennys Sicht. „Pass auf, ob jemand kommt!“

Sie drehte sich wieder zu ihm. „Was machst du?“

„Was denkst du wohl? Ich breche ein. Jetzt dreh dich um und schau, ob sich jemand nähert“, wies er sie an, obwohl er nicht wirklich besorgt war, ob jemand in dieser Gegend sah, was er machte. Jedoch wollte er nicht, dass Penny bemerkte, wie er das Schloss öffnete: nicht, indem er es wie ein Einbrecher knackte, sondern indem er sich darauf konzentrierte, wie sich die Zapfen in dem Schließmechanismus bewegten. Sicher hätte er diese kleine Demonstration seiner göttlichen Kräfte dazu verwenden können, um sie dazu zu bringen, seine vorherigen Behauptungen zu glauben, aber wem würde das jetzt dienen? Hier war weder der richtige Ort noch die richtige Zeit für langwierige Erklärungen, die er sicherlich abgeben müsste. Außerdem würde sie ihm bald genug glauben – sobald er die verdammten Sandalen wiederhatte. Dann könnte er ihr wirklich eine richtige Demonstration seiner göttlichen Kräfte geben!

Innerhalb von Sekunden rasteten die Zapfen ein. Hermes drehte den Knauf und drückte die Tür auf. Er nahm Pennys Hand, zog sie in das dunkle, muffig riechende Innere, schloss die Tür hinter sich und schob den Riegel vor.

Hermes sah sich um, um sich zu orientieren. Die Pfandleihe erinnerte ihn an einen alten Billigladen aus den Fünfzigern. Der Laden führte eine vielfältige Mischung aus Waffen, Schmuck, Uhren, Kunst und allerhand Krimskrams.

„Wie sollen wir hier etwas finden?“, jammerte Penny. „Der Laden ist bis unters Dach hin vollgestopft.“

„Indem wir keinen Staub aufwirbeln.“

Bei seinen Worten wandte sich Penny mit gerunzelter Stirn ihm zu. „Was?“

Er zeigte auf eine Kiste, die mit einer dicken Staubschicht bedeckt war. „Niemand hat dieses Möbelstück seit Wochen angefasst. Ergo kann er die Sandalen da nicht reingelegt haben. Schau nur in die Schränke, die abgewischt sind oder wo der Staub aussieht, als ob er in den letzten paar Tagen aufgewirbelt worden ist.“

Sie sah ihn bewundernd an. „Du klingst, als hättest du das schon mal gemacht.“

Da er nicht nur der Götterbote, sondern auch der Patron der Diebe war, gehörten einige solcher Dinge zu seinem Repertoire. „Wenn du darauf anspielst, dass meine Sandalen, äh .°.°. schon mal *verloren gegangen* sind, dann nein. Aber ich bin es gewohnt, nach Dingen zu suchen, die verschwunden sind.“

„Du meinst in deinem Botengeschäft?", fragte Penny und zog die Augenbrauen hoch.

Hermes drehte sich von ihr weg und durchsuchte eine Vitrine, obwohl er nicht wirklich erwartete, dass seine Sandale offen ausgestellt war. Dann machte er sich an die Schubladen darunter. „So in etwa." Er durchstöberte die Gegenstände darin, ohne eine Spur seiner Sandale zu finden, und ging dann systematisch zum nächsten Schrank und durchsuchte diesen.

„Was machst du eigentlich in diesem Botengeschäft?"

Er zuckte mit den Achseln, stand auf und machte mit einer Kommode weiter, bei der er einen Schub nach dem anderen öffnete. Aber genauso wie all die anderen Schränke zuvor war seine Sandale auch nicht in diesem Möbelstück versteckt. „Ich überbringe Dinge." So wie er Zeus' Vertrag zu Hades gebracht hatte, nicht dass sein Onkel das zu schätzen gewusst hatte. Im Gegenteil, er hatte den Boten dafür umbringen wollen. Naja, jetzt konnte ein anderer den Botenjungen für Zeus spielen. Ihm reichte es.

„Was zum Beispiel?"

Er drehte sich zu ihr und legte seinen Kopf zur Seite. „Was spielen wir hier? Ein Fragespiel?"

Als sie vorgab, Interesse an der Vitrine zu zeigen, die sie gerade durchsuchte, fuhr er fort: „Was willst du wirklich wissen, Penny? Warum rückst du nicht damit raus?"

Sie hob ihren Kopf und sah ihn an, während sie in ihre Unterlippe biss, und verdammt noch mal, wenn ihn diese einfache Geste nicht in Versuchung führte, sie auf die nächste flache Oberfläche zu drücken und sie besinnungslos zu küssen.

„Ich meine, ich bin nur neugierig und wundere mich", fing sie zögernd an. „Du weißt schon, die geflügelten Sandalen; deine haarstäubende Erklärung, dass du ein Gott bist – als ob jemand mit klarem Verstand so etwas glauben würde – und deine Behauptung, dass du im Botengeschäft wärst. Und obendrein brichst du hier ein, als ob das für dich gang und gäbe wäre." Er bemerkte, dass ihre Hände leicht zitterten; nichtsdestotrotz fuhr sie fort: „Ich sage nur, ich kann eins und eins zusammenzählen. Hör zu, wenn du etwas mit Drogen zu tun hast, will ich davon nichts wissen. Halte mich nur bitte da raus! Sobald wir deine Sandale gefunden haben, tue ich einfach so, als ob ich dich nicht kenne, und ich schwöre dir, dass ich niemandem davon erzählen werde. Du hast mein Wort."

Seine hübsche Diebin glaubte, er wäre ein Drogenhändler? Der Gedanke war geradezu komisch. Er schüttelte den Kopf und schmunzelte. „Also habe ich dein Wort, wie? Naja, das Problem ist nur, dass du schon zu viel weißt."

Ihr Atem stockte.

„Aber ich bin nicht gewalttätig. Jedoch musst du mir beweisen, dass du meinst, was du sagst, und dass du wirklich ein Geheimnis für dich behalten kannst."

Sie nickte schnell.

Er ging auf sie zu, indem er den Abstand zwischen ihnen mit drei großen Schritten verringerte und stoppte genau vor ihr, sodass sein Kopf nur Zentimeter von ihrem entfernt war. „Penny, ich muss dir vertrauen können, und du hast etwas gemacht, das es mir sehr schwer macht, dir zu vertrauen. Aber wenn du meinen Ärger ein bisschen beschwichtigen könntest, vielleicht können wir das dann hinbiegen."

Sie sagte nur ein einziges Wort, wobei ihr Atem gegen sein Gesicht geisterte. „Wie?"

Hermes hob seine Hand und streifte mit seinen Fingerknöcheln über ihre Wange und ließ sie dann ihren Hals hinabwandern. „Ich bin ausgehungert."

„Du willst etwas e-essen gehen?", stotterte sie und schluckte sichtbar.

Er schüttelte kurz seinen Kopf. „Wir wissen beide, dass ich nicht von Essen rede." Sein Mund schwebte plötzlich über ihrem. „Ich will, dass du mich so küsst wie in der Nacht, als wir miteinander geschlafen haben. Ich will wissen, ob ich falsch lag, dir damals zu vertrauen."

Ihre Augen schlossen sich. „Hermes, bitte. Das wird nichts ändern. Ich bin immer noch die Person, die deine Sandalen gestohlen hat."

Sie hatte natürlich recht, aber jetzt, wo er sie so nahe spürte, konnte er nicht mehr klar denken. Nein, er *wollte* nicht denken. Er wollte nur fühlen. Sie. „Dann küss mich und lass mich das alles vergessen!"

„Aber wir müssen den Laden durchsuchen, bevor der Eigentümer zurückkommt", protestierte sie, doch es lag nicht viel Überzeugungskraft in ihrer Stimme.

Hermes zeigte auf den Raum hinter sich. „Die Sandale ist nicht hier. Wir haben praktisch jede Schublade, jede Vitrine und jede Schachtel durchsucht. Ich vermute, dass der Inhaber der Pfandleihe mit meiner Sandale verschwunden ist und gerade versucht, sie irgendwo für viel mehr zu verhökern als er jemals bekommen würde, wenn er sie in diesem Saftladen verkauft."

„Gut, dann sollten wir versuchen, ihn zu finden, bevor er sie verkauft", schlug sie vor.

„Sollten wir." Doch Hermes bewegte sich nicht. „Sobald wir das zwischen uns geregelt haben."

„Was geregelt haben?" Ihre Augen öffneten sich weit, und ihre Blicke trafen sich.

„Die Tatsache, dass du mich nicht küssen willst. Weißt du, was ich deshalb glauben muss?"

„Was?"

„Dass du nur mit mir geschlafen hast, weil du von Anfang an meine Sandalen wolltest."

„Das ist nicht wahr!“, piepte sie, während sie ihr Kinn hochreckte und ihre Hände in die Hüften stemmte.

Ach ja, wie er es doch liebte, sie zu provozieren, denn sie sah begehrenswerter als jede Göttin aus, wenn sie so aufgebracht war wie jetzt.

„Dann beweis es mir!“, forderte er. „Beweis mir, dass du *mich* und nicht meine Sandalen wolltest!“

Sie presste ihre Lippen zusammen, sichtlich mit sich selbst ringend. „Ach, scheiß drauf!“, sagte sie plötzlich. „Ich stecke eh schon bis zum Hals drinnen.“ Dann legte sie ihre Lippen auf seine und küsste ihn. Ihre Arme umschlangen ihn im nächsten Moment, um ihn näher an sich zu pressen. Mit einem Arm zog sie ihn fester an ihren Körper, mit dem anderen schlängelte sie sich seinen Rücken hoch, und ihre Hand fuhr in sein Haar.

Hermes‘ Herz machte einen Freudensprung. Er ließ eine Hand auf ihren Hintern gleiten und drückte seinen Unterleib gegen sie, während seine andere Hand zu ihrem Nacken wanderte und sie festhielt. Seine Zunge tauchte zwischen ihre geöffneten Lippen, um die Führung zu übernehmen und ihren Mund wie ein Eroberer in Besitz zu nehmen. Er stöhnte vor Lust auf und erlaubte dem Verlangen, das er die letzten paar Stunden unterdrückt hatte, sie wie eine mächtige Ozeanwelle zu überrollen und in seiner Leidenschaft zu ertränken.

Penny verschmolz mit ihm; ihr Körper war anschmiegsamer als er in Erinnerung hatte, während sie auf seinen Kuss mit demselben Eifer und derselben Begeisterung antwortete, die sie während ihrer leidenschaftlichen Liebesnacht gezeigt hatte. Sie küsste ihn ohne Zurückhaltung, und als er seinen immer härter werdenden Schwanz an ihre weiche Mitte presste, spürte er, wie ihr Herzschlag sich beschleunigte. Der Duft ihrer Erregung stieg in seine Nase. Ihr ganzes Verhalten bestätigte ihm, dass sie ihm nichts vorspielte; sie täuschte ihre Zuneigung zu ihm nicht vor. Sie fühlte sich wirklich zu ihm hingezogen, das wusste er jetzt mit Sicherheit. Sie hatte nicht mit ihm geschlafen, um seine Sandalen zu stehlen. Sie hatte mit ihm geschlafen, weil sie ihn begehrte. So wie er sie begehrte. Und obwohl es Dinge zwischen ihnen gab, die klargestellt werden mussten, hatten sie zumindest das gemeinsam.

Ja, er war immer noch wütend auf sie, weil sie ihn bestohlen hatte, aber sie zeigte Reue für ihre Taten, und diese Tatsache konnte er nicht ignorieren. Zusammen mit dem, was er bei der Armenspeisung in der Kirche gesehen hatte und wie sie sich um ihre Großmutter kümmerte, wusste er, dass irgendetwas sie dazu gedrängt haben musste, ihn zu bestehlen. Weil sie einfach nicht der Typ dafür war.

Widerwillig entließ Hermes sie aus seiner Umarmung und bemerkte zu seiner Freude, dass ein enttäuschtes Wimmern über ihre Lippen kam. Er grinste verschmitzt, und Penny wich schnell seinem Blick aus.

Er zog ihr Gesicht wieder zu sich und zwang sie, ihn anzusehen. „Meine wunderschöne Penny, glaub mir, ich wünschte, ich müsste jetzt nicht aufhören, weil es nichts gibt, was ich jetzt lieber täte als mit dir zu schlafen. Aber das muss leider warten.“

Röte schoss in ihre Wangen, und sie senkte ihre Augenlider vor Verlegenheit.

„Jetzt lass uns den Besitzer finden!“

„Wie denn?“, fragte sie.

„Ich habe da so eine Idee.“

27

„Hallo, Hermes! Was verschafft mir das Vergnügen?“, antwortete Hera am Handy.

Hermes erschauderte. Hera anrufen zu müssen, war nicht auf seiner Agenda gestanden, aber sie konnte etwas für ihn tun, das kein anderer Gott außer Zeus tun konnte. Doch dass Hera ungewöhnlich vergnügt klang, machte ihn nervös.

„Ja, hi, Mutter!“, sagte er zugunsten von Penny, die neben ihm stand. „Wie du vielleicht schon gehört hast, ist eine meiner Sandalen verschwunden, und ich brauche etwas Hilfe, um die Person zu finden, die sie, äh, gefunden hat.“

Ein Kichern kam durch die Leitung. „Und da rufst du ausgerechnet mich an? Warum zum Olymp solltest du glauben, dass ich dir helfen könnte?“

Es war eine heikle Situation, und Hera dazu zu bringen, ihm zu helfen, würde nicht einfach sein; schließlich verachtete sie ihn. Aber wenn er seine Karten richtig ausspielte, würde sie ihm vielleicht diesen einen Gefallen tun.

„Naja, ich dachte, da du und äh, Dad euch zur Zeit so nahe seid, könntest du vielleicht in sein Büro gehen und einen Blick auf sein *Überwachungssystem* werfen, um mir den Aufenthaltsort des Typen, nach dem ich suche, zu besorgen?“ Das *Überwachungssystem*, wie er es nannte, war der Spiegel, der es Zeus ermöglichte, alles zu sehen, was in der Welt der Sterblichen vor sich ging. Natürlich bedeutete dies nicht, dass er wirklich alles sah – er hatte schließlich nicht die Zeit, den ganzen Tag und die ganze Nacht in den Spiegel zu glotzen; seine Liebeleien hielten ihn viel zu sehr auf Trab.

„Damit du deine Sandale wiederbekommst und wir wieder teleportieren können?“, fragte sie höflich interessiert.

Er lächelte. „Ja, danke dir, das wäre wirklich sehr nett von dir.“ Er hatte nicht gedacht, dass es so einfach sein würde. Aber es schien so, als wollte Hera die Fähigkeit zu teleportieren genauso gerne wiederhaben wie alle anderen Götter, und deshalb bereit war, zu diesem Zweck sogar ihm zu helfen.

Ein amüsiertes Lachen drang durch die Leitung. „Ach, mein lieber Stiefsohn, ich habe nicht die geringste Absicht, das zu tun.“

Der Schock hob ihn fast aus seinen Schuhen.

„Was?“ Penny schien sofort die Veränderung in ihm zu bemerken, und ihre Augen weiteten sich bei der Nachfrage. Er hob seine Hand, um ihr anzudeuten, sich noch etwas zu gedulden.

„In Wahrheit genieße ich es, dass wir nicht teleportieren können. Wir, dein Vater und ich, verbringen viel mehr Zeit miteinander. Intim, wenn du weißt, was ich meine."

Hermes wollte sich übergeben. Er wollte sich Zeus und Hera nicht zusammen im Bett vorstellen müssen.

„Das ist nicht dein Ernst! Wenn mein Vater herausfindet, dass du dich geweigert hast, mir zu helfen – "

„Was dann?", unterbrach sie ihn. „Glaubst du, er wird mich bestrafen? Soll ich dir sagen, woraus diese Bestrafung bestehen wird, oder willst du raten?"

„Igitt!"

„Na, na! Wenn du Hilfe wolltest, warum hast du dann nicht Zeus angerufen? Ich sage dir warum. Weil du dann zugeben müsstest, dass du ein Versager bist. Und wir beide wissen, dass du diesen Gedanken nicht erträgst. Also wirst du Zeus gar nichts erzählen, sonst muss ich ihm sagen, dass du immer noch versuchst, der Sterblichen, die deine Sandalen überhaupt erst gestohlen hat, an die Wäsche zu gehen! Vor weniger als fünf Minuten hast du sie noch äußerst unanständig geküsst, obwohl du sie doch bestrafen solltest."

„Du hast zugesehen?" Wut schoss von seinen Eingeweiden in seine Brust. „Wie kannst du es wagen?"

„Ich passe nur auf, während dein Vater zu erschöpft ist, seinen Pflichten nachzugehen."

„Du hinterhältige, doppelzüngige – "

„Spar dir deinen Atem! Ich hab das alles schon gehört. Jetzt geh' und versuche, deine dumme Sandale alleine zu finden! Ich habe kein Interesse daran, dir bei der Suche zu helfen. Ich habe Besseres zu tun. Eine Gelegenheit wie diese kommt nicht jeden Tag. Zeus ist jetzt mein Gefangener."

Ein Klick in der Leitung bestätigte, dass Hera aufgelegt hatte.

„Perfekt!", zischte er ins Telefon und schob es dann wieder in seine Hosentasche.

Sein Blick kollidierte mit Pennys. „Was ist los?"

„Meine verrückte Stiefmutter wird uns leider nicht helfen."

„Wie sollte sie uns überhaupt helfen?"

„Das ist jetzt egal, da sie sich entschieden hat, mit harten Bandagen zu kämpfen. Wir müssen den Typen selbst finden." Denn beim Hades, keinesfalls würde er zu Zeus kriechen und ihn um Hilfe bitten! Das würde ihm nur noch mehr Missachtung einbringen. Der Gott der Götter würde Hermes als Versager hinstellen. Zeus hatte sowieso schon kaum Respekt für ihn; er selbst musste das Ganze nicht noch schlimmer machen.

Hermes zeigte auf die offene Tür. Von seinem Standort aus konnte er sehen, dass dort ein kleines Büro mit einem Schreibtisch war, auf dem Papierstapel, ein alter Computer und ein Drucker standen. Am Boden stapelten sich noch mehr Papiere an den Wänden entlang, und Ordner lagen überall herum.

„Lass uns sehen, ob er in seinem Büro irgendwelche Hinweise zurückgelassen hat!"

Penny folgte ihm ins Büro und sah sich um. Wie irgendjemand in diesem Saustall etwas finden konnte, konnte sie nicht begreifen. „Wo sollen wir nur anfangen?"

„Lass mich versuchen, in den Computer hineinzukommen."

Sie beobachtete, wie Hermes selbstbewusst um den Schreibtisch herum ging und sich vor den alten Rechner setzte. Er schien alles selbstsicher zu machen. Und das schloss den Kuss, den er von ihr verlangt hatte, mit ein, einen Kuss, der sie weich in den Knien und heiß an anderen Stellen gemacht hatte. Würde sie wirklich so auf ihn reagieren, wenn er ein schlechter Mensch wäre? Obwohl sie ihm gesagt hatte, dass sie ihn verdächtigte, etwas mit Drogen zu tun zu haben, glaubte sie es selbst nicht wirklich. Aber sie sehnte sich so verzweifelt nach einer Erklärung, dass sie einfach eine finden musste, die ihre Neugier befriedigte.

Denn je mehr sie über die Dinge nachdachte, die er ihr gesagt hatte, umso mehr fragte sie sich, ob etwas Wahres an seiner Behauptung dran war, dass er der Gott Hermes war. Hatte sie nicht immer insgeheim gehofft, dass griechische Götter existierten und nicht nur ein Mythos waren? War das nicht der Grund, warum sie überhaupt griechische Mythologie studiert hatte, um die Wahrheit über die Götter herauszufinden, um Beweise zu finden, dass sie echt waren? Also warum sträubte sie sich nun dagegen, seinen Behauptungen Glauben zu schenken? Wovor hatte sie Angst?

„Ist etwas?", fragte Hermes und blickte sie über den Monitor hinweg an.

„Warum?"

„Du runzelst die Stirn."

„Es ist nichts", lenkte sie ab, wobei sie ihre Arme rieb, als ob sie damit ihr Unbehagen verscheuchen könnte.

„Dann schau durch die Papiere und sieh, ob du etwas findest!"

Er widmete sich wieder dem Computer, während sie durch die Papierstapel auf dem Schreibtisch blätterte: Quittungen, Bestellformulare und verschiedener Schriftverkehr. Alles unnütz. Dieser Typ hatte kein System.

„Volltreffer!", hörte sie plötzlich Hermes ausrufen.

Sie sah auf und ging auf seine Seite des Schreibtisches. „Was?"

Er zeigte auf den Bildschirm. „Das ist die letzte Webseite, die er besucht hat."

Pennys Augen flogen über die Webseite, die im Browser geöffnet war. „Scheiße! Er sitzt schon in einem Flugzeug."

Hermes drehte sich um und lächelte. „Das glaube ich nicht. Seine Browserhistory zeigt, dass er diese Reiseseite vor weniger als drei Stunden aufgerufen hat. Wenn wir herausbekommen können, welchen Flug er gebucht hat, können wir ihn vielleicht noch rechtzeitig stoppen!“

„Aber wie?“

„Vielleicht hat er die Bordkarte ausgedruckt.“ Er drehte sich zum Drucker.

„Wer macht das heutzutage noch? Er hat sich wahrscheinlich eine mobile Bordkarte runtergeladen.“ Sie starrte auf den leeren Drucker und zeigte auf das rot blinkende Licht. „Der Drucker hat Papierstau. Er konnte die Bordkarte gar nicht drucken.“

Hermes öffnete die Klappe des Druckers und zog den Papierschacht heraus. Dann zog er ein verknittertes Blatt Papier heraus, das wie die Falten eines Akkordeons aussah und glättete es auf dem Schreibtisch. „Du hast wahrscheinlich recht; er hat sich eine mobile Bordkarte runtergeladen.“ Dann sah er zu ihr hoch und grinste von einem Ohr zum anderen. „Denn als er die Bordkarte drucken wollte, hat der Drucker einen Papierstau verursacht.“ Er hielt das Blatt hoch.

Ihr Herz stoppte, als ihre Augen den Zettel überflogen. Dann wurden ihre Knie weich, denn sie sah die Zeit, die auf dem Blatt Papier stand. „Sein Abflug ist in dreißig Minuten. Wir werden es nie mehr rechtzeitig zum Flughafen schaffen.“

Sie ließ ihren Kopf sinken und spürte Enttäuschung durch sich hindurchfließen.

Das Geräusch als Hermes das Telefon abhob und wählte, ließ sie wieder aufschauen. „Was machst du?“

Er hielt einen Finger hoch und hörte auf die Stimme am anderen Ende der Leitung. „Hören sie genau zu! Da ist eine Bombe am Flughafen. Das Sicherheitsbüro des Flughafens wird in Kürze ein Fax mit meinen Forderungen erhalten. Folgen Sie meinen Anweisungen, sonst geht die Bombe hoch! Verstehen Sie das?“

Penny starrte ihn mit weit aufgerissenen Augen an, während sie sich mit ihrer Hand instinktiv ihren Mund zuhielt.

Hermes legte den Hörer zurück auf das Telefon und zwinkerte ihr zu. „Das sollte uns genug Zeit verschaffen.“

Penny schüttelte den Kopf. „Das ist verrückt! Das ist irre! Und wie sollen wir überhaupt wissen, wie dieser Pfandleiher aussieht?“

Hermes zeigte auf eine Pinnwand an der Wand. Ein Foto mit drei Typen beim Angeln hing dort. „Er muss einer dieser drei Kerle sein.“ Hermes stand auf und schnappte sich das Foto. „Lass uns gehen, bevor die Flughafensicherheit merkt, dass es gar keine Bombe gibt!“

28

Der Flughafen von Charleston war der kleinste Flughafen, den Hermes je gesehen hatte, nicht dass es zu seinen Gewohnheiten gehörte, Flughäfen zu besuchen. Mit seiner Fähigkeit zu teleportieren und zu fliegen, war er im Allgemeinen nicht auf die Transportmittel der Sterblichen angewiesen.

Als er und Penny mit dem Auto ankamen, ging es zu wie in einem Bienenstock, der von einem hungrigen Bären auf der Suche nach Honig umgeworfen worden war. Eine Barrikade blockierte schon die Straße, um alle davon abzuhalten, auf den Parkplatz des Flughafens zu fahren.

„Halte in dieser Seitenstraße an! Wir steigen hier aus“, wies Hermes Penny an.

Penny parkte das Auto am Straßenrand und stellte den Motor ab. Sie sprangen beide aus dem Auto und sahen in Richtung des einstöckigen Flughafengebäudes. Menschenmassen strömten aus dem Gebäude, viele von ihnen rannten, andere gingen und sahen genervt drein, weil ihre Reisepläne durchkreuzt worden waren.

„Sie evakuieren das Gebäude“, kommentierte Penny.

Hermes nickte und nahm ihre Hand, um sie zu der Straße führen, die zum Terminal führte. „Damit habe ich gerechnet.“

„Sie werden uns nicht hineinlassen.“

„Wir müssen nicht hinein. Wir müssen nur nahe genug herankommen, um den Typen zu finden. Er muss genauso wie alle anderen auch herauskommen.“ Hermes lächelte sie ermutigend an und drängte sie, schneller zu gehen. „Wenn sie uns anhalten, müssen wir nur vorgeben, dass wir unseren Großvater suchen, den wir gerade für einen Flug abgesetzt haben.“

„Ich habe keinen Großvater mehr.“

„Aber das wissen *die* doch nicht!“

Sie eilten an verstörten Passagieren und hektischem Flughafenpersonal vorbei. Hermes zog das Bild, das er von der Pinnwand des Büros der Pfandleihe genommen hatte, heraus und reichte es Penny. Er hatte sich die drei Gesichter schon auf der Fahrt zum Flughafen eingeprägt.

„Hier. Einer davon ist unser Typ.“

Dank seiner göttlichen Kräfte konnte er die vielen Gesichter, die an ihm vorbei schwirrten, schnell und genau mit dem Bild in seinem Gehirn vergleichen. Bis jetzt war niemand an ihnen vorbeigegangen, der zu dem Bild passte. Und alle, die den Flughafen verließen, mussten denselben Weg nehmen, entweder zu Fuß oder im Auto. Und zum Glück erlaubte das

Sicherheitspersonal des Flughafens keinem Wagen oder Taxi, den Parkplatz zu verlassen.

Stattdessen durchsuchten Mitglieder des Bombenkommandos das Gelände. Deren Truck parkte gerade vor dem Gebäude. Sie hatten eine Hundestaffel mitgebracht, die nun in das Flughafengebäude geleitet wurde, als Hermes in dem Bereich ankam, wo die Autos normalerweise am Gehsteig anhielten, um Passagiere abzusetzen. Die Straße war abgeriegelt worden, und ein Sicherheitsbeamter dirigierte die Leute in die andere Richtung, indem er Anweisungen rief.

Penny zerrte an Hermes‘ Hand. „Wir können nicht weiter.“

Hermes ließ sich nicht ablenken und begutachtete die Gesichter der Passanten auf dem Gehsteig weiter. „Er muss da rauskommen.“ Er sprach mehr mit sich selbst als mit ihr.

„Sie können hier nicht stehenbleiben!“, rief der Wachmann aus und deutete auf Hermes. „Gehen Sie weiter, gehen Sie alle weiter!“

Hermes ging zur Seite, blieb aber auf dem Gehsteig und zog Penny an seine Seite, um Platz für die Evakuierung zu machen.

„Dort!“, sagte Penny plötzlich und deutete auf den Eingang des Gebäudes.

„Wer?“

„Der Typ mit dem blauen T-Shirt und der kurzen Hose.“

Hermes ließ seine Augen schweifen und sah den besagten Mann innerhalb von Sekunden. „Das ist er!“

„Was machen wir jetzt?“, fragte Penny mit besorgter Stimme. Sie warf einen Blick auf die Wachmänner und das Flughafenpersonal, das die Evakuierung durchführte. „Du kannst ihn dir nicht einfach schnappen.“

„Das werden wir ja sehen“, antwortete er ausweichend und wartete geduldig darauf, dass der Pfandleiher vorbeikam. „Fast da. Fast.“ Aber das Glück war nicht auf seiner Seite. Ein weiterer Sicherheitsangestellter leitete einige der Passagiere plötzlich in eine andere Richtung, um zu versuchen, die Evakuierung zu beschleunigen, da sich dort, wo Hermes stand, bereits eine Engstelle gebildet hatte.

„Scheiße!“, zischte Hermes und drückte sich mit Penny im Schlepptau durch die Menschenmenge.

„Hey! Idiot!“, fluchte jemand.

„Wir wollen hier alle weg, aber das ist einfach eine Frechheit!“, kommentierte ein anderer.

Hermes ignorierte die aufgebrachten Passagiere und drängte sich weiter nach vorne, bis er es schließlich durch die Menschenmenge geschafft hatte und auf der anderen Seite herauskam.

„Wo ist er hin?“, fragte Penny. „Ich sehe ihn nicht mehr.“

Aber Hermes hatte die Spur nicht verloren. Wie ein Falke hatte er den Kerl im Blick und würde ihn jetzt nicht mehr aus den Augen lassen. „Ich habe ihn." Er drückte Pennys Hand zur Bestätigung und ging zum Joggen über.

Als er den Kerl fast erreicht hatte, verlangsamte Hermes seine Geschwindigkeit wieder, um den Pfandleiher nicht vorzeitig zu alarmieren. Ruhig verfolgte er den verkommen aussehenden Mann, der sein Handgepäck hinter sich herzog. Hermes sah sich in dem Bereich vor ihnen um und erblickte zwei Shuttlebusse, die am Straßenrand geparkt waren. Sie sahen leer aus. Ein paar Meter weiter erreichte sein Verdächtiger die Busse.

„Curtis Oakley?", rief Hermes aus. Es war der Name, den er auf der zerknüllten Bordkarte gelesen hatte.

Der Typ drehte seinen Kopf, schaute ihn verwirrt an und fragte mit abgehackter Stimme: „Ja?"

Hermes schnappte ihn an seinem T-Shirt und zog ihn hinter den Shuttlebus, weg von jeglichen Zeugen. Dann drückte er ihn an die Seite des Busses und hielt ihn dort fest, während sein Gefangener zappelte und sich loszureißen versuchte.

„Was zum Teufel! Lassen Sie mich los!"

„Penny, mach seinen Koffer auf!", befahl Hermes, ohne seine Augen von Curtis zu nehmen.

Bei Hermes' Worten riss der Kerl die Augen vor Schreck weit auf. Oh ja, er hatte etwas zu verbergen! Hermes hörte, wie der Koffer aufschnappte.

„Haben Sie einen Durchsuchungsbefehl?", fragte Curtis mit fest zusammengepresstem Kiefer, wobei seine Augen zur Seite wanderten, als suchte er nach Hilfe.

„Hab sie!", rief Penny triumphierend.

Hermes blickte zu Penny und sah, wie sie seine geflügelte Sandale in der Hand hielt. Ein Felsblock, so gewaltig wie der ganze Mount Everest, hob sich von seinen Schultern. Er zeigte auf die Sandale und blickte den Pfandleiher dann finster an.

„Handel mit gestohlenen Waren, Diebesgut über Staatsgrenzen schaffen, Handel mit geschützten Antiquitäten ohne Lizenz", ratterte er los, und ließ sich dabei noch weitere Anklagepunkte einfallen. „Wie viel Haftstrafe macht das bis jetzt, Penny?"

Sie spielte mit. „Bis jetzt fünfundzwanzig Jahre."

„Ich habe die Sandale gekauft! Ich habe sie nicht gestohlen!", protestierte er.

„Einen Bundesagenten anlügen", fuhr Hermes fort und hatte nun richtig Spaß.

„Ich lüge nicht, Sie Arsch!", schrie der Mann.

Hermes drehte seinen Kopf zu Penny und zwinkerte. „Sag mal, was ist die Strafe für Beleidigung eines Bundesagenten?"

Penny konnte kaum ernst bleiben. „Ich glaube, ein Tritt in die Eier."

„Sie haben die Dame gehört“, sagte Hermes. „Also wenn ich Sie wäre, würde ich hier sehr leise und ohne einen Wirbel zu verursachen verschwinden, oder ich werde Sie vermöbeln. Und das wird nicht gut ausgehen.“ Er ließ von dem Kerl ab.

„Sie sind kein Bundesagent!“, grollte Curtis.

„Nein, und das ist Ihr Glück! Denn wenn ich einer wäre, würden Sie direkt in den Knast wandern. Mit gestohlenen Artefakten handeln ist ein schwerwiegendes Verbrechen. Jetzt verschwinden Sie, bevor ich es mir anders überlege und den Tritt in die Eier doch noch austeile.“

Fluchend nahm Curtis seinen Koffer, klappte ihn zu und eilte davon.

Hermes war endlich wieder mit Penny allein, oder so allein, wie er an einem Flughafen bei einer Bombendrohung schon sein konnte. Er streckte seine Hand aus.

„Darf ich jetzt meine Sandale wiederhaben?“

Penny senkte die Augenlider und wischte gleichzeitig das Lächeln aus ihrem Gesicht. „Natürlich.“

Er nahm die Sandale entgegen und spürte, wie eine Woge von Kraft durch ihn strömte, obwohl er nur eine Sandale in der Hand hatte; die andere war in Tritons Besitz und daher im Besitz eines Gottes. Die Fähigkeit der Götter, zu teleportieren, war somit wiederhergestellt.

„Und jetzt?“, fragte Penny mit beklommener Stimme.

Hermes legte seine Hand unter ihr Kinn. „Jetzt ist es Zeit für deine Bestrafung.“

29

Zeus stieß noch einmal in Heras exquisite Scheide, bevor er explodierte und sie mit seinem Samen füllte. Er brach auf ihr zusammen und atmete tief ein, während er sich daran erinnerte, warum er sie eigentlich geheiratet hatte. Die Frau war vielleicht ein spitzzüngiger Hausdrache, aber sie war eine der besten Bettgenossinnen, die er je gehabt hatte.

Er war zuvor in sein Arbeitszimmer gekommen und hatte sie erwischt, wie sie in seinem Beobachtungsportal herumspionierte. Niemand durfte ohne seine Erlaubnis in seinem Arbeitszimmer sein, und er musste zugeben, dass er es genoss, sie für ihre Gehorsamsverweigerung zu bestrafen. Er hatte ihre glitzernden Pobacken liebkost, die wie auf einem Servierteller präsentiert wurden, als er sie über seinen Tisch gebeugt von hinten gefickt hatte. Sie war zweimal gekommen, bevor er gekommen war, wobei sie so frenetisch gewesen war, dass sie ihn fast zu Boden geworfen hätte. Sie war eine Wilde.

Er gab ihrem Hintern einen herzhaften Klaps, und es gefiel ihm, wie sich ihre cremig weiße Haut rötete. „Jetzt lass dir das eine Lehre sein!"

Sie gab ein leises Jaulen von sich und drehte sich lächelnd um, während sie ihre Hand seine Brust hinaufgleiten ließ und seiner Brustwarze einen langen Kuss gab. „Gut gemacht, Zeus."

Er knurrte. „Schön, dass es dir gefallen hat."

Sie grinste und schnippte seine Brustwarze mit ihrer Zunge, als Zeus einen Aufruhr vor den Türen seines Arbeitszimmers vernahm. Das Stimmengewirr verstärkte sich schließlich zu einem lauten, ausgelassenen Jubeln. Indem er mit den Fingern schnippte, zog er sich binnen einer Sekunde an, und ging dann neugierig durch die breiten Glastüren auf die Terrasse. Er sah, wie die Götter draußen jubelten. Sie verschwanden und tauchten willkürlich wieder auf. Sie konnten wieder teleportieren! Es schien so, als hätte sein nichtsnutziger Sohn Hermes seine Sandalen wiedergefunden.

„Na, ist das nicht großartig", sagte Hera mit verärgerter Stimme, als sie sich zu ihm auf die Terrasse gesellte, nachdem sie sich ihre Tunika wieder angezogen hatte. „Sieht so aus, als hätte dein Junge seine Sandalen wieder."

„Du scheinst darüber nicht sehr erfreut zu sein." Und er konnte sich denken warum. Sie hatte ihn für die letzten paar Tage für sich gehabt, und es war ein regelrechtes Fick-Fest zwischen ihnen gewesen, aber das würde sich jetzt ändern. So wie es sich gehörte! Er brauchte jetzt etwas Abwechslung.

„Hah!", schnaubte sie.

„Mach dir nicht ins Höschen, Hera!“, rügte er sie. „Ach, ich vergaß, du hast ja keins an, weil dein Berg von Mann es dir vorhin heruntergerissen hat.“ Er lachte laut und ließ das Geräusch als Donner den Berg hinunterrollen. „Jetzt geh und nerv jemand anderen! Ich muss diese heiße Füchsin bestrafen, die Hermes hereingelegt hat und deren betrügerische Ader sich mit deiner misst, meine Liebe.“ Der Kosename schmeckte bitter auf seiner Zunge, aber er kam mit seinem üblichen Grinsen über seine Lippen.

„Die Frau bestrafen? Du solltest deinen Sohn bestrafen. Er war unvorsichtig.“

„Die Frau wird für ihren Betrug bezahlen. Kein Sterblicher bringt den Olymp ohne Nachspiel zu Fall.“

„Wird es kein Nachspiel für Hermes geben?“, fragte Hera und kniff ihre Augen zusammen.

„Ich glaube, dass es genug sein wird, wenn er dabei zusehen muss, was ich seiner kostbaren Penny antue.“

„Du wirst diese Frau nicht bestrafen! Bestrafe stattdessen deinen Sohn!“

„Aber das ist doch genau das, was ich mache: ihn bestrafen, indem ich sie bestrafe.“ Er drehte sich um und ging wieder in sein Arbeitszimmer. Hera folgte ihm.

„Zeus, als Göttermutter verbiete ich dir, diese Frau zu bestrafen! Sie steht unter meinem Schutz!“

Er drehte ruckartig seinen Kopf zu ihr und kniff die Augen zusammen. „Versuchst du, mir Befehle zu erteilen?“, knurrte er tief und dunkel. „Jetzt hast du es aber geschafft, Weib! Misch dich nicht in meine Sachen ein! Oder diese Frau wird nicht die einzige Person sein, die meinen Zorn zu spüren bekommt!“

Zeus stürmte durch das Zimmer und eilte zu dem Beobachtungsportal im Boden. Einen Moment lang fragte er sich, wo Hermes sich jetzt aufhielt. Da er wusste, dass dieser die Wiederauffindung seiner Sandeln mit Sicherheit mit seinen Freunden feiern würde, dachte Zeus an Tritons und Sophias Pension und beschwor das Bild davon auf den Schirm.

„Volltreffer!“

Hermes und Penny hielten gerade vor dem Haus an und parkten unter einer großen Eiche davor.

„Schau ihn dir an! Er hat seine Kräfte wieder und lässt sich von ihr herumfahren! Er könnte genauso gut eine Leine um den Hals haben.“

„Zeus!“, sagte Hera mit einer Hand auf seiner Schulter, aber er ließ sie nicht aussprechen.

Mit einem Schnipsen seiner Finger ließ Zeus einen Blitz auf die Eiche los.

„Zeus, nein!“, schrie Hera.

30

Mit zitternder Hand drehte Penny den Schlüssel in der Zündung, um den Motor auszuschalten.

Hermes griff nach ihrer Hand. „Lass uns reingehen.“

Sie schüttelte den Kopf. „Ich will das jetzt gleich hinter mich bringen. Ich bin nicht besser als mein Vater oder Kenton. Ich bin eine Diebin.“

Beim Namen ihres Kollegen kamen Hermes Kentons dramatische Worte wieder in den Sinn. „Ja, wegen Kenton.“ Etwas in dessen Worten hatte ihn wegen der Motivation des Schönling-Professors stutzig gemacht. War es wirklich nur blinde Ambition gewesen? „Was meinte er damit, als er sagte, er würde ohne die Festanstellung seinen Job so oder so verlieren?“

Etwas flackerte in Pennys Augen auf, und er wusste sofort, dass er auf der richtigen Spur war. Als sie mit den Achseln zuckte, griff er nach ihrer Schulter und zwang sie, ihn anzusehen.

„Was hat er damit gemeint?“

Penny sah weg. „Es wird eine Budgetkürzung in der Abteilung geben. Die nicht festangestellten Fakultätsmitarbeiter, deren Verträge am Ende des Geschäftsjahres auslaufen, werden entlassen. Kentons Vertrag läuft aus.“

Hermes atmete aus. „Also hat er es getan, um seine Anstellung zu behalten.“

Penny nickte. „Er glaubte vermutlich, dass es nicht genug war, mit Michelle zu schlafen, um sich die Stelle zu sichern. Also, können wir jetzt darüber sprechen, was mit mir passiert?“

Der Eifer, mit dem sie das Thema wechselte, gab ihm zu denken. Etwas in seinem Verstand klickte plötzlich. „Dein Vertrag läuft ebenfalls aus, nicht wahr?“

Bevor sie ihren Mund öffnete, kannte er die Antwort schon. „Du wirst deinen Job verlieren, wenn du die Festanstellung nicht bekommst.“ Als sie nur nickte, verstand er alles. „Du brauchst diesen Job, um für deine Großmutter und dich selbst zu sorgen. Deswegen brauchst du die Festanstellung.“ Er fuhr mit einer Hand durch sein Haar. „Verdammt, Penny, warum hast du mir das nicht schon früher gesagt?“

„Ich dachte nicht, dass du noch mehr Ausreden hören wolltest. Ich habe getan, was ich getan habe. Ich habe dich bestohlen.“

Aber sie hatte ihn nicht aus blindem Ehrgeiz bestohlen. Sie hatte gestohlen, um ihre Arbeitsstelle zu behalten und damit ihr Einkommen, um ihre Großmutter zu unterstützen. „Lass uns reingehen. Wir müssen reden.“

Sie nickte langsam und öffnete die Autotür. Erleichtert stieg er aus und wartete, dass sie um den Wagen herum zum Gehsteig ging, als ein heller Blitz durch den Himmel schoss und in die Eiche einschlug.

Penny schrie und riss ihre Hände schützend über ihren Kopf, gerade als ein großer Ast auf sie zu fallen drohte.

„Scheiße!“ Hermes raste auf sie zu und schlang seine Arme um sie. Blitzschnell teleportierte er sie beide aus der Gefahrenzone.

Penny schrie immer noch in seinen Armen, als er sie in der Küche der Pension wieder auf ihre Füße stellte. Ihre Augen waren fest geschlossen, und ihre Arme umschlossen noch immer ihren Kopf, um sich vor dem umstürzenden Baum zu schützen, dem sie gerade entkommen war.

„Du kannst die Augen wieder aufmachen“, flüsterte Hermes. „Du bist in Sicherheit.“

In dem Moment, als sie seiner Aufforderung nachkam, presste er seine Lippen auf ihre und küsste sie. Später würde er seinen idiotischen Vater windelweich prügeln, aber jetzt musste er Penny in seinen Armen spüren, um sich zu vergewissern, dass es ihr gut ging. Er hielt seinen Kuss kurz, denn er war sich bewusst, dass sie nicht alleine in der Küche waren. Nachdem er hineinteleportiert war, hatte er Triton und Sophia bemerkt.

Widerwillig ließ Hermes von Pennys Lippen ab und streichelte sanft mit seiner Hand über ihren Kopf. „Du bist jetzt in Sicherheit“, murmelte er noch einmal.

„Was ist passiert?“, fragte Triton.

Hermes erlaubte der sprachlosen Penny, sich seiner Umarmung zu entziehen. „Zeus! Er hat versucht, Penny zu töten, indem er die alte Eiche mit einem Blitz gefällt hat.“

„Meinen Baum?“, sagte Sophia. „Hat er denn keine Ahnung, wie alt der Baum ist?“

„Zeus?“ Pennys Stimme brach. „Das kann doch nicht wahr sein!“ Sie wich einen Schritt von Hermes zurück.

Hermes ließ seine Augen über ihren Körper schweifen, um sich noch einmal zu vergewissern, dass alles in Ordnung war. „Doch, das kann es. Und das ist es auch.“

Dann sah Penny sich in der Küche um. Ihre Augen weiteten sich, und ihr Kiefer klappte herunter. „Wie sind wir hierher gekommen? Wir waren auf dem Gehsteig. Bin ich ohnmächtig geworden?“

„Nein, Penny, du bist nicht ohnmächtig geworden. Ich bin hier mit uns hereinteleportiert, um dich von dem umstürzenden Baum wegzubringen. Jetzt, wo ich beide Sandalen wiederhabe, kann ich wieder teleportieren.“ Hermes sah in ihr fassungsloses Gesicht. „Und fliegen.“ Vielleicht würde er es ihr später demonstrieren.

Penny schüttelte weiterhin den Kopf. „Oh mein Gott, du hast mir wirklich die ganze Zeit die Wahrheit gesagt. Du *bist* ein Gott. Du *bist* Hermes!“

Er nickte lächelnd. „Der einzig Wahre.“

„Ich glaube, ich muss mich hinsetzen.“ Sie zog einen Hocker unter der Kücheninsel hervor und fiel förmlich darauf zusammen. Dann deutete sie auf Triton. „Dann ist Triton wirklich Triton, der Sohn Poseidons.“

Sein Freund schmunzelte. „Sieht so aus, als ob deine Freundin dir endlich glaubt. Wurde auch Zeit.“

Hermes verdrehte die Augen und deutete dann auf Sophia. „Nichts für ungut, Sophia, aber du hast Triton zuerst auch nicht geglaubt, als er dir gesagt hat, dass er der Gott der Seeleute und Matrosen ist. Soweit ich mich erinnere, dachtest du sogar, er wäre geisteskrank.“

Sophia gab ein schnelles Lachen von sich. „Naja, du weiß doch . . . die Umstände . . . “ Sie blickte ihren Ehemann liebevoll an.

Plötzlich schlug Penny ihre Hand auf ihren Mund. „Oh mein Gott!“

„Was?“, fragte Hermes besorgt.

„Auf der Party. Dein Vater, der Mann, der sich als Z vorgestellt hat – war das Zeus?“

„Oh ja, das war er, in all seiner Herrlichkeit, untreu und was sonst noch.“

„Ich kann nicht glauben, dass ich Zeus getroffen habe. Den Herrscher der Götter, den mächtigsten von allen. Ich kann das immer noch nicht glauben.“

Hermes bemerkte das faszinierte Leuchten in ihren Augen und mochte es nicht. War sie begeisterter darüber, Zeus kennengelernt zu haben als ihn? Aber bevor er ein Wort sagen konnte, kam eine vertraute Stimme von der Tür.

„Ja, du kannst es ruhig glauben! Aber so wie es aussieht, hast du ihn wirklich verärgert.“

Hermes drehte sich zu Eros um, der am Türrahmen lehnte. „Hey, Eros, danke, dass du wie üblich auf das Offensichtliche hinweist.“

„Eros“, murmelte Penny und versuchte, die Wahrheit zu verdauen.

Ihr Kopf drehte sich. Griechische Götter! Hermes, Triton, Eros, Zeus. Sie existierten. Sie waren echt. Und sie waren hier in Charleston. Sie waren die ganze Zeit vor ihrer Nase gewesen. Wahrscheinlich schon seit vielen Jahren.

Sie musste es jetzt glauben, immerhin war Teleportieren unmöglich, und Hermes *hatte* sie gerade von der Straße in die Küche teleportiert, um sie zu retten. Keine andere Erklärung war möglich. Er war nicht von dieser Welt! Er war ein Gott! Der Gott, von dem sie immer gehofft hatte, dass er in ihr Leben treten und sie wie ein Ritter in glänzender Rüstung davontragen würde. Nur, dass sie dessen Rüstung gestohlen und ihn verärgert hatte und somit jegliche Chance zerstört hatte, dass sich jemals etwas zwischen ihnen entwickeln könnte.

Sie gönnte ihren Gedanken eine kurze Pause. Wenn Hermes wütend auf sie war, warum hatte er sie dann wieder geküsst? Leidenschaftlich – nein, korrigierte sie sich – nicht leidenschaftlich, verzweifelt. Penny neigte den Kopf zur Seite und sah Hermes an, aber sie hatte keine Gelegenheit, etwas zu sagen.

„Was wirst du jetzt machen?“, fragte Triton. „Denn wenn Zeus es auf Penny abgesehen hat, wird man ihn nicht aufhalten können.“

Pennys Herzschlag wurde schneller. „Will Zeus mich wirklich umbringen?“

Triton nickte, während Hermes sie nur mit verschlossenem Mund ansah.

Sophia stellte ihr ein Glas Wein hin. „Hier. Das kannst du jetzt vielleicht brauchen.“

Penny griff dankbar mit ihren zitternden Fingern nach dem Glas und nahm einen großen Schluck. „Was soll ich jetzt machen? Ich weiß, ich verdiene es, bestraft zu werden. Was ich gemacht habe, war falsch. Aber ich glaube nicht, dass ich es verdient habe, von einem Baum erschlagen zu werden.“

„Zumindest wäre das der schnelle und einfache Weg“, sagte Eros von der Tür aus. „Zeus hat sich über die Jahre hinweg schon schlimmere Qualen für die einfallen lassen, die ihn betrogen haben.“

„Eros, bitte!“, fluchte Hermes. „Es gibt keinen Grund, ihr noch mehr Angst einzujagen.“

Eros zuckte mit den Achseln. „Ich dachte nur, sie sollte wissen, womit sie es zu tun hat.“

Penny sah Hermes flehend an. „Aber mir war doch nicht bewusst, dass ich Zeus hintergehe“, sagte sie. „Es muss doch irgendetwas geben, das ich zu meiner Verteidigung sagen kann. Etwas, das ich tun kann, damit er es versteht. Ich hab’s doch nicht so gemeint.“

„So wie mein lieber Onkel gerade aufgelegt ist, wird er nicht zuhören wollen“, sagte Triton.

„Da stimme ich dir zu.“ Eros schnitt eine Grimasse. „Und es gibt keinen Ort zwischen Himmel und Erde, wo du vor Zeus‘ Zorn sicher bist.“

Hermes stieß sich vom Tresen ab, stellte sich neben Penny und nahm ihre Hand. „Jungs, ihr jagt ihr Angst ein. Hört auf!“

Aber Eros war voll in Fahrt. „Aber es ist wahr, und sie muss es hören. Sie hat den Olymp tagelang zum Stillstand gebracht. Niemand hat den Göttern jemals Hausarrest auferlegt. Das kann nicht ungestraft bleiben.“

„Danke, Eros“, meinte Hermes trocken. „Ich schätze deine Aufrichtigkeit. Aber ich bin derjenige, der seine Schuhe . . . zugänglich machte. Sie war nur neugierig.“

Eros und Triton zogen gleichzeitig ihre Augenbrauen hoch. Penny sah Hermes von der Seite an. Wieso erfand Hermes Ausreden für sie?

Sophia stemmte ihre Hände an ihre Hüften. „Ihr alle: Stopp! Es ist egal, wie es passiert ist. Es ist passiert. Also lasst uns damit umgehen. Steckt eure Köpfe zusammen und findet eine Lösung! Wie bekommen wir Penny aus dem Schlamassel heraus und stellen gleichzeitig Zeus zufrieden?“

Penny musste die Frau einfach bewundern. Sie schien stark zu sein und bot den drei anwesenden Göttern Paroli. Penny durchforschte ihr Wissen über griechische Mythologie und konnte sich nicht erinnern, je von einer griechischen Göttin namens Sophia gehört zu haben, obwohl Sophia von den Gnostikern als eine Göttin der Weisheit verehrt wurde. Bedeutete das, Sophia war eine Sterbliche?

„Richtig“, stimmte Hermes zu.

„Ich weiß wirklich nicht wie“, fügte Triton hinzu.

Hermes blickte ihn finster an. „Du bist keine Hilfe.“

„Vielleicht wird uns Hera helfen. Sie ist immerhin die Göttermutter!“, schlug Eros vor.

Hermes wurde wütend. „Sie wollte mir nicht einmal helfen, meine Sandale zu finden. Ich habe sie vor ein paar Stunden angerufen, und sie war ganz angepisst. Bei ihr werden wir kein Glück haben.“

„Also, Penny kann nicht hierbleiben“, sagte Triton ernst und sah sie entschuldigend an. „So gerne ich dir Unterschlupf bieten möchte, könnten nicht einmal unsere gemeinsamen Kräfte dich vor Zeus beschützen. Nicht einmal, wenn ich Dionysos zurückrufen würde, um uns zu helfen.“

„Dionysos?“, wiederholte sie und wandte sich an Hermes. „Du meinst deinen Freund Dio?“

Hermes nickte. „Genau der.“

„Ich habe den Gott des Weines getroffen?“ Sie versuchte immer noch, die vielen Offenbarungen zu verarbeiten. Wie konnte sie diese Indizien nicht verknüpft haben? Rückblickend hatte ihr die Wahrheit die ganze Zeit ins Gesicht gestarrt. „Warum habe ich das nicht gesehen?“

„Was gesehen?“, fragte Hermes.

Penny deutete auf ihn und seine Freunde. „Alles. Ich hätte es sehen sollen. Es ist jetzt alles so offensichtlich: dein Name und die Namen deiner Freunde, die Tatsache, dass Zeus so jung aussah; dass du mir gesagt hast, du seist im Botengewerbe. Und dass ihr beide altgriechisch gesprochen habt, obwohl das doch niemand mehr spricht. Selbst der Name dieser Pension: Olymp Inn. Es gab so viele Zeichen.“ Sie erinnerte sich plötzlich an den Platzregen an dem Tag, als sie Hermes zum ersten Mal getroffen hatte. „Und am ersten Tag. Erinnerst du dich, als wir uns im Café getroffen haben?“

Hermes nickte, und seine Augen musterten sie neugierig.

„Ich bin hinter dir und Triton gegangen, als es zu regnen begann, aber dann wart ihr plötzlich verschwunden, und als ich euch wieder sah, seid ihr schon im Café gesessen. Knochentrocken!“

Triton und Hermes tauschten ein Grinsen aus. „Ach, das!“, gab Hermes zu. „Wir können uns mit unseren Kräften trocknen.“

Triton schmunzelte. „Ist auch verdammt praktisch, wenn man bedenkt, dass Zeus in letzter Zeit ziemlich angepisst ist und seine schlechte Laune gerne in Form von Platzregen und Gewitter zeigt.“

Eros näherte sich. „Ich möchte die Unterhaltung ja nicht unterbrechen, aber Zeus kann jederzeit hierher teleportieren und dir deine hübsche Dame vor der Nase wegschnappen, also sollten wir uns schnell einen Plan einfallen lassen."

„Was ist mit Hades?", fragte Sophia plötzlich.

„Was soll mit ihm sein?", hakte Eros nach.

Sophia lehnte sich vor. „Ist Hades' Unterwelt nicht der einzige Ort, in den niemand hinein oder heraus teleportieren kann? Einschließlich Zeus? Er könnte nicht einfach in der Unterwelt angetanzt kommen."

Pennys Augen weiteten sich vor Schreck. „Hades' Unterwelt?" Dorthin wollten sie sie schicken?

„Deine Frau ist ein Genie!", verkündete Eros und sah Triton an, der zurück grinste.

„Ich weiß." Er legte seinen Arm um Sophia und zog sie an sich. „Deshalb habe ich sie geheiratet." Er machte eine Pause. „Unter anderem."

Hermes kratzte sich am Kopf. „Es könnte funktionieren. Nur, dass Hades und ich das letzte Mal, als ich dort unten war, nicht im Guten auseinander gegangen sind."

„Nein!", protestierte Penny. „Du kannst mich nicht in der Unterwelt abladen und mich für alle Ewigkeit dort brennen lassen."

„Würdest du lieber erschlagen werden?", fragte Triton.

„Also, lass mich mal nachdenken", sagte Penny voller Sarkasmus und tippte mit ihrem Zeigefinger gegen ihr Kinn. „Sofortiger Tod oder für alle Ewigkeit in der Unterwelt brennen? Hmm, ich weiß nicht, was ich lieber möchte." Sie machte eine kurze Pause. „Doch, jetzt weiß ich es: keins von beiden!"

„Du würdest nicht brennen", sagte Hermes, wobei sich seine Lippen zu einem Grinsen hochbogen.

„Zumindest nicht für alle Ewigkeit", fügte Triton hinzu.

Hermes verdrehte seinem Freund gegenüber die Augen. „Lässt du mich das bitte regeln?" Dann drehte er sich zu Penny und nahm ihre Hände in seine. Diese Handlung beruhigte ihr pochendes Herz ein klein wenig. „Hades ist nicht so übel. Genauso wenig wie die Unterwelt. Selbst wenn sie zur Zeit ein bisschen überfüllt ist."

Triton zog seine Augenbrauen hoch.

„Okay, mehr als nur ein bisschen. Aber das kommt uns vielleicht sogar zugute. Da die Fähren streiken, gibt es für Zeus keine Möglichkeit, den Styx zu überqueren, wenn er sich erst einmal seinen Weg in die Unterwelt gebahnt hat. Er würde wie alle anderen warten müssen. Wir wären vor ihm sicher."

„Wir?", fragte Penny.

„Natürlich wir. Ich kann dich doch nicht alleine in die Unterwelt schicken. Ich dachte, du kennst dich mit Mythologie aus. Was sie über Hades und seinen

Appetit auf Frauen sagen, das ist alles wahr. Wenn ich dich alleine dort hinunterschicken würde, würde er dich im Handumdrehen in sein Bett zerren."

Schreck durchfuhr sie. „Aber ich würde doch nie – "

„Das ist egal. Du bist seinen Kräften nicht gewachsen. Und ich werde ihm keine Gelegenheit geben, sie an dir auszuprobieren."

Penny hörte eine unbekannte Schärfe in Hermes' Stimme und sah ihm in die Augen. Hermes' Augen loderten sie an. War das Eifersucht, was sie in ihnen glitzern sah? Sie musste sich irren.

„Wenn Hades Hand an dich legt, mögen ihm die Götter helfen, weil ich ihm die Haut abziehen werde."

„Du bereitest dich jetzt besser vor", schlug Eros vor.

Hermes wandte sich an Triton. „Wo ist meine andere Sandale?"

„Oben in der Wohnung. Ich hole sie dir."

Innerhalb einer Sekunde lag die Sandale plötzlich auf der Kücheninsel.

„Danke." Hermes ließ ihre Hände los, schlüpfte aus seinen Schuhen und zog seine Sandalen an. „Ich bin bereit. Lass uns gehen."

„Aber ich muss packen. Und Oma, ich muss es ihr sagen", protestierte Penny.

„Dafür haben wir keine Zeit. Ich besorge dir alles, was du brauchst, sobald wir dort unten sind. Und wegen deiner Großmutter: Sophia wird dafür sorgen, dass sich ihre Pflegerin um sie kümmert."

Penny blickte Sophia flehend an.

Sophia lächelte zurück. „Keine Sorge. Ich kümmere mich darum, dass für sie gesorgt wird."

„Und die Arbeit? Was sage ich denen?", fragte Penny und drehte sich zu Hermes um.

Er zuckte mit den Achseln. „Dass du auf einer Forschungsreise bist?" Er lächelte. „Wir werden uns später etwas einfallen lassen. Außerdem kann ich nicht sagen, wie lange es dauern wird, bis die Sache wieder im Reinen ist." Hermes nahm ihre Hand.

„Also dann", sagte sie zögernd. „Wie kommen wir dorthin?"

Hermes lachte leise. „Wir teleportieren."

Verwirrt runzelte Penny die Stirn. „Aber hat Sophia nicht gerade gesagt, dass man nicht in die Unterwelt hineinteleportieren kann?"

„Das ist wahr, aber wir teleportieren nur bis zum Eingang. Jetzt halte dich an mir fest!" Er zog sie in seine Arme.

Wärme schoss in ihren Körper, doch bevor sie das Gefühl genießen konnte, wurde alles um sie herum dunkel.

31

Die fremdartigen Empfindungen, die durch ihren Körper flossen, überwältigten sie. Alles, was Penny tun konnte, war, sich an dem Einzigen festzuhalten, das sich während ihres Fluges durch die Dunkelheit solide und stark anfühlte: Hermes. Ihre Arme umklammerten fest seinen Rücken, als sie versuchte, das Gefühl von Schwerelosigkeit zu ignorieren, das sie, obwohl es nicht unangenehm war, sich wie außer Kontrolle fühlen ließ. Und sie mochte das Gefühl nicht, keine Kontrolle über ihren Körper, ihre Gefühle oder sich selbst zu haben.

„Mach‘ die Augen auf, Penny!“, trieb Hermes‘ beruhigende Stimme zu ihren Ohren.

Erst jetzt erkannte sie, dass sie die Augen geschlossen hatte. Sie öffnete sie schnell und passte sie ihrer neuen Umgebung an. Sie schnüffelte. Ein starker, unangenehmer Geruch von Öl lag in der Luft.

„Wo sind wir?“

Sie lugte über Hermes‘ Schulter und sah einen großen industriellen Heizkessel.

Er ließ sie los und zeigte auf die Wand hinter ihr. „Der Eingang zum Hades liegt hinter dieser Wand.“

„Das ist der Eingang zu Hades‘ Unterwelt?“, fragte sie zweifelnd.

„Einer davon. Es gibt viele andere, nicht nur in den Kasinos, so wie diesem hier, sondern auch in McDonalds, Disney World und nicht zu vergessen im Kongress: Es gibt einen großen Eingang im Kapitol.“

Ihr Mund klaffte auf, als sie versuchte, diese Information zu verdauen. Sie blickte zur Wand und suchte nach einer Tür oder einer Öffnung, fand jedoch keine. „Aber wie sollen wir von hier in die Unterwelt kommen? Ich sehe keine Tür.“

Er grinste. „Wir gehen hindurch. Komm!“

Penny ergriff seine ausgestreckte Hand, konnte aber ihren zweifelnden Blick nicht verbergen. „Bist du dir dabei sicher?“

„Ich habe das schon Millionen Male getan.“

Er führte sie näher heran und machte einen Schritt nach vorne. Sein Fuß verschwand in der Wand, als wäre diese lediglich eine optische Täuschung.

„Jetzt du!“, wies er sie an und zog an ihrer Hand.

Zögernd schritt sie vorwärts und tauchte ihren Fuß in die Wand. Dieser traf auf keinen Widerstand. Ihr Fuß verschwand genauso wie der von Hermes, obwohl sie ihn immer noch spüren konnte. Um sicherzugehen, zog sie ihren Fuß wieder heraus, und er war immer noch intakt.

„Oh mein Gott! Das ist ja unglaublich!“, sagte sie verwundert und starrte Hermes an. „Aber bedeutet das nicht, dass jeder einfach hineinspazieren kann?“

Er schüttelte den Kopf. „Nur, wenn du eine tote Seele bist oder von einem Gott begleitet wirst, kannst du durch die Wand gehen. Für alle anderen bleibt sie solide.“

Neugierig machte Penny jetzt einen weiteren Schritt vorwärts, und Momente später hatten sie und Hermes die Wand hinter sich gelassen und standen auf der anderen Seite. Was sie sah, ließ sie zurückweichen. Aber Hermes hielt ihre Hand fest und ließ es nicht zu.

„Ich dachte, du hast gesagt, ich würde nicht verbrennen!“ Sie zeigte auf den brennenden Fluss vor sich.

„Das ist nur PR! Hades steht auf Blut und Grusel. Er denkt, einen brennenden Fluss am Eingang zu haben, wirkt einschüchternd. Er ist nicht echt“, versicherte Hermes ihr.

„Ich hätte es ihm glatt abgekauft“, sagte sie trocken und bewegte sich immer noch nicht näher darauf zu. „Das Ding ist heiß. Ich kann die Hitze von hier aus spüren.“

Hermes schmunzelte und zeigte auf das Feuer. „Heizgebläse blasen heiße Luft in unsere Richtung, damit die Illusion echt erscheint.“

Penny schüttelte den Kopf, denn sie konnte immer noch nicht glauben, wo sie war. „Das ist alles so surreal.“

Hermes zerrte an ihrer Hand und zog sie zu dem feurigen Fluss. „Realität ist relativ.“ Mit einem ermutigenden Lächeln führte er sie zum Feuer und stieg dann einfach hinein, genauso, wie er in die Wand getreten war, und zog sie hinter sich her.

Keine Flammen züngelten an ihrem Körper; keine Hitze verbrannte ihre Haut. Bis ihr Gehirn diese Tatsache verarbeitet hatte, hatten sie schon die andere Seite erreicht.

„Der Styx!“, kündigte Hermes an und deutete mit seiner Hand auf den wütenden Strom.

So weit das Auge reichte, standen Menschen in langen Schlangen am Ufer. Zehn- wenn nicht sogar Hunderttausende von Menschen. Sie sahen elendig und verwirrt aus. Platschende Geräusche im Wasser zogen ihre Aufmerksamkeit auf den Fluss. Penny blinzelte mehrere Male, um sich zu versichern, dass sie sich das nicht einbildete, aber sie sah richtig: Menschen mit vor Elend verzerrten Gesichtern kämpften, sich über Wasser zu halten.

„Oh mein Gott!“, murmelte Penny, als die Angst ihr ins Gesicht schlug.

„Ach, ja, die im Wasser sind die Ungeduldigen. Sie konnten es nicht erwarten, bis sie an der Reihe waren, übergesetzt zu werden“, erklärte Hermes und deutete auf die lange Warteschlange am Ufer.

„Aber sie ertrinken. Schau doch!“ Sie zeigte auf die Seelen, die im Begriff waren, den Kampf gegen den reißenden Fluss zu verlieren.

„Niemand kann in der Unterwelt sterben, aber die, die im Fluss ertrinken, werden zu Sklavenarbeitern.“

Sie rang nach Luft. „Um was zu tun?“

Hermes deutete zum Anfang der Warteschlange, wo eine Fähre angedockt war. „Sie werden für alle Ewigkeit die Ruder der Galeere bemannen und die anderen Seelen übersetzen.“

Sie kniff die Augen zusammen und konnte jetzt die Öffnungen in der Seitenwand des Unterdecks des Schiffes, aus denen lange Ruder herausragten, sehen. Zur gleichen Zeit bemerkte sie die Verkäufer am Rand des Flusses, die Eis, Churros und andere Snacks verkauften.

„Wie bezahlen sie für die Snacks oder für die Fähre? Die Mythologie sagt, die Überfahrt koste einen Wegzoll.“

Hermes lächelte. „Das ist richtig. Wir nehmen Visa und MasterCard.“

„Aber das sind doch tote Seelen! Die können doch keine Kreditkarten mitnehmen. Und selbst wenn, haben ihre Verwandten wahrscheinlich schon die Konten aufgelöst.“

Er stimmte nickend ihrer Schlussfolgerung zu. „Ja und nein. Wir geben ihnen eine Gnadenfrist. Bis ihre sterblichen Körper beerdigt oder verbrannt werden, dürfen sie über alle Geldmittel verfügen, die sie besessen haben, als sie noch lebten. Sie erhalten eine virtuelle Kreditkarte, wenn sie hier ankommen, aber diese verschwindet in dem Moment, wenn ihre Körper begraben oder eingeäschert werden. Also drängt die Zeit.“

„Was passiert, wenn sie nicht rechtzeitig übersetzen?“

„Dann sitzen sie auf dieser Seite des Flusses fest.“

Sie sah sich um. „Sieht nicht so übel aus. Es gibt Essen.“ Sie verdrehte den Hals. „Ist das eine Bar?“

„Ja, aber denk daran, dass sie kein Geld mehr haben. Auf der anderen Seite des Styx wird sich um all ihre Bedürfnisse gekümmert – kostenlos.“

„Oh nein, was passiert mit denen, die kein Geld mehr für die Überfahrt haben?“

„Die müssen bei den Sklavenarbeitern auf der Fähre mitmachen . . . “

„ . . . und in alle Ewigkeit die Ruder bemannen“, beendete sie seinen Satz, als sie langsam verstand.

Hermes nahm ihre Hand. „Jetzt lass uns Hades besuchen!“

Hermes zog sie zurück in seine Arme. Eine Sekunde später verlor sie den Boden unter den Füßen und fühlte, wie sie in die Luft gehoben wurde. Es war anders als das Teleportieren von zuvor. Es gab weniger ruckartige Bewegungen, und sie fühlte sich sicherer, obwohl sie wusste, dass sie mehrere Meter über dem Boden schwebten. Sie behielt die Augen offen, weil sie nichts verpassen wollte. Verdammt, sie flog! Oder besser gesagt, Hermes flog, und sie hielt sich verzweifelt an ihm fest.

Ihre Furcht verflüchtigte sich langsam, und ein anderes Gefühl stellte sich stattdessen ein: Aufregung. Sie war wirklich in Hades‘ Unterwelt! Sie war an einem Ort, den keine sterbliche Seele je gesehen hatte. Als Professorin für griechische Mythologie konnte sie das trotz der seltsamen Umstände, die sie hierher verschlagen hatten, zu schätzen wissen. Sie konnte endlich all die Dinge aus der Nähe betrachten, über die sie nur in Büchern gelesen hatte. Sie sah Dinge, von denen andere in ihrem Fachgebiet nur träumten.

Penny ließ ihre Augen schweifen, während Hermes sie sicher am anderen Ufer absetzte. In der Ferne erblickte sie ein großes, dunkles, mittelalterliches Schloss. Sie deutete darauf. „Ist das Hades‘ Palast?“

„Ziemlich auffallend, oder?“

„Obwohl es in etwa so ist, wie ich es mir vorgestellt hatte. Du weißt schon, dunkel, böse aussehend – ”

„Lass Hades das nicht hören!“, unterbrach er sie, als er sie auf den Pfad zum Schloss führte. „Er sieht sich nicht als böse. Und er ist es auch nicht wirklich. Aber er muss den Schein wahren.“

Sie warf ihm einen Seitenblick zu. „Den Schein wahren?“

„Ja. Um den Frieden auf der Erde zu gewährleisten, muss er alle in dem Glauben wiegen, dass die Unterwelt ein schrecklicher Ort ist. Er schickt gelegentlich einen seiner Lakaien in die Welt der Sterblichen, um Unwahrheiten über die Unterwelt zu verbreiten. Damit will er sicherstellen, dass die Menschen glauben, es sei ein abscheulicher Ort. Denn wenn es sich herumspricht, dass es hier unten gar nicht so schlimm ist, wo ist dann die Abschreckung, damit die Menschen keine schrecklichen Verbrechen begehen?“

„Oh!“ Dann erinnerte sie sich an etwas. „Aber was war mit Persephone? Er hat sie entführt und zwingt sie, das halbe Jahr hier unten zu leben.“

„Ach, ja, das!“ Hermes rieb sich das Genick. „Erwähne davon besser nichts Hades gegenüber!“

„Warum?“

„Weil es nicht wirklich so war, wie die Sterblichen denken. Persephone war diejenige, die sich in Hades verliebt und ihn dazu gebracht hat, sie zu heiraten. Er versucht dauernd, sie zum Gehen zu bewegen, und das tut sie auch – für kurze Zeit – aber dann schleicht sie sich hierher zurück und verführt ihn, also lässt er sie bleiben. Ich glaube, der Sex ist ziemlich heiß. Aber Hades hält nichts von Monogamie. Hat er nie und wird er auch nie. Deshalb wollte er Persephone auch nicht heiraten.“

Ungläubigkeit schoss durch sie. „Das ist nicht dein Ernst! Die Mythologiebücher liegen falsch?“

Hermes nickte. „Ja.“ Dann zwinkerte er ihr zu „Wäre das nicht etwas Neues und Aufregendes, über das du schreiben könntest?“

Sie bemerkte, wie sie rot anlief, weil ihr gerade derselbe Gedanke gekommen war. „Du weißt, ich könnte nie darüber schreiben. Niemand würde es glauben.“

„Das wirst du nie herausfinden, wenn du es nicht versuchst.“

„Ermutigst du mich ernsthaft dazu, darüber zu schreiben?“

Er lächelte sie mit funkelnden Augen an. „Mir wäre es lieber, wenn du über Hades schriebst statt über meine Sandalen.“

Sie sah schnell weg, als Schuldgefühle in ihr hochkamen. „Es tut mir leid, was ich getan habe. Ich wollte das alles hier nicht verursachen – ”

Seine Hand auf ihrem Unterarm stoppte sie. „Darüber reden wir später.“

Bevor sie nicken konnte, erreichten sie eine massive Tür aus Eisen und Holz. Hermes schlug den Türklopfer dagegen, um die Bewohner des Schlosses auf ihre Anwesenheit aufmerksam zu machen.

Ein Lakai in einem schwarzen Umhang mit rotem Futter öffnete die Tür fast unverzüglich. „Hermes? Wir hatten dich nicht erwartet.“

„Ich weiß, Felix. Kannst du Hades sagen, dass ich ihn sehen muss?“

Felix zog eine Augenbraue hoch. „Er ist nicht in guter Stimmung.“

„Es ist wichtig.“

Felix gab einen langen, wehleidigen Seufzer von sich, dann drehte er sich um und gab ihnen ein Zeichen, ihm durch den dunklen Korridor zu folgen, bis dieser in ein großes Atrium mündete. Penny blickte nach oben. Über ihr sah sie den Mond und die Sterne.

„Wartet hier!“, befahl Felix und verschwand durch eine der Türen.

Hermes stupste sie an und deutete auf das Glasdach des Atriums. „Eine Illusion. Wir sind unter der Erde, also ist das, was du siehst, nicht wirklich der Mond. Aber ziemlich realistisch, oder?“

„Ist hier unten irgendetwas echt?“

„Ja. Ich bin echt!“, kam eine männliche Stimme von hinten.

Sie schrie erschrocken auf und wirbelte herum. Ihre Kinnlade fiel herunter. Vor ihr stand ein Mann, von dem sie nur annehmen konnte, dass er Hades war, obwohl er nicht im Geringsten so aussah, wie sie sich ihn vorgestellt hatte. Er hatte nichts Hässliches oder Böses an sich, zumindest nicht in seiner äußeren Erscheinung. Er war groß und gut aussehend, mit dunkelbraunen welligen Haaren, blauen Augen und einem gemeißelten Kinn. Er trug einen Seidenmorgenrock über einer engen Lederhose. Seine muskulöse Brust war enthüllt und mit dunklen Haaren besetzt. Das war Hades, der Herrscher der Unterwelt?

„Meine Güte, die sieht aber lecker aus“, meinte Hades und grinste Hermes an, bevor er einen weiteren Schritt auf sie zuging.

Pennys Atem stockte, doch bevor sie eine Antwort geben konnte, schob Hermes sie hinter sich und hielt so Hades davon ab, ihr noch näher zu kommen.

32

„Hades, tut mir leid, dich zu stören“, presste Hermes mit zusammengebissenem Kiefer heraus.

Er hatte diesen Blick in Hades‘ Augen schon oft gesehen. Und Hermes gefiel er kein bisschen, denn er bestätigte, dass sein Onkel sich an Penny ranmachen würde, sobald er ihm den Rücken zukehrte.

„Oh, du störst überhaupt nicht!“, antwortete Hades und blickte an ihm vorbei zu Penny. „Ich vermute, du hast mir als Wiedergutmachung für die Unstimmigkeit, die wir das letzte Mal hatten, ein Geschenk mitgebracht?“ Sein Onkel leckte sich die Lippen.

„Leider habe ich keine Geschenke dabei.“ Hermes zog Penny an seine Seite. „Ich bin hier, um dich um einen Gefallen zu bitten. Penny und ich brauchen deine Hilfe.“

Hades zog eine Augenbraue hoch. „Penny? Du meinst, diese entzückende Sterbliche ist die Frau, die deine Sandalen gestohlen hat?“ Er pfiff und senkte dann seinen Blick auf Hermes‘ Füße. „Die du, wie ich sehe, zurückbekommen hast. Also warum brauchst du dann meine Hilfe?“

„Leider ist Zeus ein bisschen ausgetickt und kann seine Wut nicht zähmen.“

Hades schmunzelte. „Ach, ja, mein lieber Bruder hat ein Aggressionsproblem. Er will deiner kleinen Sterblichen also etwas antun?“

„Ich befürchte, er hat bereits versucht, sie zu töten. Ich musste sie hier herbringen, wo Zeus nicht Hand an sie legen kann.“

„Und jetzt erwartest du, dass ich dir gegen den Wunsch meines Bruders helfe?“, fragte Hades. „Ist das nicht komisch? Erst beleidigst du mich, indem du mir diesen lächerlichen Vertrag, den Zeus aufgesetzt hat, überbringst, dann weigerst du dich, mir mit dem Fährdienst zu helfen, und jetzt willst du den Keil noch tiefer zwischen mich und meinen Bruder treiben?“

Natürlich hatte sein Onkel recht. Hermes verlangte viel. Aber vielleicht könnte er mit ihm verhandeln. Immerhin brauchte Hades immer noch Hilfe mit dem Fährdienst.

„Ich bin bereit, dafür zu bezahlen, wenn du Penny hier Unterschlupf gewährst.“

„Bezahlen?“ Hades ließ seine Augen auf eine Art und Weise über Penny wandern, die Hermes dazu veranlasste, seine Hände zu Fäusten zu ballen. Er verspürte den Drang, Hades das Gesicht zu vermöbeln.

„Ja, bezahlen. Ich bin bereit, dir mit dem Fährdienst zu helfen.“

„Für wie lange?“

Hermes schluckte. „Solange es nötig ist.“ Außerdem musste er mit Penny sowieso hier unten bleiben. Niemals würde er sie alleine in Hades‘ Obhut lassen. Zumindest würde dieser so den Braten nicht riechen und kapieren, warum Hermes in der Unterwelt bleiben wollte – nicht, um mit dem Fährdienst auszuhelfen, sondern um Penny vor Hades‘ Libido zu beschützen.

„Interessant“, sinnierte Hades. „Lass mich mal was klarstellen: Penny hat deine Sandalen gestohlen. Du hast sie wieder. Zeus will Rache. Und wo bei der ganzen Sache stehst du, mein lieber Neffe? Warum willst du nicht auch Rache an ihr nehmen? Immerhin waren es deine Sandalen, die sie gestohlen hat. Und wie ich meinen Bruder kenne, ist er jetzt tierisch auf dich sauer. Ich bin sicher, er will dich auch bestrafen. Trotzdem willst *du* Penny nicht bestrafen. Stattdessen beschützt du sie, indem du sie hier herbringst. Wie weit bist du bereit zu gehen?“

„Was meinst du?“, fragte Hermes, plötzlich auf der Hut.

„Wie lange hast du vor, sie hier unten zu verstecken? Für immer?“

„Nun, für immer ist eine lange Zeit . . . “, sagte Hermes.

„Zeus wird diese Sache nicht auf sich beruhen lassen. Sie hier zu verstecken, ist nur eine temporäre Lösung. Du brauchst etwas Permanentes.“

Hermes wusste das selbst, aber ihm war noch keine permanente Lösung eingefallen. Zum Teufel, im Moment konnte er sich nur um das Unmittelbare kümmern. Er hatte noch keine Zeit gehabt, irgendwelche Pläne zu schmieden. „Ich werde mir etwas einfallen lassen.“

Hades grinste. „Ich hätte schon eine Lösung parat, die mir sofort ins Auge sticht.“

Hermes runzelte die Stirn, weil er dem Gedankengang seines Onkels nicht folgen konnte. „Und die wäre?“

„Zeus würde es nicht wagen, ihr etwas anzutun, wenn sie mit einem Gott verheiratet wäre.“

Neben ihm rang Penny nach Luft. „Verheiratet?“

Hades nickte. „Ja, heirate Hermes, und die Sache ist geritzt! Es ist die einzige dauerhafte Lösung, damit Zeus dir nicht an den Kragen gehen kann.“

Hermes erkannte Panik, wenn er sie sah. Und Panik war in Großbuchstaben auf Pennys Gesicht tätowiert. Es traf ihn wie ein Schlag in die Eingeweide. Fand sie den Gedanken daran, ihn zu heiraten, so widerwärtig?

„Aber es muss doch noch eine andere Lösung geben. Ich kann dich nicht einfach heiraten!“, protestierte sie. Mit einem flehenden Blick blickte sie zu Hades und dann wieder zu Hermes. „Bitte!“

Hermes bemerkte, wie sich sein Kiefer verkrampfte. „Willst du damit sagen, dass ich nicht gut genug für dich bin?“

Pennys Blick fiel auf ihn, und die Überraschung darin war offensichtlich. „Das meine ich nicht. Ich kann dich nicht heiraten. Verstehst du das nicht?“

„Nein, tue ich nicht!“, beharrte er.

Sie hob ihre Hände in einer Geste völliger Frustration. „Aber ich kann doch keinen Mann heiraten, der mich nicht liebt. Kapierst du das nicht?“

Ihre Worte brachten ihn einen Moment zum Grübeln. *Einen Mann, der sie nicht liebte.* Das war also ihre Begründung dafür, ihn abzuweisen? „Sag das nochmal!“

„Hast du mich das erste Mal nicht gehört? Ich sagte dir, ich kann keinen Mann heiraten, der mich nicht liebt.“

Ja, er hatte richtig gehört. Sie hatte deutlich *nicht* gesagt, dass sie *ihn* nicht liebte. Würde eine Frau, die mit so einer Entscheidung konfrontiert war, nicht den ersten Gedanken äußern, der ihr in den Sinn kam? Und wenn sie ihn nicht liebte, hätte sie sicher das als Grund angeführt, ihn nicht heiraten zu wollen und nicht, weil *er sie* nicht liebte.

Hermes räusperte sich. „Hades, hast du etwas dagegen, wenn ich das mit Penny unter vier Augen bespreche?“

„Da gibt es nichts zu besprechen!“, protestierte Penny.

„Ihr könnt das Wohnzimmer benutzen.“ Hades deutete auf eine Tür auf der linken Seite.

„Entschuldige uns!“, sagte Hermes höflich, packte Penny am Ellbogen und zog sie mit sich.

„Hermes, bitte, da gibt es nichts zu bereden.“

Er öffnete die Tür und schob sie in einen großen Raum mit einer kathedralenartigen Decke, massiven gotischen Möbeln und einem offenen, steinernen Kamin, in dem ein Feuer loderte, und schloss die Tür hinter sich mit einem lauten Knall. „Im Gegenteil, wir haben einiges zu besprechen.“

Sie starrte ihn trotzig an. Ja, so liebte er sie: stur und leidenschaftlich. *Liebte?* Das Wort schwirrte in seinem Kopf umher. War es möglich? Er wollte jetzt nicht daran denken, weil es etwas Wichtigeres gab, das er erst tun musste, nämlich Penny davon überzeugen, dass es in ihrem besten Interesse war, ihn zu heiraten. Und später würde er sich dann mit der Tatsache auseinandersetzen, dass er wahrscheinlich verrückt war, weil er sich in denselben goldenen Käfig sperren lassen wollte wie seine Freunde Triton und Dio: die Ehe. Er wollte den Kopf schütteln, denn er sollte diesen dummen Gedanken abschütteln und vor Penny weglaufen, bevor er den größten Fehler seines Lebens beging. Aber das konnte er nicht. Er wollte sie gegen alle Vernunft. Sie, die Frau, die ihn bestohlen hatte.

„Wir passen gut zusammen, Penny, das musst du zugeben.“

„Gut zusammen? Ist das dein Ernst? Nur weil wir großartigen Sex haben, bedeutet das nicht, dass wir heiraten sollten“, sagte Penny, während sie ihre Fäuste in die Hüften stemmte.

„Ja, wir haben großartigen Sex, nicht wahr?“, fragte er, als ihm eine Idee kam.

Röte schoss in ihre Wangen. „Aber ich werde dich deswegen nicht in eine lieblose Ehe zwingen! Ich bleibe lieber für immer hier unten, als dir anzutun, was Persephone Hades angetan hat.“

Hermes lachte aufgrund ihres Vergleichs. „Das ist wohl kaum dasselbe. Hades ist in eine Falle gelockt worden. Ich schreite mit offenen Augen hinein.“

Sie schüttelte den Kopf. „Nein, tust du nicht. Diese Entscheidung wird dir aufgezwungen.“

Er strich eine Strähne ihres Haares aus ihrem Gesicht und streichelte mit seinem Finger über ihre Wange. Als er sich zu ihr lehnte, sog er ihren Duft ein und saugte ihre Nähe auf. Wie er es doch vermisst hatte, ihren Körper unter seinem beben zu spüren. War es erst zwei Tage her, seit er sie auf dem Schreibtisch in ihrem Büro genommen hatte? Jetzt nur daran zurückzudenken, ließ sein Verlangen nach ihr an die Oberfläche brechen.

„Du willst mich also nicht heiraten?“

Sie schüttelte den Kopf.

„Gut. Dann heißt das wohl Lebewohl.“

Er bemerkte die Veränderung ihres Herzschlags und die Enttäuschung, die sie in ihren Augen zu verstecken versuchte. Ach, seine süße Penny! Sie war nicht nur eine glücklose Diebin, sondern auch eine schreckliche Lügnerin.

„Nur ein Abschiedskuss dann“, sagte er, als er seinen Kopf so nah an ihren brachte, dass seine Lippen über ihren schwebten. „Nur ein Kuss.“

Ein sehr langer, alles verzehrender Kuss.

Er presste seine Lippen auf ihre und stoppte somit jeglichen Protest, den sie vielleicht hätte äußern wollen. Ihre Lippen öffneten sich, als ob sie sprechen wollte, und schon nutzte er die Gelegenheit und glitt mit seiner Zunge in ihren Mund.

Als er sie in seine Arme zog, neigte er seinen Kopf zur Seite und küsste sie mit all der Leidenschaft und all dem Verlangen, das sich in den letzten paar Tagen aufgestaut hatte und jetzt bereit war, aus ihm herauszubrechen. Zuerst schien es so, als wollte sie ihn wegschieben, aber dann schlangen sich ihre Hände um seinen Hals und hielten ihn fest.

Er fühlte, wie ihre Brüste gegen seine Brust drückten und wie ihr Herzschlag in seinem Körper widerhallte. Pennys Herz schlug in einem genauso wilden Tempo wie sein eigenes.

Mit seiner Zunge strich er gegen ihre und überredete sie, sich ihm zu ergeben und seinen Forderungen nachzugeben. Wollte sie nicht dasselbe wie er? Wollte sie nicht ihre Tage und Nächte in seinem Bett verbringen, Liebe machen und die Freuden erfahren, die er ihr bereiten könnte?

Aus seinem Inneren arbeitete sich ein Knurren hinauf, das er nicht unterdrücken konnte. Stattdessen ließ er es über seine Lippen rollen. Er musste ihr zeigen, wie sehr er sie wollte und dass Widerstand zwecklos war. Er würde alles in seiner Macht Stehende tun, um zu bekommen, was er wollte.

Als er für einen kurzen Moment von Pennys Lippen abließ, um einen allzu notwendigen Atemzug zu nehmen, kam ein Seufzen über ihre Lippen, und ihre Hand klammerte sich fester um seinen Nacken.

„Langsam, Baby! Ich gehe nirgendwo hin“, murmelte er und erfasste ihre Lippen wieder.

Als er spürte, wie sie mit ihm verschmolz, glitt seine Hand ihren Oberkörper hinauf und umfasste ihre Brust. Ihr Herz schlug wie eine Lokomotive, die einen Berg hinunterdonnerte. Die kleine Spitze auf ihrer festen Brust war hart, und er konnte nicht widerstehen, diese zwischen seinem Daumen und seinem Zeigefinger zu reiben. Ein unkontrolliertes Stöhnen war ihre Antwort.

Seine andere Hand wanderte auf ihren Rücken, wo sie den Reißverschluss ihres Sommerkleides fand und daran zog. Als das verdammte Ding nicht sofort aufgehen wollte, schnippte er mit den Fingern und benutzte seine göttlichen Kräfte, um den Reißverschluss bis zu ihrer Taille zu öffnen. Endlich konnte er den Stoff von ihrem Körper schieben, um ihre Brüste zu entblößen. Sie trug keinen BH.

Als er ihre Brüste berührte und ihre weiche Haut und das feste Fleisch darunter verspürte, während sie sich gegen ihn presste, schoss mehr Blut in seinen Schwanz. Pennys Hüften drängten sich an ihn, wobei ihr Becken in einem unverwechselbaren Rhythmus gegen seine Erektion rieb. Hermes ließ eine ihrer Brüste los und legte seine Hand auf ihren Rücken, bevor er sie unter ihr Kleid schob. Seine Finger begegneten ihrem Stringtanga und zogen ihn herab, wobei er ihren Hintern drückte und sie mit einer ruckartigen Bewegung an seinen Schwanz zog.

Sie stöhnte, als sie ihren Mund von seinem riss. „Wir müssen aufhören“, flehte sie, ihre Worte nur ein atemloses Flüstern.

„Ich höre auf, wenn du zustimmst, mich zu heiraten“, willigte er ein und ließ seine Hand zwischen ihre Beine gleiten, wo sie bereits feucht war. Er liebkoste ihr Geschlecht und fühlte, wie sie erbebte. „Heirate mich!“

Hermes küsste ihren anmutigen Hals, wanderte dann tiefer und küsste ihre Schultern, bevor er seinen Kopf senkte. Als seine Lippen ihre Brustwarze fanden und sie umschlossen, fühlte er sie erbeben. Aber er zeigte kein Erbarmen. Er würde nicht aufhören, bis sie ihm die Antwort gab, die er hören wollte.

Er nahm seine Hand von ihrem Rücken und zog an ihrem Kleid, sodass es zu Boden fiel. Einen Augenblick später kämmten seine Finger durch die Locken, die ihr Geschlecht beschützten. Er glitt daran vorbei, berührte ihre feuchtwarme Spalte und badete seine Finger in ihrer Nässe.

„Heirate mich!“, drängte er sie wieder und stieß seinen Finger in ihren engen Kanal.

„Ja! Ja!“, rief sie aus.

„Sag es!“, befahl er, als er seinen Finger aus ihr zog und ihre Klitoris fand. Als er in kreisenden Bewegungen darüber rieb, erzitterte sie in seinen Armen. „Sag es!“

Penny drängte ihre Klitoris an seine Hand. „Ich werde dich heiraten. Bitte . . . “

Sein Herz machte einen aufgeregten Salto, und sein Finger streichelte sie weiter, um sie für ihre Zustimmung zu belohnen. „Ja, Baby. Ich werde dir geben, was du brauchst.“

Sekunden später spürte er sie in seinen Armen erbeben, als ihr Orgasmus sie in die Knie zwang. Sie brach in seinen Armen zusammen, und er drückte ihren Kopf an seine Brust, während er sie sanft streichelte. „Ich werde dafür sorgen, dass du es nicht bereust.“

33

Penny fühlte sich immer noch unangenehm überhitzt und nervös. Wie hatte sie nur zustimmen können, Hermes zu heiraten? Es war verrückt! Er hatte seinen beachtlichen Charme und sein sexuelles Können benutzt, um sie zu verführen. Nun stand sie, in einem von Persephones Kleidern, in Hades‘ Wohnzimmer und wartete darauf, dass die Zeremonie anfing.

So hatte sich Penny ihre Hochzeit nie vorgestellt. Sie hatte immer gedacht, dass sie von ihren Freunden und ihrer Familie umgeben an einem schönen Ort wie beispielsweise dem Magnoliengarten oder vielleicht sogar an einem Strand heiraten würde. Sie hatte sich sicherlich nicht gedacht, dass sie in einem dunklen, gotischen Schloss in der Unterwelt getraut werden würde.

Sie blickte zu Hades, als dieser Felix anwies, eine Videokamera aufzustellen. „Nein, richte sie dorthin! Wir wollen, dass sie alles sehen, nicht nur das Brautpaar.“

Felix stellte das Stativ um und richtete die Kamera neu aus.

Penny sah zu Hermes, der für diesen Anlass einen dunklen Anzug trug. „Warum die Kamera?“, flüsterte sie ihm zu.

Er lächelte ihr zu und nahm ihre Hand. „Damit wir einen Beweis haben und diesen Beweis Zeus überbringen können. Wenn er es nicht mit eigenen Augen sieht, wird er es nie glauben. Also lass uns die Sache hinter uns bringen, damit wir wieder zu unserem Leben zurückkehren können.“

Zu ihrem Leben zurückkehren? Ja, sie verstand ihn genau: Sobald Zeus wusste, dass sie verheiratet waren, würde Hermes wieder in seine Welt zurückkehren und sie in ihre. Alles würde wie zuvor sein, nur dass sie offiziell Hermes‘ Frau sein würde. Doch es würde ihm nichts bedeuten.

„Du kannst es dir immer noch anders überlegen“, sagte sie zu ihm. „Wirklich, ich hätte nichts dagegen. Wenn du dein Leben lieber nicht für mich ändern möchtest . . . “

„Mein Leben ändern?“ Er beugte sich näher und senkte seine Stimme. „Naja, ich muss zugeben, dass es eine kleine Veränderung ist, plötzlich eine Frau zu bekommen, aber wenn das bedeutet, dass ich jede Nacht mit ihr schlafen darf, dann habe ich wirklich nichts einzuwenden.“

Sie merkte, wie sie bei dem Gedanken rot wurde. „Ehe ist ein ziemlich hoher Preis für Sex.“

Er zwinkerte und grinste. „Ich bin ein sehr reicher Mann.“

„Wir sind soweit“, kündigte Hades an.

Soweit? *Nein,* wollte sie schreien. Sie war nicht bereit. Sie wollte einen Mann heiraten, der sie liebte, nicht einen, der sie wegen einem deplatzierten Sinn für Verantwortung zur Frau nahm. Wie konnte sie diesen Mann heiraten, der ihr soviel bedeutete, dem ihr Herz gehörte, und an den sie Tag und Nacht dachte? Wie würde sie ihm verheimlich können, dass sie sich in ihn verliebt hatte? Und sie musste diese Gefühle unbedingt verbergen, denn es wäre zu demütigend, diese Hermes zu offenbaren.

Sie nickte zögernd. „Ja, ich bin soweit."

Hades lächelte sie an. „Ich muss sagen, Penny, du versüßt mir den Tag. Ich habe nicht nur noch nie zuvor eine Trauung in meinem Heim abgehalten, du gibst mir auch die perfekte Gelegenheit, Zeus eins reinzudrücken. Und dafür bin ich dir wirklich dankbar!" Er brach in schallendes Gelächter aus.

Penny tauschte einen Blick mit Hermes aus, der ebenfalls von einem Ohr zum anderen grinste. „Zeus eins reindrücken?", fragte sie verwirrt.

Hermes machte eine wegwerfende Handbewegung. „Rivalität unter Geschwistern. Ignorier' das einfach!"

Hades deutete auf seinen Lakaien. „Felix, Licht, Kamera, Action!"

Felix drückte einen Knopf an der Kamera und legte den Schalter der Musikanlage um. Im Hintergrund begann, gedämpfte Musik zu spielen. Hades zog die Schultern zurück und blickte auf Penny und Hermes, der neben ihr stand.

„Wir haben uns heute Abend hier versammelt, um diesen Gott und diese Sterbliche im heiligen Bund der Ehe zu vereinen", fing der Gott der Unterwelt an.

Tränen füllten Pennys Augen, und ihr Kopf fing an, sich zu drehen. Die Worte trieben zu ihr, und sie antwortete, als wäre sie auf Autopilot geschaltet, bis sie plötzlich Hades sagen hörte: „Du darfst die Braut jetzt küssen."

Hermes' leidenschaftlicher Kuss schien ihr wieder Leben einzuhauchen, und als er sie losließ, öffnete sie die Augen, und die Realität schwappte über sie herein. Sie war nun Hermes' Frau, die Ehefrau des Götterboten.

„Perfekt!", rief Hades aus. Sie sah ihn an und bemerkte, wie er von der Kamera wegtrat. „Felix wird das sofort auf YouTube hochladen. Es dürfte nicht lange dauern, bis Zeus davon Wind bekommt."

„YouTube? Ihr wollt das auf YouTube zeigen? Aber ihr werdet euch doch dabei enthüllen!", protestierte sie.

„Unsinn!", behauptete Hades. „Die Leute werden denken, dass es ein Halloweenscherz ist. Nur die Götter werden wissen, dass es wahr ist." Dann gab er Hermes ein Zeichen. „Musst du jetzt nicht etwas erledigen?"

Hermes zog an ihrer Hand, damit sie ihn ansah. Seine Augen loderten vor Verlangen. „Ich glaube, mein Onkel hat uns gerade befohlen, die Ehe zu vollziehen."

Pennys stockte der Atem, und ihre Augen fielen auf die Kamera. „Ich kann nicht einfach – ”

Alle drei Männer brachen in Gelächter aus.

„Privat natürlich“, sagte Hermes, während seine Augen vor Freude strahlten. „Nur damit das alles wasserdicht ist, weißt du.“ Er beugte sich näher zu ihr.

„Natürlich“, willigte sie hastig ein und versuchte, ihre Aufregung zu verbergen. Wenn er ein letztes Mal mit ihr schlafen wollte, bevor sie wieder in ihr altes Leben zurückkehrten, dann würde sie diese Minuten aufsaugen und auskosten.

Hermes versuchte, seine Ungeduld zu zügeln. Da Teleportieren in Hades‘ Unterwelt nicht erlaubt war, musste er zwanzig wertvolle Sekunden damit vergeuden, seine Braut zu den Gemächern zu führen, die Hades für sie hatte herrichten lassen, obwohl Hermes es eigentlich doch kaum erwarten konnte, ihr die Kleider von ihrem sinnlichen Körper zu reißen und seinen schmerzenden Schwanz in sie zu stoßen. Seit er sie ein paar Stunden zuvor im Wohnzimmer hatte kommen lassen, hatte er am Rand eines Abgrundes getanzt, wo seine Kontrolle nur an einem seidenen Faden gehangen hatte.

Als er die Tür aufstieß und eintrat, während er Pennys Hand hielt, war er erfreut, dass Hades‘ Diener sich große Mühe gemacht hatten, die Suite einladend und weniger geschmacklos als den Rest des Schlosses erscheinen zu lassen. Nicht, dass es Hermes etwas ausmachte, wo er letztendlich die Ehe vollzog, doch um Pennys willen war er froh, dass der Raum in dem warmen Licht von Duftkerzen gebadet war.

Die Tür fiel hinter ihnen zu. Endlich war er alleine mit seiner Ehefrau. Wie seltsam dieses Wort klang, und doch fühlte es sich richtig an. Ein komisches, friedliches Gefühl breitete sich in seinem Körper aus, und er fragte sich, ob es dasselbe war, was seine Freunde Triton und Dionysos verspürt hatten, als sie endlich die Herzen der Frauen gewonnen hatten, die sie liebten. Ein winziges, stechendes Schuldgefühl durchbohrte ihn jedoch: Er hatte Pennys Herz nicht gewonnen; stattdessen hatte er ihre Hand erzwungen und sie praktisch genötigt, ihn zu heiraten. Doch das war nur der Anfang. Jetzt musste er alles, was in seiner Macht stand, daran setzen, damit sie sich in ihn verliebte, denn es gab eine Sache, die er nicht wollte: eine lieblose Ehe.

Hermes beobachtete, wie Penny sich im Zimmer umsah und ihre Augen auf das große Bett fielen, das mit Satinbettwäsche bezogen war. Von hinten schlang er seine Arme um ihren Bauch, zog sie an seine Brust und bettete sein Gesicht in ihre Halsbeuge, während er kleine Küsse auf ihre Haut setzte.

„Ich will dich so sehr“, flüsterte er ihr ins Ohr.

Seine Hände wanderten über ihren Körper und erforschten ihre Kurven, bevor er sie sanft streichelnd zu ihrem Nacken brachte. „Ich werde dich jetzt ausziehen, meine süße Frau. Und sobald du nackt bist, werde ich dich so lange lieben, bis wir beide zusammenbrechen.“

Ihr Atem stockte, und er bemerkte, wie ihr Herzschlag schneller wurde.

Hermes zog den Reißverschluss ihres Kleides bis zu ihren Hüften hinunter und schob es dann von ihren Schultern, damit es zu Boden fallen konnte, wo es sich zu ihren Füßen sammelte. Sie trug einen BH und einen Stringtanga. Hermes gab ein genüssliches Grunzen von sich.

„Bei den Göttern, bist du schön!“

„Hermes“, flüsterte sie mit offensichtlichem Zögern in ihrer Stimme.

„Ja?“ Mit geschickten Fingern öffnete er den Verschluss ihres BHs und schob das Kleidungsstück von ihren Schultern, bevor er es auf den Boden warf.

Ihr Po verkrampfte sich leicht. „Entspann dich, Süße!“ Er streichelte mit seiner Hand über ihren Po, schob seine Finger unter den Tanga und streifte ihn nach unten. „Steig da raus!“

Sie kam seinen Anweisungen nach. Er drehte sie zu sich um, sodass sie ihn ansah. Bei dem Anblick wurde sein Mund trocken. Ihre nackten Brüste mit den harten rosa Brustwarzen und ihr Geschlecht waren seinem gierigen Blick ausgesetzt.

„Verdammt!“, fluchte er in dem Wissen, dass er keine Geduld für eine langsame Verführung hatte. Stattdessen schnippte er ein einziges Mal mit seinen Fingern und ließ damit seine Kleidung verschwinden. Im Inneren stand er bereits in Flammen.

„Oh!“ Sie rang sichtlich überrascht nach Luft, während sie ihre Augen über seinen nackten Körper wandern ließ.

Er warf ihr ein verschmitztes Grinsen zu. „Es tut mir leid, aber ich kann nicht länger warten. Ich muss dich jetzt haben.“

Er hob sie in seine Arme und legte sie aufs Bett, bevor er sich zu ihr hinab beugte. „Ich verspreche dir, dass wir das das nächste Mal langsamer machen, aber jetzt muss ich schnell in dich hinein, sonst halte ich es nicht mehr aus.“

Sein Schwanz war in seinem ganzen Leben noch nie so hart gewesen, und seine Hoden hatten sich schon fest hochgezogen. Er würde nicht lange durchhalten, dessen war er sich bewusst. Ungeduldig rutschte er zwischen ihre gespreizten Schenkel und positionierte seinen Schwanz an ihrer Muschi. Als er in ihr Gesicht blickte, bemerkte er, wie sich ihre Lippen geöffnet hatten und wie sie ihn unter ihren dunkeln Wimpern ansah. Das Verlangen, das aus ihren Augen loderte, ließ ihn beinahe zum Höhepunkt kommen.

Unfähig sich noch länger zurückzuhalten, stieß er in sie hinein und fand sie für ihn bereit vor. Wärme und Feuchtigkeit hüllten ihn ein, und ihre Muskeln spannten sich um ihn wie ein eng anliegender Handschuh. „Danke“, murmelte er, als ihm bewusst wurde, dass er sich nicht einmal die Mühe gemacht hatte, sie zu erregen. Was für ein schrecklicher Liebhaber er doch war!

Langsam zog er sich zurück, nur um noch härter in sie zu stoßen als zuvor. Sein ganzer Körper bebte, und Flammen schossen durch ihn hindurch. Pennys Augen schlossen sich bei seinem nächsten Stoß, und ihr Körper bäumte sich ihm entgegen.

„Sieh mich an!“, befahl er mit ruppiger Stimme, während er seine Kiefer zusammenpresste, um seinen unmittelbar bevorstehenden Orgasmus zurückzuhalten.

Ihre Augen weiteten sich, und er vereinte seinen Blick mit ihrem. „Sieh mich an!“, bat er jetzt sanfter. „Ich bin jetzt dein Ehemann.“ Eine Welle von Gewissheit schwappte über ihn hinweg. Gleichzeitig stieß sein Schwanz in seinem eigenen Rhythmus in sie und bewegte sich tiefer und schneller in ihr. Sie gehörte jetzt ihm, und er würde sie nie wieder hergeben. Nie wieder. Um ihr dies zu beweisen, nahm er sie hart. Seine Hüften schlugen gegen ihre, sein Schwanz bohrte sich in sie hinein, und seine Hände ergriffen ihre Hüften, um mehr Halt zu erlangen.

Wie ein Wilder fickte er sie. Trotz der schroffen Behandlung stöhnte sie vor Vergnügen, während ihre Hände sich um seinen Hintern klammerten und ihre Fingernägel sich tief in sein Fleisch gruben, als sie ihn drängte, sie noch wilder zu nehmen.

„Magst du das?“, schaffte er, zwischen schwerem Atmen und tiefen Stößen zu fragen.

„Ja!“, rief sie aus und umschlang mit ihren Beinen seinen Hintern.

Er hatte sie noch nie so erlebt. Selbst als er sie auf dem Schreibtisch in ihrem Büro genommen hatte, war sie nicht so wild gewesen. Bei den Göttern, sie mochte es! Seine Ehefrau war eine leidenschaftliche Frau – mehr, als er erwartet hatte. Und zu wissen, dass ihr gefiel, was er tat, brachte in ihm den Drang hervor, wie ein Wolf aufzuheulen. Denn wenn er all ihre Bedürfnisse stillen konnte, würde sie eines Tages vielleicht lernen, ihn zu lieben.

„Oh, Baby!“ Er verlangsamte seine Stöße ein wenig, denn er wollte diese leidenschaftliche Vereinigung verlängern, und brachte seine Lippen über ihren zum Schweben. „Meine Frau.“ Er senkte seinen Mund auf ihren und küsste sie. Seine Zunge leckte über ihre geöffneten Lippen, und er genoss ihren Geschmack.

Sie stöhnte unter ihm, und ihre Hand verließ plötzlich seinen Hintern und wanderte zu seinen Schultern hinauf, um ihn näher an sich zu ziehen, während ihre Zunge gegen seine schnipste. Die Berührung sandte einen Feuerstrahl direkt in seine Hoden. Er fühlte das Nahen seines Orgasmus, konnte ihn jedoch nicht zurückhalten. Stattdessen nahm er ihren Mund gefangen und küsste sie, als ob er sie als sein Eigen brandmarken wollte, während er tief in sie hineinstieß. Seine Zunge ahmte die Stöße seines Schwanzes nach, während er seinen heißen, fruchtbaren Samen in sie ergoss.

Er stieß weiter in sie hinein und zog sich wieder heraus, wobei die zusätzliche Feuchtigkeit jeden Stoß zu einem Gleiten wie in purer Seide machte. Dann brachte er seine Hand zwischen ihre Körper, strich mit seinen Fingern über ihren Schamhügel und tauchte in ihr feuchtes Lockennest. Als er ihre Klitoris fand, zuckte ihr Körper. Er rieb in kreisenden Bewegungen darüber und konnte schon spüren, wie sich ihre innere Muskulatur um seinen Schwanz herum verkrampfte und die Wellen ihres Orgasmus ihn überspülten und besiegten. Hermes brach über ihr zusammen und stützte sich auf seine Knie und Ellenbogen, um sein Gewicht von ihr zu nehmen.

„Oh, Baby!", stöhnte er. „Das war . . . " Er fand nicht die richtigen Worte. Sein Gehirn hatte die Konsistenz von Brei und war gänzlich nutzlos.

„Wow!", flüsterte sie atemlos.

Er lächelte sie an und blickte in das Gesicht einer befriedigten Frau. Erleichterung erfüllte ihn. „Ich bin froh, dass es dir gefallen hat." Er drückte einen zarten Kuss auf ihre Lippen. „Tut mir leid, dass ich so schroff war, aber ich konnte nicht anders . . . Nur daran zu denken, was wir im Wohnzimmer taten, hat mich einfach so heiß gemacht." Er atmete ein paar Mal tief durch. „Bei den Göttern, Penny, du machst mich verrückt vor Verlangen."

Es war die Wahrheit. Dasselbe Verlangen ließ seinen Schwanz schon wieder hart werden, obwohl sein Orgasmus so gewaltig gewesen war.

„Ich will mehr", gab sie zu, als ihr Blick abschweifte.

„Mehr?" Er grinste. Wer hätte gedacht, dass seine Frau so unersättlich war? „Ich gebe dir mehr. Viel mehr."

Er zog seine Hüften zurück, nur um seinen Schwanz wieder tiefer in sie zu treiben.

„Oh!", entfuhr es ihr mit einem Stöhnen. „Du bist immer noch hart."

„Ja", antwortete er, während er an ihrer Unterlippe knabberte. „Und dieses Mal werde ich mehr Ausdauer haben. Und ich werde mir die Zeit nehmen, meine Frau wirklich zu befriedigen." Er bewegte seine Hüften langsam vor und zurück, wobei er seinen Körper gegen ihren gleiten ließ und seine Brust über ihre Brüste rieb.

Pennys Augenlider flatterten.

„Ja, du magst es auch langsam, stimmt's?

„Ja."

„Gibt es irgendetwas, das du nicht magst?"

Ihre Augen öffneten sich und starrten ihn eindringlich an. „Ich mag es nicht, wenn du aufhörst."

„Dann werde ich nicht aufhören", versprach er und nahm ihre Lippen für einen langen, zärtlichen Kuss gefangen. „Ich werde nie aufhören!"

Weil sie jetzt ihm gehörte. Für alle Ewigkeit.

34

Zeus genoss gerade einen edlen frischen Weißwein und griechische Oliven, als Hera in den Raum rauschte. Langsam aber sicher war er es leid, dass sie kam und ging, wie es ihr passte.

„Zeus, Liebling, ich bin zwar von den guten Neuigkeiten begeistert, aber ein bisschen verstimmt darüber, dass wir nicht eingeladen waren."

„Eingeladen?"

„Ja, ich glaube, Hermes wollte dich nicht dabeihaben, weil er wusste, dass du noch wütend auf ihn bist."

„Wütend? Warum sollte ich das auch nicht sein? Der Junge muss erwachsen werden. Ich habe genug von seinen Spielchen." Er spießte eine weitere Olive auf und steckte sie in den Mund.

„Hochzeiten liebe ich aber trotzdem, und es passiert ja nicht alle Tage, dass einer deiner Abkömmlinge heiratet und sich zum Kummer aller Nymphen selbst vom Markt nimmt."

Zeus erstickte fast an der Olive, als er aus seinem Stuhl hochsprang. „Was?"

„Wirklich, Zeus? Warum bist du nie auf dem Laufenden?" Sie schnippte mit den Fingern und sogleich tauchte ein iPad in ihrer Hand auf. Sie strich mit dem Finger darüber, ging zu einer App und reichte Zeus das Gerät.

Ein Video lief auf dem Bildschirm. In farbiger Pracht stand Hermes in Hades' Wohnzimmer, die Diebin Penny neben ihm, während Hades die Hochzeitszeremonie durchführte. Zeus blinzelte, aber nein, er träumte nicht. Sein unnützer Sohn kettete sich an die Frau, die seine Sandalen gestohlen hatte!

„Bei den Göttern!", donnerte er und warf das Tablet quer durch den Raum, wo es gegen die Wand schlug. „Ich kann nicht glauben, dass er diese Teufelin geheiratet hat! Dieser hinterhältige Hundesohn! Er macht das nur, um mich reinzulegen! Er weiß, dass ich ihr jetzt nichts mehr antun kann!"

Hera blickte ihn mit einem triumphierenden Lächeln an. „Ich finde, sie sieht absolut umwerfend aus."

„Wen interessiert schon, wie sie aussieht? Die Frau hat nichts als Chaos in zwei Welten angerichtet. Wenn Hermes nicht eingegriffen hätte, wäre sie jetzt tot, zerquetscht unter einem Ast von Sophias Baum. Nun, Sophia, die Frau ist ein Herzstück. Sie würde sich nie so verhalten."

„Sie ist ja auch die Frau deines Neffen! Nicht, dass dich das je davon abgehalten hätte, herumzuhuren."

„Also, Hera, jetzt werd‘ nicht noch kleinlich“, sagte er überaus genervt. Er hasste es, wenn sie immer dieselbe Leier drauf hatte.

„Wer wird hier kleinlich? Na, zumindest weiß ich, dass du nicht vorhast, Penny ins Bett zu bekommen.“

„Sie ins Bett zu bekommen? Ich würde sie lieber enthaupten. Oder sie an den nächsten Baum nageln, damit die Geier das nächste Jahrhundert lang an ihr herumpicken können.“

„Aber das kannst du leider nicht.“ Hera kicherte. „Sie ist jetzt deine Schwiegertochter und gehört zur Familie. Und sie wird deine Enkelkinder gebären. Es könnte sogar schon eines in ihr heranwachsen.“

„Halt den Mund!“

„Der Punkt ist, mein Liebster, du kannst sie nicht anrühren.“

„Und diese Tatsache genießt du viel zu sehr, mein Mäuschen.“

„Das glaube ich auch“, gab sie zu. „Wieder ist einer deiner untreuen Nachkommen vom Markt.“

„Du kostest deine Grenzen aus“, murmelte er.

„Oh, das ist nicht alles, was ich auskoste, mein Liebster.“

„Warum kommst du nicht hierher und machst mit deinem frechen Mund etwas anderes als mich zu nerven.“

„Und wenn ich das tue, was wirst du dann für mich tun?“, fragte sie mit einem hinterhältigen Glitzern in ihren Augen.

„Willst du andeuten, dass ich dich nicht befriedige?“

„Niemals“, sagte sie und lächelte, dann fiel sie vor ihm auf die Knie. Als sie anfing, an ihm zu arbeiten und seine Nerven zu beruhigen, entwickelte sich eine Idee in seinem Kopf. Er schob Hera von sich und stand auf.

„Hey!“, protestierte sie, lächelte dann jedoch, als er sie zur Chaiselongue führte.

„Ich kann dieser Hure ihre Blasphemie vielleicht immer noch heimzahlen.“

„Sind wir noch immer bei diesem unerquicklichen Thema? Ich dachte, wir wären zu vergnüglicheren Beschäftigungen übergegangen.“

„Sind wir auch.“ Er drückte sie auf die Chaiselongue hinunter, schob ihr Kleid über ihre Hüften hoch und trieb seinen Schwanz in sie.

„Oh mein Gott, ich liebe es, wenn du wütend bist. Da bist du so viel härter und größer“, lobte sie ihn, während ihre Augenlider flatterten.

Er stieß in sie hinein, und sein Plan nahm mit jedem Stoß mehr Gestalt an. „Ich kann Penny vielleicht nicht direkt angreifen, aber ich weiß genau, wie ich es diesem Miststück heimzahlen kann.“

„Was?“ Hera warf stöhnend ihren Kopf zurück, während sie ihm mit ihren Hüften entgegenkam und ihre Fersen in seinen Hintern grub.

„Sie hat Familie, nicht wahr?“

„Oh, Zeus!“, rief sie beim nächsten Stoß aus. „Du bist schrecklich!“

Er grinste. „Ja. Ich weiß.“

35

Penny hüllte sich in den Morgenrock, den sie gefunden hatte, nachdem sie aufgewacht war, als sie eine Tür hinter sich aufgehen hörte. Sie drehte sich um und sah Hermes mit lediglich einem Badetuch um seinen Unterleib gewickelt aus dem Badezimmer kommen. Ihr Schoß verkrampfte sich sofort, da das Verlangen ihren Magen zu einem festen Knoten verschnürte. Wenn sie sich ihm doch nur an den Hals werfen und ihm gestehen könnte, dass sie ihn liebte! Aber sie konnte das nicht tun. Er hatte sie nicht aus Liebe geheiratet, sondern nur, um sie vor Zeus‘ Zorn zu beschützen. Bald würde er sich von ihr trennen. Vielleicht sogar schon heute.

„Hey, Baby. Ich wollte dich nicht aufwecken.“

Als er das Badetuch fallen ließ, sah sie weg, weil sie nicht dabei ertappt werden wollte, wie sie seinen schönen Körper, mit dem er ihr nur Stunden zuvor so viel Vergnügen bereitet hatte, anstarrte.

„Du hast mich nicht geweckt. Es ist sowieso Zeit, mich fertigzumachen, glaube ich.“

„Dich fertigzumachen?“

„Ja, um nach Hause zu gehen, richtig?“

Hermes zog seine Hose hoch und schloss den Reißverschluss. „Du kannst jetzt noch nicht zurück. Du bist noch nicht außer Gefahr. Wenn Zeus dich jetzt findet, bevor er weiß, dass wir verheiratet sind, wird er dir wehtun. Ich kann das nicht riskieren. Wir müssen uns erst sicher sein, dass Zeus von der Nachricht in Kenntnis gesetzt wurde. Ich werde später mit ihm reden, aber erst muss ich hinunter zur Fähre.“

„Dann brechen wir heute Abend auf?“

Er schüttelte den Kopf. „Wenn ich Zeus die Nachricht überbracht habe, wird er ein paar Tage brauchen, um sich zu beruhigen. In der Zwischenzeit sitzt du leider hier unten mit mir fest.“

„Oh.“ Sie konnte nicht anders, als das aufgeregte Flattern in ihrem Bauch zu bemerken. Es würde noch mehr Nächte wie die vorherige geben, mehr Sex und mehr Zeit mit Hermes.

„Ich hoffe, das macht dir nichts aus“, meinte er leise und kam näher, während er sein Hemd zuknöpfte.

„Oh, ja, das ist in Ordnung.“

„Außerdem habe ich Hades versprochen, mit dem Fährdienst zu helfen, bis eine dauerhaftere Lösung gefunden werden kann.“ Er blickte hoch und lächelte sie an. „Es tut mir leid, dass ich dich den ganzen Tag alleine lasse, aber ich verspreche, dass ich heute Abend zurück bin.“

„Weißt du, es hat mich immer gewundert, warum ihr keine Brücke über den Styx gebaut habt. Dann würdet ihr keine Fähre mehr brauchen.“

Hermes starrte sie erstaunt an. „Eine Brücke! Bei den Göttern! Das ist es!“ Er zog sie in seine Arme. „Meine Frau ist ein Genie.“

„Und ihr habt ja genug Arbeiter, die ihr damit beschäftigen könnt.“

Er grinste. „Ich glaube, du hast das Problem ganz alleine gelöst.“ Der bewundernde und gleichzeitig gierige Blick, den er ihr zuwarf, ließ Hitze durch ihr Innerstes schießen, die alles auf ihrem Wege verflüssigte. „Und heute Abend werde ich dir dafür angemessen danken.“ Und dabei warf er einen bedeutungsvollen Blick auf das Bett mit den durchwühlten Laken.

Bevor sie antworten konnte, war sein Mund auf ihrem und verbrannte sie mit einem lodernden Kuss. Ein paar Sekunden später war er weg und ließ sie mit einem pochenden Schmerz zwischen ihren Oberschenkeln zurück, den nur er lindern konnte.

Sie seufzte. Wie sollte sie nur je ohne ihn leben können? Mit jeder Stunde, die sie mit ihm verbrachte, wurde sie abhängiger von ihm, seiner Berührung und seinen Lippen.

Ein Klingeln durchdrang die Stille des Raumes, und es dauerte einige Sekunden, bis ihr bewusst wurde, dass es ihr Handy war und dass der Klingelton zu ihrer Großmutter gehörte. Penny fand ihre Tasche auf der Kommode und zog ihr Telefon heraus.

„Oma?“

„Oh, Penny, Gott sei Dank gehst du ran!“

Die Panik in der Stimme ihrer Großmutter brachte ihr Herz einen Moment lang zum Stillstand. „Was ist los?“

„Dein Vater! Er ist verletzt. Er ist im Krankenhaus. Ich muss gleich zu ihm. Ich kann ihn nicht verlieren, Penny. Ich habe ihn doch erst wieder zurückbekommen.“

Pennys Magen verkrampfte sich. „Verletzt? Wie?“

„Er ist von einem Bus angefahren worden. Einem Bus!“ Ihre Oma fing an zu weinen. „Die Ärzte wollten mir nicht viel sagen, nur, dass ich mich beeilen soll. Ich habe solche Angst, Penny. Rose fährt mich zum Krankenhaus. Bitte, du musst kommen!“

„Welches Krankenhaus?“

„Memorial.“

„Ich treffe dich dort.“

„Beeil dich, Penny, beeil dich!“ Dann war die Leitung tot.

Benommen zog sie sich an und eilte zur Tür. Sie musste zurück in die Welt der Sterblichen, komme, was wolle. Hermes musste sie wieder nach Charleston bringen.

Im Gang erstarrte sie. Hermes‘ Warnung erklang in ihren Ohren: *Zeus wird dir wehtun.*

Ihr Mund öffnete sich für einen stummen Schrei der Verzweiflung. Hermes würde ihr nie erlauben, in die Welt der Sterblichen zu gehen, weil er wusste, dass Zeus ihr immer noch etwas antun könnte, falls er noch nicht wusste, dass sie verheiratet waren. Und selbst dann, hatte Hermes behauptet, würde sein Vater ein paar Tage länger brauchen, um sich zu beruhigen. Nein, Hermes würde ihr nicht erlauben, ans Krankenbett ihres Vaters zu eilen. Sie musste auf anderem Weg die Unterwelt verlassen.

Als sie den langen Korridor entlang rannte, wusste sie, dass es nur eine Person gab, die ihr jetzt helfen konnte. Sie fand Hades im Speisezimmer vor, wo er an dem langen Esstisch saß, der mit Delikatessen aus aller Welt beladen war. Er blickte auf, als sie eintrat.

„Ach, Penny, ich habe nicht erwartet, dass du so früh aufstehst. Dem Grinsen meines Neffen zufolge, als er vor ein paar Minuten ging, muss er dich gestern Nacht ausgelaugt haben.“

Penny fühlte, wie Hitze in ihre Wangen schoss, doch sie ließ sich dadurch nicht von ihrem Vorhaben abbringen. „Ich muss von hier weg. Jetzt. Sofort. Ich muss zurück nach Charleston.“

Hades zog eine Augenbraue hoch, als er seine Gabel beiseite legte. „Ich wusste nicht, dass Hermes so mies im Bett ist, dass du sofort verschwinden willst, wenn er dir den Rücken zudreht.“

„Er ist nicht mies im Bett!“, protestierte Penny, bevor sie sich davon abhalten konnte.

Der Gott der Unterwelt grinste. „Ach! Gut, das könnte ich auch gar nicht glauben. Dann erklär mir mal bitte, warum du von hier weg willst, wenn wir noch nicht einmal wissen, ob Zeus die Nachricht schon bekommen hat.“

„Nun, dann ruf ihn doch an! Hat er kein Handy?“

Hades stand auf. „Aber das wäre ja nicht der Sinn der Sache. Es wird viel mehr Spaß machen, wenn er selbst über die Wahrheit stolpert. Es gibt keinen Grund für mich, es ihm reinzuwürgen. Keine Sorge, er wird es früh genug herausfinden. Er beobachtet alles, was vor sich geht.“

„So lange kann ich nicht warten! Ich muss jetzt zurück. Bitte!“ Penny warf ihm einen flehenden Blick zu und rang mit den Händen. „Bitte, du bist der Einzige, der mir helfen kann. Hermes würde mich nicht gehen lassen. Nicht jetzt. Nicht während Zeus noch wütend ist. Aber mein Vater! Ich muss weg.“

„Was ist mit deinem Vater?“

„Er hatte einen Unfall. Ich muss zu ihm.“

„Ist das nicht derselbe Vater, der dir die Sandale gestohlen hat, und derselbe, der dir dein ganzes Leben lang Kummer bereitet hat?“ Hades näherte sich sichtlich neugierig.

Penny senkte ihren Blick zu Boden. „Ja. Aber er ist immer noch mein Vater. Ich kann ihn nicht einfach im Stich lassen. Und meine Großmutter zählt auf mich. Sie braucht mich jetzt mehr denn je.“

Hades‘ Hand an ihrem Kinn zwang sie, zu ihm aufzublicken. „Warum erzählst du das nicht Hermes und bittest ihn, dich zurückzubringen?“

Sie schüttelte den Kopf. „Er würde meine Sicherheit nicht riskieren wollen, zumindest nicht meines Vaters wegen.“ Sie konnte sich vorstellen, wie er reagieren würde, wenn sie ihn fragen würde. Er würde wütend auf sie sein, dass sie ihr Leben für den Mann riskieren wollte, der ihre Familie zerstört hatte und der der Grund gewesen war, warum ihre Mutter sie verlassen hatte. Er würde keinen einzigen Finger für ihren Vater rühren.

„Gut, gut. Ich vermute, das bedeutet, dass du nicht willst, dass Hermes weiß, dass du gegangen bist“, bohrte Hades nach.

Sie sah ihm in die Augen und versuchte, ihre Tränen zurückzuhalten. „Bitte hilf mir!“

„Wir können die Fähre über den Styx nicht benutzen, da uns sonst Hermes sehen würde. Aber es gibt einen Tunnel, den ich benutze – einen, den meine liebe Persephone leider entdeckt hat und der der Grund ist, warum sie sich hier unangekündigt hereinschleichen kann, wann immer es ihr beliebt. Aber gut, das ist ein anderes Thema.“

„Ich weiß nicht, wie ich dir danken soll.“

Er musterte sie von oben bis unten. „Tja, da du fragst. Es gibt etwas, das du für mich tun könntest.“

Penny stockte der Atem.

36

Penny stürmte durch die Doppeltüren des Haupteingangs in das Krankenhaus und eilte sogleich zum Informationsschalter. „Ich suche meinen Vater, Bart Galloway; er ist ein Patient."

Die Frau tippte etwas auf ihrer Tastatur ein und sah dann in den Monitor. „Ach ja, hier. Er ist auf der Intensivstation, Ma'am. Dritter Stock."

Ohne ein weiteres Wort eilte Penny zu den Aufzügen und wartete ungeduldig, bis einer ankam, um sie in den dritten Stock zu bringen. Sie hoffte, dass sie nicht zu spät kam. Der Marsch durch den Tunnel in der Unterwelt hatte gut zwanzig Minuten gedauert und nachdem sie auf der anderen Seite des Styx herausgekommen waren, hatte Hades sie zum Parkplatz des Krankenhauses teleportiert, bevor er ihr seine Handynummer gegeben hatte und wieder verschwunden war. Er hatte sie gebeten, ihn anzurufen, sobald sie bereit war, zurückzukommen.

Penny stieg aus dem Aufzug aus und folgte den Schildern zur Intensivstation. Als sie sich zum Schwesternzimmer vor den Sicherheitstüren der Intensivstation wandte, war sie überrascht, ihre Chefin Michelle dort stehen zu sehen.

„Michelle?"

„Oh, Penny! Du bist da. Es ist so schrecklich."

„Was machst du hier?"

„Dasselbe wie du. Ich warte auf Neuigkeiten bezüglich Kenton."

„Kenton? Was ist mit Kenton?"

„Was meinst du mit *was ist mit ihm*? Er war heute Morgen auf dem Weg zur Arbeit in einen schrecklichen Unfall verwickelt. Bist du nicht auch deshalb hier?"

„Nein. Ich bin wegen meines Vaters hier. Er wurde heute Morgen von einem Bus angefahren."

„Genau wie Kenton! Das ist ja ein schrecklicher Zufall."

Bei ihren Worten spürte Penny, wie ein kalter Schauer in ihre Knochen drang.

„Tut mir leid, das von deinem Vater zu hören."

„Danke, Michelle. Ich muss jetzt zu ihm."

Penny drehte sich um und meldete sich bei der Krankenschwester an, während sie versuchte zu verarbeiten, was sie gerade gehört hatte. Ihr Vater und Kenton waren beide von einem Bus angefahren worden? Das konnte doch kein Zufall sein.

„Wen wollen Sie sehen?“

„Bart Galloway.“

„Das dritte Bett auf der rechten Seite“, wies die Krankenschwester sie an und zeigte auf die Doppeltüren. Ein Summton erklang, und die Türen öffneten sich automatisch.

Penny fand ihre Großmutter am Bett ihres Sohnes sitzend vor. Rose stand hinter ihrem Rollstuhl, den sie so nahe wie möglich herangeschoben hatte.

„Oma!“

Ihre Großmutter drehte ihr den Kopf zu. Tränen schimmerten in ihren Augen. Mit zwei Schritten war Penny an ihrer Seite und umarmte sie fest.

„Wie geht es ihm?“, fragte Penny.

„Oh, Penny!“, jammerte ihre Großmutter.

Penny streichelte ihr übers Haar und sah dann zu Rose auf.

„Dein Vater ist in einem kritischen Zustand“, antwortete Rose, wobei ihre Augen eine Bestätigung dessen waren, wie schlimm es ihrer Ansicht nach um ihn stand. „Sie mussten ihn ins künstliche Koma versetzen. Man kann noch nicht sagen, wie es ausgehen wird.“

Penny nickte verstört. Ein künstliches Koma – sie wusste, dass die Ärzte das nur in Extremfällen taten, um den Patienten besonders bei Gehirnverletzungen zu stabilisieren. „Wir werden warten.“ Sie nahm die Hand ihrer Großmutter und drückte sie. „Er wird durchkommen.“ Aber sie wusste, dass ihre Worte eine Lüge waren. Sie wusste, dass das wegen ihr geschehen war. Es war ihre Schuld. Ihr Vater bezahlte für ihre Sünden.

Penny zog einen Stuhl heran und setzte sich zu ihrer Großmutter ans Bett ihres Vaters. Sie musterte ihn, wie er durch einen Schlauch beatmet wurde, während sein halber Kopf einbandagiert war. Er sah so schwach aus. So verletzlich. Tränen füllten ihre Augen.

„Er wird wieder gesund“, sagte ihre Großmutter. „Er muss einfach gesund werden.“

Penny nickte benommen. Da sie wusste, dass Kenton das Gleiche zugestoßen war, war sie sich sicher, dass das kein Unfall gewesen war. Da Zeus nicht Hand an sie legen konnte, tat er den Menschen weh, die ihr nahestanden. Menschen, die nicht in diese Sache verwickelt worden wären, hätte sie die Sandalen nicht genommen. Es war alles ihre Schuld.

Sie musste einen Weg finden, das wieder gutzumachen.

„Oma, kann ich dich einen Moment lang alleine lassen? Ich möchte nur schnell auf die Toilette.“

„Sicher, mein Schatz. Geh nur.“

„Danke.“ Sie lehnte sich zu ihrer Großmutter und küsste sie auf die Wange, dann eilte sie aus dem Zimmer, aus der Intensivstation und aus dem Krankenhaus. Sie ging um eine Ecke, wo sie einen abgeschotteten Bereich fand, der verlassen schien, und atmete tief ein.

„Zeus! Hörst du mich, Zeus?“, rief sie. „Ich möchte mit dir sprechen.“

Obwohl sie es halb gehofft, halb erwartet hatte, war sie trotzdem überrascht, als er erschien.

„Hallo, Penny!“, grüßte Zeus, der perfekt gekleidet in einem Seidenanzug und italienischen Lederschuhen vor ihr stand.

„Bitte verschone meinen Vater!“, sagte sie ohne Umschweife.

„Du hast also meine Nachricht bekommen?“

„Sie war nicht zu übersehen!“

Er lächelte. „Manchmal ist es nötig, einen Vorschlaghammer zu benutzen, um etwas unmissverständlich klarzumachen.“

Sie nickte. „Verschone ihn und Kenton! Bitte! Sie verdienen das nicht.“

„Jemand muss für das bezahlen, was du getan hast. Du hast den Olymp lahmgelegt und Hermes zum Gespött gemacht. Das verlangt nach Vergeltung.“

„Ich weiß, aber *ich* habe das getan. Nicht mein Vater oder Kenton.“

„Das ist wahr. Aber sie haben beide eine Rolle darin gespielt, oder etwa nicht? Sollten sie also nicht einen Teil der Schuld tragen?“

„Ja. Nein. Keiner von ihnen hätte überhaupt von den Sandalen gewusst, wenn ich sie nicht erst genommen hätte.“

„Das ist auch wahr, aber die Tatsache bleibt, dass ich dich nicht anrühren kann, Penny. Stimmt‘s? Du und Hermes, ihr habt mit der Übertragung eurer kleinen Hochzeit dafür gesorgt.“

„Also hast du sie gesehen.“

„YouTube? Wirklich? Ihr musstet es für alle sichtbar auf YouTube hochladen? Nicht nobel, wirklich, nicht nobel!“, knurrte er. Dann machte er eine wegwerfende Handbewegung. „Aber abgesehen davon, wo ist mein lieber Sohn jetzt? In deiner größten Not offensichtlich nicht an deiner Seite. Wenn er ein echter Ehemann wäre, würde er dich jetzt beschützen. Aber das tut er nicht. Also weiß ich, dass die ganze Sache fingiert ist.“

„Hermes weiß nicht einmal, was meinem Vater zugestoßen ist. Er ist damit beschäftigt, Hades zu helfen.“

„Du meinst, er macht seine Arbeit?“

„Ja“, gab sie zu. Zeus hatte recht. Es war alles ein Schwindel. Hermes war nicht wirklich ihr Ehemann, trotz der Hochzeitsnacht, die sie zusammen genossen hatten. Er hatte doch selbst gesagt, dass sie in ihr altes Leben zurückgehen würden, sobald Zeus sich beruhigt hatte.

„Ich mache dir einen Vorschlag, Penny. Du gehörst jetzt zur Familie, deshalb kann ich dich nicht anrühren, aber du hast die Macht, das zu ändern. Deshalb stelle ich dich vor die Wahl.“

„Welche Wahl?“, fragte sie, neugierig und zugleich ängstlich.

„Du hast die Wahl, deinen Vater und Kenton leben oder sterben zu lassen. Ihr Schicksal liegt in deinen Händen.“

„Wie?“

„Nimm ihren Platz ein!“

Ihr Herz blieb stehen, denn sie wusste instinktiv, was er von ihr wollte. Seine nächsten Worte bestätigten ihren Verdacht.

„Lass dich von Hermes scheiden und ich lasse sie leben. Du wirst an ihrer Stelle sterben.“

37

Wir müssen reden, hieß es in der SMS. *Triff mich bei Triton und Sophia.*

Hermes stürmte aus dem Schlafzimmer, das er und Penny sich die Nacht zuvor geteilt hatten, und raste in Hades' Büro.

„Wie zum Teufel ist sie von hier verschwunden?" Er funkelte seinen Onkel verärgert an, während er sich gleichzeitig um Penny sorgte.

„Ach, naja, es gab einen Notfall."

„Notfall?!", fluchte Hermes und zeigte mit seinem Finger auf den Gott der Unterwelt. „Wenn ihr etwas zustößt, werde ich dich mit meinen bloßen Händen in Stücke reißen!"

Zu seiner Überraschung glitzerten die Augen seines Onkels bei dieser Drohung verschmitzt. „Es scheint so, als ob mein lieber Neffe seine sterbliche Frau wirklich liebt."

„Natürlich liebe ich sie! Warum zum Teufel glaubst du, habe ich sie sonst geheiratet?", knurrte er und rannte aus dem Zimmer und aus dem Palast.

Warum sollte er sie auch nicht lieben? Penny sorgte sich um andere mehr als um sich selbst. Wann immer er in ihrer Nähe war, war er glücklich. Und wenn er von ihr getrennt war, sehnte er sich nach ihr. Sie holte das Beste aus ihm heraus.

So schnell ihn seine geflügelten Sandalen tragen konnten, überquerte er den Styx und eilte Richtung Ausgang, durch den er unverzüglich die Unterwelt verließ. Auf der anderen Seite teleportierte er und landete Sekunden später im ersten Stock von Tritons und Sophias Pension.

„Penny? Penny, wo bist du?", rief er aus. Er konnte nur hoffen, dass Zeus die Nachricht von ihrer Hochzeit schon bekommen hatte und sich genug beruhigt hatte, um Penny nicht zu verletzen, sobald ihm klar wurde, dass sie wieder in der Welt der Sterblichen war.

„Penny?", rief er nochmals aus. Er wollte sich nicht einmal vorstellen, was der Frau, die er liebte, zugestoßen sein könnte. Ja, liebte! Er hatte keinen Zweifel daran. Sein Herz gehörte ihr. Ohne sie war er verloren. Er brauchte sie so sehr wie seinen nächsten Atemzug. Er fuhr sich mit der Hand durch sein Haar und seufzte. Er durfte sie nicht verlieren!

„Hermes."

Hermes drehte sich um und sah Penny ein paar Meter von ihm entfernt stehen. Er musterte sie von oben bis unten, um sicherzugehen, dass sie unverletzt war, während seine Füße ihn schon mit ausgestreckten Armen zu ihr trugen. „Penny!"

Sie wich einen Schritt zurück, um ihm aus dem Weg zu gehen.

Sofort stieg Misstrauen in ihm hoch. Er zog die Augenbrauen zusammen. „Was ist los?"

Sie senkte ihre Augenlider halb und zögerte.

„Du hast die Unterwelt verlassen. Warum? Was ist passiert? Was ist los?"

„Ich glaube, wir haben einen Fehler gemacht", sagte sie mit kaum hörbarer Stimme.

Sein Puls fing an zu rasen. „Einen Fehler?"

„Ja", machte sie schnell weiter. „Wir hätten nicht heiraten sollen, Hermes. Keiner von uns wollte das. Und ich hasse den Gedanken, dich und mich selbst angekettet zu haben. Ich glaube, wir sollten uns scheiden lassen."

Hermes' Herz kam zum Stillstand. Sie fühlte sich angekettet? Weil sie mit ihm verheiratet war? „Du willst eine Scheidung?" Das letzte Wort schmeckte bitter auf seiner Zunge.

„Ja. Da wir die Ehe vollzogen haben, denke ich, können wir keine Annullierung beantragen, oder?"

„Nein, können wir nicht", sagte er sachlich.

Sie nickte. „Dann muss es eine Scheidung sein."

Seine Augen zogen sich zusammen. „Warum so plötzlich? Ich dachte letzte Nacht . . . Ich dachte, da war etwas zwischen uns." Wie hatte er das nicht kommen sehen? Vielleicht, weil sie in ihrer Hochzeitsnacht leidenschaftlicher und liebender als je zuvor gewesen war. Ja, das musste es sein. Sie war alles, was er sich von einer Ehefrau nur wünschen konnte. War das alles nur Heuchelei gewesen? Er schüttelte den Kopf. Nein, er konnte sich nicht erlauben, das zu glauben.

„Die letzte Nacht war . . . naja, wir hatten immer guten Sex. Das hast du doch selbst gesagt."

Die Worte trafen ihn wie ein Schlag in die Eingeweide. Also war es nur Sex für sie? Was war mit der Zuneigung, die er glaubte in ihren Augen gesehen zu haben, als sie ihn angestrahlt hatte? Er hatte ihr in ihrer Hochzeitsnacht sein Herz dargeboten. Vielleicht hatte er das nicht deutlich gesagt, aber sie musste es gefühlt haben.

„Sex, ja?", presste er aus seinem zusammengepressten Kiefer heraus.

„Wir haben aus den falschen Gründen geheiratet. Es ist ja nicht so, dass wir uns lieben. Es ist nicht so, dass wir den Rest unseres Lebens miteinander verbringen wollen."

Hermes blickte weg, weil er nicht wollte, dass sie die Enttäuschung in seinen Augen sah. Sie liebte ihn nicht! Sie wollte kein Leben mit ihm! „Also willst du deine Freiheit trotz allem, was das bedeutet." Mochte sie ihn so wenig, dass sie lieber Zeus' Zorn ausgesetzt sein wollte als mit ihm zu leben?

„Ich wäre immer noch deine Exfrau. Immer noch Familie, oder?"

Die Worte sprangen in seinem Kopf herum wie Querschläger. Immer noch Familie? Nein, sie würde nicht mehr zur Familie gehören. Zeus würde es nie dulden. Doch bevor er ihr das erklären konnte, kam Sophia die Treppe hochgerannt.

„Oh mein Gott, ich habe es gerade gehört“, sagte sie atemlos und eilte an ihm vorbei, um ihre Arme um Penny zu legen. „Es tut mir so leid, was deinem Vater zugestoßen ist. Wird er wieder gesund? Und dass dann noch ein zweiter Bus deinen Kollegen anfährt! Das ist einfach tragisch.“

Hermes nagelte Penny mit einem Blick fest. Ihre Augen weiteten sich, als sie sich aus Sophias Umarmung befreite.

„Die ganze Stadt redet davon, dass es so aussah, als ob der Bus ausgeschert wäre und deinen Vater absichtlich angefahren hätte“, fügte Sophia hinzu. „Es heißt, es gab es eine technische Fehlfunktion; die Steuerung hat anscheinend nicht funktioniert. Ich habe noch nicht alle Einzelheiten über den Unfall deines Kollegen gehört.“

Zwei Männer, die in den Diebstahl der Sandalen verwickelt waren, wurden am selben Tag von einem Bus angefahren? Das konnte doch kein beschissener Zufall sein!

„Penny!“, sagte Hermes mit scharfer Stimme, als er sie am Oberarm packte. „Sag mir die Wahrheit! Er hat dich besucht, nicht wahr?“

„Wer?“, quiekte sie.

„Zeus! Er hat dich bedroht.“

Penny kniff die Augen zu. Da wusste Hermes, dass er mit seiner Vermutung richtig lag.

„Du willst dich nicht von mir scheiden lassen, oder? Zeus zwingt dich dazu!“, erriet er.

„Es tut mir leid“, flüsterte sie.

Sophia keuchte. „Was?“

Hermes warf ihr einen Seitenblick zu. „Es scheint, dass mein lieber Vater sich wieder mal in mein Leben einmischt und versucht, meine Frau zu erpressen, damit sie mich verlässt. Und wenn sie das nicht tut, wird er ihren Vater und Kenton töten. Ist es nicht so, Penny?“

Sie nickte. Tränen stiegen ihr in die Augen. „Ja.“

„Was wird Zeus mit dir tun, sobald wir geschieden sind?“

Penny presste ihre Lippen zusammen.

„Sag es mir!“, donnerte er.

„Er wird mich töten.“

Hermes spürte Zorn wie einen von Zeus‘ Blitzen durch sich zucken. „Nur über meine verdammte Leiche!“

38

Im Gegensatz zur anerkannten Mythologie lag Poseidons Welt nicht auf dem Grund des Ozeans. Stattdessen wohnte der Gott des Meeres auf einer Insel in der Ägäis, einer Insel, die für die Sterblichen unsichtbar war und von keinem Radar erfasst werden konnte. Sie sah wie jede andere griechische Insel aus; jedoch stand der Palast darauf der Akropolis in der Größe nicht nach. Um ihn herum ließen üppige Gärten, gespickt mit Frischwasserteichen und Bächen, den Ort mehr wie ein tropisches Paradies aussehen als wie die ausgedörrte Landschaft, die auf den anderen griechischen Inseln vorherrschte.

Als Hermes auf einem Pfad aus zermahlenen Muscheln durch das Tor schritt, machte er sich auf die bevorstehende Konfrontation bereit. Da er wusste, dass es auf jeden Fall zu so einer Gegenüberstellung kommen würde, hatte er vorgeschlagen, das Treffen auf neutralem Boden durchzuführen, und Poseidon hatte eingewilligt, diesen zur Verfügung zu stellen.

Das Portal zu Poseidons Palast ging automatisch auf, und Hermes ging hindurch, um den Innenhof zu betreten. In dessen Mitte war ein übergroßer Whirlpool in den Boden eingelassen, der von bequemen Polstersesseln umgeben war. Kleine Tische voller Essen und Getränke und eine Ablage mit gestapelten Badetüchern vervollständigte den Spa-artigen Ort.

Gemütlich im Whirlpool sitzend winkte Poseidon ihm zu, wobei er mit seiner Schwanzflosse Wasser in Hermes‘ Richtung spritzte.

„Ich hoffe, du hast nichts dagegen, dass ich nicht aufstehe, aber es war Zeit für mein Bad, als du anriefst.“

Hermes kam nickend näher. „Lass dich von mir unter keinen Umständen in deiner täglichen Routine stören.“ Er blickte sich um. „Wo sind Zeus und Hades?“

„Auf dem Weg“, versicherte ihm Poseidon. „Jetzt erzähl‘ mal, wie geht es meinem Sohn?“

„Bestens, wie immer. Sophia tut ihm gut.“

Sein Onkel lächelte. „Ich wusste es immer. Er ist ein guter Junge.“ Dann zogen sich seine Augen zusammen, und er neigte seinen Kopf zur Seite, um Hermes zu mustern. „Aber es sieht so aus, als hättest du dir Ärger eingebrockt. Alles wegen einer Frau. Ich hoffe, sie ist es wert.“

Ohne zu zögern, antwortete Hermes: „Das ist sie.“ Ja, seine Penny war all den Ärger wert!

„Bist du dir da sicher?“, fragte eine Stimme von hinten.

Hermes drehte sich um und erblickte Zeus. Hades kam ein paar Schritte hinter ihm in den Innenhof.

„Ich hoffe, du hast einen guten Grund, mich hierher zu beordern, denn ich bin zurzeit nicht in bester Laune dank deiner sterblichen Hure!“

„Pass auf deine Wortwahl auf! Du sprichst von meiner Frau!“

Zeus grinste. „Oh, du meinst dieselbe Frau, die nur allzu schnell eingewilligt hat, sich von dir scheiden zu lassen, um ihren Vater und ihren Kollegen zu retten, obwohl sie keinen von beiden leiden kann?“

Hermes stemmte seine Fäuste in die Hüften. „Weil du sie bedroht hast! Was sollte sie sonst sagen?“

„Sie hat aber besonders schnell eingewilligt. Du kannst ihr nicht viel bedeuten, wenn sie bereit ist, dich kampflos aufzugeben.“

Zeus‘ Worte nagten an ihm, aber er würde seinem Vater nicht erlauben, Zweifel über Pennys Gefühle in ihm zu säen. Was er in ihrer Hochzeitsnacht in ihren Augen gesehen hatte, war echte Zuneigung gewesen. Sie empfand etwas für ihn, da war er sich sicher. Selbst wenn es noch nicht Liebe war, so hätte er doch eine Chance, dass sie sich in ihn verlieben würde. Aber dafür musste er mit ihr verheiratet bleiben.

„Lass das auf sich beruhen! Ich bin nicht gekommen, um über meine Ehe zu reden. Ich bin hier, um einen Handel vorzuschlagen.“

„Es gibt nichts, was du mir anbieten könntest“, behauptete Zeus.

„Lass den Jungen ausreden, Zeus!“, unterbrach ihn Poseidon. „Es interessiert mich, was er zu sagen hat.“

„Gut. Fahre fort! Ich kann’s kaum erwarten, was du dir einfallen hast lassen“, meinte Zeus sarkastisch.

„Penny wird mit mir verheiratet bleiben. Im Gegenzug werden ihr Vater und Kenton das Management des Fährdienstes über den Styx übernehmen. Das wird all unsere Probleme mit den streikenden Arbeitern lösen und die Unmenge an Seelen, die sich aufgestaut hat, wieder zum Fließen bringen. In der Zwischenzeit werden die beiden den Bau einer Brücke über den Styx beaufsichtigen.“

„Eine Brücke?“, fragte Zeus und zog eine Augenbraue hoch. „Das ist die erste brillante Idee, die du seit einem Jahrtausend hattest.“

„Das war nicht meine Idee. Das war Pennys Idee“, gab Hermes stolz zu.

„Den Griechen wird das nicht gefallen“, warf Poseidon ein.

„Mir ist egal, ob es ihnen gefällt oder nicht. Dann hätten sie nicht streiken sollen!“, konterte Hermes und sah Zeus erwartungsvoll an.

„Obwohl die Brücke eine gute Idee ist, kann ich immer noch nicht erkennen, was dabei der Handel ist“, wandte Zeus ein. „Denn wenn ich die beiden Männer sterben lasse, falls Penny nicht einwilligt, sich von dir scheiden zu lassen, landen sie sowieso in Hades‘ Unterwelt.“

„Das ist wahr, aber du vergisst eine Sache: Wenn sie sterben, betreten sie die Unterwelt als tote Seelen, und du weißt ja, wie bereitwillig tote Seelen arbeiten, oder? Deshalb haben wir ja dieses Problem in der Unterwelt überhaupt. Tote Seelen sind faule Arbeiter und im Management noch weniger brauchbar."

Hades hob die Hand. „Das stimmt nicht ganz. Die beiden deutschen Wachmänner arbeiten extrem tüchtig, und sie sind beide tote Seelen."

Hermes verdrehte die Augen. „Weil sie Deutsche sind. Hast du schon einmal einen Deutschen gesehen, der nicht arbeitet? Sie tun alles, nur um ihre sechs Wochen Urlaub im Jahr zu bekommen! Selbst wenn sie den in der Unterwelt verbringen müssen."

„Also, wenn ich dem zustimme", unterbrach Zeus, „wie überredest du dann Bart und Kenton, einzuwilligen? Was ist, wenn sie sich weigern zu arbeiten, sobald sie hier unten sind?"

„Wir werden ihnen natürlich einige Anreize anbieten müssen: jährlichen Urlaub in der sterblichen Welt zum Beispiel."

Hades schnaubte. „Ich werde ihnen auf keinen Fall sechs Wochen geben!"

„Zwei Wochen werden reichen, da sie ja keine Deutschen sind. Amerikaner bekommen nur zwei Wochen."

„Naja", grübelte Zeus und rieb sich das Kinn. Er tauschte einen Blick mit Hades aus. „Wenn wir das tun, wirst du dann aufhören, mich zu nerven?"

Hades nickte. „Mir ist es recht."

Zeus bewegte langsam seinen Kopf auf und ab. „Gut. Aber ich habe auch eine Bedingung." Er straffte seine Schultern und sah zu Hermes.

Hermes' Herz blieb stehen. „Was für eine Bedingung? Wenn du denkst, ich gebe Penny auf, dann hast du dich geirrt!"

„Hitzkopf!", züchtigte Zeus ihn. „Warum erwartest du immer das Schlimmste von mir?"

Hermes presste die Lippen zusammen, da er Zeus nicht noch mehr verärgern wollte, jetzt da der Handel fast abgeschlossen war.

„Wenn du innerhalb eines Jahres kein Kind mit Penny zeugst, werde ich deine Ehe als Farce abstempeln und Rache an ihr nehmen. Ist das klar?", fragte Zeus.

Hermes stieß ein erleichtertes Seufzen aus und bemerkte, wie sich ein Grinsen auf seinen Lippen ausbreitete. „Ich werde Tag und Nacht daran arbeiten."

Zeus schmunzelte. „Das ist mir klar!" Als er einen verschwörerischen Blick mit seinen zwei Brüdern austauschte, stellten sich plötzlich Hermes' Nackenhaare auf. Er kannte diese Blicke. Er hatte sie oft genug gesehen.

„Du hast das alles geplant! Du hast das die ganze Zeit geplant, damit ich sesshaft werde und heirate!", äußerte Hermes seine Vermutung.

Hades stieß seinen Bruder leicht in die Seite. „Ich hab‘ dir doch gesagt, dass er es irgendwann herausfinden wird. Du hast Glück, dass er nicht der schnellste Denker ist!“

Endlich ergab alles einen Sinn. „Der Vertrag, den ich Hades überbracht habe. Darin stand alles, nicht wahr? Du hast mich die ganze Zeit manipuliert!“

Zeus grinste. „Ich musste dich nur ein bisschen anschubsen.“

„Und Penny? Hast du sie gezwungen, die Sandalen zu stehlen?“

Zeus schüttelte den Kopf. „Das musste ich nicht. Als sie erfuhr, dass sie ihren Job verlieren würde, wenn sie die Festanstellung nicht bekommt, und ihr klar wurde, dass sie dann ihre Großmutter entwurzeln müsste, musste ich nur dafür sorgen, dass Penny dir über den Weg lief.“

„Du, du . . . “

Zeus zuckte mit den Achseln. „Was willst du dagegen unternehmen? Wirst du sie jetzt verlassen, weil ich dir einen kleinen Schubs in die richtige Richtung gegeben habe? Oder bist du Manns genug, um der Sache treu zu bleiben und deine Frau zu lieben, damit du mir ein Enkelkind präsentieren kannst?“

Hermes blickte den Gott der Götter an und wusste genau, was seine Antwort war. Aber er wollte seinem manipulativen Vater nicht die Genugtuung geben, darauf zu antworten.

39

„Sie müssen *was* machen?“, fragte Penny nach Luft ringend. „Und wie unterscheidet sich das davon, dass sie sterben? Sie würden so oder so in der Unterwelt landen!“

Hermes war nur Minuten zuvor von dem Treffen mit Zeus zurückgekehrt und hatte ihr erklärt, was er mit seinem Vater ausgehandelt hatte, um ihre Sicherheit zu gewährleisten. Sie standen jetzt in Tritons und Sophias Wohnung, wo ihre Freunde sie alleingelassen hatten, damit sie unter vier Augen reden konnten.

„Es ist ein riesiger Unterschied! Sie wären nicht tot. Sie dürfen all ihre Angelegenheiten regeln, bevor sie in den Hades gehen, und jedes Jahr dürfen sie zwei Wochen lang Freunde und Verwandte besuchen. Das ist auch nicht anders, als wären sie Matrosen, die das ganze Jahr mit einem Schiff auf dem Meer unterwegs sind. Sie wären sogar wirklich Seeleute. Sie würden den Fährdienst übernehmen. Und du wärst für alle Zeit vor Zeus‘ Zorn sicher.“

„Dem werden sie nie zustimmen“, vermutete Penny. Und warum sollten sie auch? Sie hatten keine Ahnung, was auf dem Spiel stand. Keiner der beiden würde einen Finger für sie rühren.

„Doch, das werden sie. Und solange sie ihren Job anständig machen, werden sie alles haben, was sie brauchen. Kenton wird zu so viel griechischer Mythologie Zugang haben, wie sein Herz begehrt, und dein Vater wird der Boss sein, der niemandem Rede und Antwort stehen muss. Er wird nie wieder betteln oder stehlen müssen. Es ist die perfekte Lösung.“

„Und Zeus hat dem zugestimmt? Warum? Er hat doch nichts von dieser Abmachung! Er hätte sie so oder so getötet, also wären sie sowieso in der Unterwelt gelandet. Was springt denn für ihn dabei heraus?“ Irgendwie hatte sie das Gefühl, dass Hermes ihr nicht alle Details der getroffenen Abmachung mitteilte. „Was verheimlichst du mir?“

„Nichts“, behauptete er und wich ihrem Blick aus. „Es ist Zeit. Wir müssen ins Krankenhaus und deinem Vater und Kenton den Vorschlag unterbreiten.“

„Aber sie liegen beide noch im Koma“, informierte Penny ihn. „Ich habe erst vor ein paar Minuten angerufen.“

Hermes lächelte. „Keine Sorge, Zeus wird sich darum kümmern. Jetzt leg deine Arme um mich! Wir wollen keine Zeit verlieren.“

Sie tat, was er verlangte, und er teleportierte sie direkt in die Intensivstation, wo er hinter einem Vorhang landete, der ein Waschbecken von den Betten in dem großen Raum trennte. Das ständige Piepsen der Monitore, an die die Patienten angeschlossen waren, hallte von den Wänden wider.

„Und wenn uns hier jemand findet?“, flüsterte sie Hermes zu, als sie sich aus seiner Umarmung löste.

„Das werden sie nicht. Zeus hat sichergestellt, dass sich die Türen zur Intensivstation jetzt nicht öffnen lassen.“ Er zwinkerte. „Kleines technisches Problem.“

In Panik presste sie ihre Hand an ihre Brust. „Aber was ist, wenn einer der anderen Patienten dringend einen Arzt braucht?“

„Zeus wird dafür sorgen, dass das nicht passiert.“ Er nahm ihre Hand und trat mit ihr hinter dem Vorhang hervor.

Penny zeigte auf das Bett ihres Vaters. „Da ist er.“

„Und Kenton?“

„Zwei Betten weiter hinten.“

Hermes nickte, und einen Augenblick später schob er Ketons Krankenhausbett neben das ihres Vaters.

„Was machst du?“

Er nahm Kentons Unterarm mit einer Hand und den ihres Vaters mit der anderen. „Halt dich an mir fest! Ich werde uns alle zum Eingang des Hades teleportieren.“

Ohne zu protestieren, machte sie, was er befohlen hatte und spürte, wie sie noch einmal in dem dunkeln Nichts herumgewirbelt wurde. Sie wusste nicht, ob sie sich je daran gewöhnen würde. Glücklicherweise dauerte es nicht lange. Sekunden später waren sie wieder in dem ihr bekannten Heizraum. Hermes hatte nicht nur sie, sondern auch die zwei Krankenhausbetten dorthin teleportiert.

„Lass sie uns durchschieben!“

Es dauerte nur einen Moment, bis sie den Styx erreicht hatten, wo Hermes sich zu den beiden bewusstlosen Männern drehte und mit den Fingern schnippte. Auf dieses Zeichen hin öffneten beide ihre Augen und setzten sich auf.

„Was zum Teufel?“, fluchte ihr Vater.

„Was? Wie?“, stieß Kenton aus.

Beide blickten verwirrt drein, als sie sich umsahen und ihre Umgebung aufnahmen.

„Willkommen in Hades‘ Unterwelt, meine Herren“, begrüßte Hermes sie und zog damit ihre Aufmerksamkeit auf sich. Ihre Blicke schossen auf ihn zu. Dann schweiften die Augen ihres Vaters an ihm vorbei zu Penny.

„Penny?“

„Hallo, Dad.“ Trotz allem, was er getan hatte, spürte sie, wie ihr mehr Tränen in die Augen stiegen, denn sie war dankbar, eine Gelegenheit zu bekommen, noch einmal mit ihm zu sprechen.

„Lasst uns das hinter uns bringen. Wir haben nicht viel Zeit“, kündigte Hermes an. „Wir wissen, was ihr zwei getan habt. Aber es ist klar, dass ihr nicht wusstet, welches Chaos eure Handlungen auslösten. Ihr habt nicht nur eine x-beliebige geflügelte Sandale gestohlen. Ihr habt *meine* geflügelte Sandale gestohlen und dadurch den Göttern ihre Fähigkeit zu teleportieren geraubt.“

Kentons Körper wurde steif, und seine Augen weiteten sich. „Was?“

„Ich bin Hermes, der Götterbote.“

Ihr Vater fing an, den Kopf zu schütteln. „Unsinn! Das ist unmöglich! Sie erwarten doch nicht, dass ich glaube, dass Sie ein Gott sind und wir uns in der Unterwelt befinden?“ Er zeigte auf den Fluss und die Menschenmenge, die an dessen Ufer stand. „Sieht eher wie ein Filmset aus mit einem Haufen Statisten.“

„Halt‘ die Klappe!“, fiel ihm Kenton ins Wort, der dann wieder Hermes ansah. „Beweisen Sie es! Und denken Sie dran, dass Sie mich nicht reinlegen können. Ich weiß alles über griechische Götter.“

„Wie Sie wollen!“, stimmte Hermes zu und fing an zu schweben, dann stieg er höher, machte einen Looping und kam wieder herunter.

Kenton starrte ihn mit geweiteten Augen an. „Scheiße!“

„Jetzt wo wir das geklärt haben, lasst uns diskutieren, was mit euch beiden geschehen soll. Zeus will Rache. Und da ihr an dem Diebstahl beteiligt wart und die Einzigen seid, denen er etwas anhaben kann, weil Penny meine Frau ist und deshalb – ”

„Ihre Frau?“, unterbrach Pennys Vater. Fassungslos starrte er sie an. „Du bist mit diesem Kerl verheiratet? Seit wann? Wie ist das passiert? Wieso muss ich das so herausfinden?“

„Dad, es ist nicht so, wie es aussieht. Wir mussten heiraten.“

Ihrem Vater fiel die Kinnlade herunter. „Bist du von dem Typen schwanger?“

„Nein, natürlich nicht! Warum denkst du das?“ Ihre Brust hob sich, und ihr Herz schlug wie wahnsinnig. „Wir mussten heiraten, damit Zeus mich nicht töten kann.“

Hermes‘ Hand an ihrem Unterarm unterbrach sie. „Das ist jetzt egal. Wichtig ist jetzt, dass ihr das Folgende versteht: Ihr liegt beide im Koma. Und Zeus wird euch töten, wenn ihr dem Handel nicht zustimmt, den ich mit ihm abgeschlossen habe, damit er eure Leben verschont.“

„Ich liege nicht im Koma!“, protestierte Kenton und fuchtelte wild mit seinen Armen herum. „Wie Sie sehen können, kann ich mich bewegen und sprechen.“

„Ja, momentan schon. Aber sobald ich euch wieder ins Krankenhaus bringe, seid ihr wieder im Koma. Was danach passiert, ist eure Entscheidung. Jetzt folgt mir!“

Neugierig stiegen beide Männer, nur mit Krankenhauskitteln bekleidet, die hinten offen waren, aus ihren Betten. Penny wandte ihre Augen ab. Das war kein Anblick, an den sie auf ewig erinnert werden wollte.

Hermes führte sie an der langen Reihe von Leuten vorbei, die entlang des Flussufers warteten, und in Richtung der Fähre, die einem alten Sklavenschiff mit glücklosen Seelen an den Rudern glich.

„Warum sind all die Menschen hier?“, fragte Pennys Vater und zeigte auf die wartenden Seelen.

„Das sind tote Seelen, die auf ihren Einlass in Hades‘ Unterwelt warten“, erklärte Penny.

Als sie an der Warteschlange vorbei waren und auf die Rampe gingen, die zur Fähre führte, drehte sich Hermes zu den Leuten um und entfernte das lange Tau, das sie vom Einsteigen abhielt. „Bitte einsteigen! Einer nach dem anderen. Auf dem Schiff sind keine Getränke und kein Essen erlaubt. Nur 150 Seelen pro Fahrt.“

Ein Jubeln ging durch die Menge, und die ersten Seelen kamen an Bord.

„Ich verstehe das nicht. Was machen wir hier?“, fragte Kenton, während seine Augen das Geschehen verfolgten.

„Das ist eure Zukunft, wenn ihr bereit seid, sie zu akzeptieren“, antwortete Hermes.

„Was meinen Sie damit?“, fragte Kenton.

„Die Unterwelt braucht zwei Männer, die die Fähre Tag und Nacht betreiben. Regeln und Zeitpläne müssen eingehalten werden. Die Betreiber, die wir zuvor hatten, arbeiteten nicht gut. Zeus stimmte zu, dass er eure Leben verschonen wird, wenn ihr den Job akzeptiert.“

Pennys Vater sah Hermes verwundert an. „Sie wollen mich wohl verarschen!“

„Wir?“, fragte Kenton und deutete zwischen sich und seinem Komplizen hin und her. „Sind Sie verrückt? Wir haben ein Leben! Wir können nicht einfach in die Unterwelt verschwinden, um dieses verdammte Boot zu betreiben.“

Hermes besänftigte ihn mit einer schnellen Handbewegung. „Das ist noch nicht alles: Ihr werdet großzügig bezahlt, und ihr bekommt zwei Wochen Urlaub, die ihr in der Welt der Sterblichen verbringen dürft.“

„Aber – ”

Kentons Protest wurde von Pennys Vater abgewürgt, dessen Augen jetzt mit Interesse funkelten. „Halt‘ die Klappe! Und meine Mutter? Was soll ich ihr sagen?“

„Sagen Sie ihr, dass Sie einen fabelhaften Job im Ausland bekommen haben und dass Sie sie einmal im Jahr besuchen werden“, antwortete Hermes. „Und es gibt noch mehr! Ihr werdet ewig leben. Ihr werdet nicht altern. Und zusätzlich hat Hades noch etwas angeboten: Sie, Kenton, werden Hades‘

persönlicher Historiker werden. Sehen Sie den Palast auf dem Hügel? Das ist Hades‘ Palast. Er ist voll mit antiken Waffen, Artefakten, Schriftrollen, mit allem, was sich ein Professor für griechische Geschichte nur wünschen könnte. Hades erlaubt Ihnen uneingeschränkten Zugang dazu.“

Kentons Mund klaffte auf, als sein Blick auf das Schloss fiel. „Uneingeschränkter Zugang zu allen Artefakten?“

Penny lächelte Hermes an. Sie war sicher, dass er diesen Deal mit Hades ausgehandelt hatte, um Kenton die Entscheidung leichter zu machen.

„Uneingeschränkter Zugang“, bestätigte Hermes nochmals. „Und Sie, Bart, Sie werden das Ganze leiten. Sie werden auch ein Bauprojekt beaufsichtigen. Ich will, dass Sie eine Brücke über den Styx bauen. Sie haben genug Auswahl an Arbeitern. Sie werden der Boss sein. Der Mann, der bestimmt, wo es lang geht.“ Er deutete auf die Menschenmenge, die sich auf die Fähre drängte. „Sie alle werden Ihnen gehorchen müssen.“

Ein breites Grinsen breitete sich auf den Lippen ihres Vaters aus. „Wo unterschreibe ich?“

Hermes drehte sich zu Kenton. „Und Sie?“

„Wann kann ich anfangen?“

Ein Seufzer der Erleichterung brach aus Pennys Brust hervor, während ihr Blick mit Hermes‘ verschmolz.

Ihre Lippen formten ein lautloses *Danke*.

40

Hermes sah Penny für einen langen Moment in die Augen, bevor er seine Augenlider senkte. Der Augenblick der Wahrheit war gekommen. „Es gibt noch eine weitere Bedingung."

Er hatte sie zurück ins Krankenhaus teleportiert, und Sekunden später waren Bart und Kenton auf wundersame Weise genesen. Rose war mit Pennys Großmutter ins Krankenhaus gerast, um die gute Nachricht zu feiern. Kurz darauf hatte Hermes Penny nach Hause gebracht, und jetzt standen beide im Wohnzimmer.

Eine weitere Bedingung. Bei diesen Worten bemerkte Hermes, wie Pennys Herz stotternd zum Stillstand kam.

„Willst du nicht wissen, wie die Bedingung lautet?"

Er bemerkte die Tränen, die ihr in die Augen stiegen. Aber er wollte nicht, dass sie weinte. Es gab nichts, weswegen sie weinen müsste.

„Penny", flüsterte er. „Zeus will ein Enkelkind. Von uns. Von dir und mir."

Sie hob ihre Augen, um ihn anzusehen. „Ein Kind? Von uns?"

War das Begeisterung oder Grauen in ihren Augen?

Er nickte langsam. „Ja, und du weißt, was das bedeutet. Wir werden Sex haben müssen. Oft. Praktisch die ganze Zeit, du weißt schon, um sicherzugehen, dass du schwanger wirst. Wir dürfen Zeus nicht verärgern, da er so gütig war, auf den Handel einzugehen, den ich vorgeschlagen hatte. Wir müssen ihm unbedingt beweisen, dass wir eine echte Ehe führen. Weißt du, je länger ich darüber nachdenke, desto mehr glaube ich, dass zwei Kinder das wirklich in Stein meißeln würden. Andernfalls behauptet er vielleicht, dass das erste nur ein Unfall war und wir es nicht wirklich geplant hatten."

Als eine Träne ihre Wange hinunter kullerte, wischte er sie mit seinem Daumen weg. „Also, was sagst du? Meinst du, wir schaffen das? Eine echte Ehe zu führen?"

Sie schniefte. „Aber ich dachte, du liebst mich nicht."

Er schmunzelte. „Ach Penny, warum solltest du so was denn denken?"

„Naja, du wurdest doch gezwungen, mich zu heiraten. Und du hast gesagt, wir würden in unser Leben zurückkehren, sobald Zeus zufriedengestellt wäre."

„Das ist wahr, aber ich sagte nicht, dass das bedeutet, dass ich dich verlasse." Er hob ihr Kinn an. „Ich liebe dich. Ich hätte dich gebeten, mich zu heiraten, selbst wenn du keinen Schutz vor Zeus gebraucht hättest."

„Bist du dir sicher?"

Hermes beugte sich näher, sodass seine Lippen über ihren schwebten. „Absolut sicher, Baby. Ich glaube, ich erinnere mich an den genauen Moment, in dem ich mich in dich verliebt habe. Ich sah dich Sonntagabend bei der Armenspeisung in der Kirche."

Sie rang nach Luft. „Du warst dort?"

„Ja, ich habe dich beobachtet. Und weißt du, was ich gesehen habe? Ich habe eine Frau gesehen, die sich um andere kümmert, die trotz ihrer eigenen Probleme, trotz der Tatsache, dass sie ihren Job verlieren würde, immer noch anderen half." Er streichelte mit seinen Knöcheln über ihre Wange. „Du hast so ein weiches Herz. In dem Moment erkannte ich, dass ich dieses Herz beschützen muss. Ich wünschte, ich hätte von Anfang an gewusst, warum du die Festanstellung so dringend brauchtest, nicht weil du ehrgeizig warst, sondern weil du deine Großmutter nicht entwurzeln wolltest, wenn du anderswo im Land einen neuen Job suchen müsstest. Ich verstehe das jetzt."

„Ich wollte das niemandem aufbürden."

„Weil du so bist, Penny. Du nimmst die Bürde immer auf dich selbst. Du wirst sie nicht mehr alleine tragen müssen. Ich bin jetzt hier. Ich bin für dich da." Er machte eine kurze Pause und sah, wie ihr Tränen in die Augen schossen. „Es gibt nur noch eine Sache."

Ihre Augen öffneten sich weit, und Neugier funkelte in ihnen. „Was?"

„Ich möchte, dass meine Frau mich auch liebt."

Penny warf ihre Arme um seinen Hals und drückte ihren Körper an seinen. „Oh Gott, ich liebe dich, Hermes, ich liebe dich."

Sein Herz machte einen Freudensprung, und seine Lippen teilten sich zu einem breiten Lächeln. „Wenn das der Fall ist, sollten wir auf Hochzeitsreise gehen."

„Hochzeitsreise? Wann?"

„Jetzt", flüsterte er ihr ins Ohr und teleportierte sie weg.

Augenblicke später kamen sie auf der Terrasse seines Palastes an. Er ließ sie los, um ihr die Möglichkeit zu geben, sich umzusehen.

Seine Villa stand auf einer leichten Anhöhe, die eine herrliche Aussicht auf einen weißen Sandstrand gewährte, vor dem sich der kristallklare, blaue Ozean erstreckte so weit das Auge reichte. Ein Garten aus blühenden Blumen und mehreren atemberaubenden Springbrunnen umgab das Haus, und ein Pfad führte zum Strand hinunter.

„Willkommen bei mir zu Hause", sagte er.

Mit weit aufgerissenen Augen und offenem Mund drehte sie sich um ihre eigene Achse und nahm alles in sich auf. „Es ist wunderschön. Wo sind wir?"

„Auf dem Olymp."

„Wo sind alle Götter?"

Er lächelte. „Das ist ein Privatstrand."

Penny drehte sich zu Hermes um. „Deiner? Der ganze?"

„Ja. Und ich kann hier machen, was ich will. Niemand wird uns sehen."

„Niemand?“, fragte sie, während ein seltsames Schimmern in ihren Augen auftauchte.

Seine Kehle wurde trocken, und das Blut schoss in seinen Schwanz und machte ihn härter als den Granit, aus dem seine Terrasse gemeißelt war. „Garantiert.“

Ihr Blick fiel auf die Beule in seiner Hose. „Naja, in dem Fall . . . “ Sie gab ihm einen leichten Schubs, sodass er auf einer der Liegen landete. „Warum legst du dich nicht zurück und entspannst dich, während ich meinen ehelichen Pflichten nachkomme.“

„Ehelichen Pflichten?“, würgte er heraus, während ihre Hand zu seiner weißen Leinenhose griff und den Knopf öffnete.

Hermes legte seinen Kopf auf das Kissen und beobachtete, wie sie den Reißverschluss öffnete und seinen Schwanz aus dessen Gefängnis befreite. Ihre Handfläche schloss sich um ihn und packte fest zu. Er stöhnte. Dann beugte sie sich über ihn und legte ihre Lippen auf seine Schwanzspitze. Als sie über den pilzartigen Kopf leckte, musste er sich an dem Gestell der Liege festklammern, um nicht aufzuspringen, so intensiv war das Gefühl.

Penny würde es langsamer angehen lassen müssen, sonst würde er sich sofort entladen. „Oh Gott, Baby!“ Aber bevor er irgendetwas anderes sagen konnte, schloss sie ihre Lippen um ihn, glitt nach unten und nahm ihn in den Mund.

„Fuck!“ Er atmete schwer und versuchte, sein rasendes Herz zu beruhigen. „Ich hätte schon früher heiraten sollen.“

Ihr Kichern prallte gegen sein empfindliches Fleisch und raubte ihm beinahe die Beherrschung. Dann glitt ihre warme Zunge seine Erektion auf und ab, und ihre Wangen zogen sich zusammen, während sie an ihm saugte, als wollte sie ihm das Leben aussaugen. Wenn sie noch länger so weitermachte, würde sie ihn umbringen.

Aus eigenem Antrieb zuckten seine Hüften nach oben und stießen seinen Schwanz tiefer in ihren köstlichen Mund.

„Du musst aufhören, Baby!“

Aber sie beglückte ihn weiter mit ihrem Mund und ihrer Zunge und blies ihn so liebevoll und mit so viel Leidenschaft, dass er sich wirklich so fühlte, als wäre er im Paradies. Niemand hatte ihm je so viel Zuneigung und Leidenschaft gezeigt. Niemand hatte ihn je auf die Weise geliebt, wie ihm Penny nun ihre Liebe zeigte.

In dem Wissen, dass er nicht mehr lange durchhalten wurde, legte er seine Hände auf ihre Wangen und hob ihren Kopf hoch. Ihre Blicke trafen sich.

„Reite mich!“

„Ist das eine meiner ehelichen Pflichten?“, fragte sie kokett.

„Ja! In der Tat, das ist eine deiner täglichen Pflichten.“

„Und als Ehemann, hast du da auch Pflichten?“

Er grinste. „Ja."

Er schnippte mit den Fingern und entledigte sich und Penny ihrer Kleider. Er zog ihren nackten Körper auf sich, sodass sie gegrätscht auf ihm saß.

„Eine meiner Pflichten als Ehemann ist es, meine Frau jederzeit zu befriedigen."

„Das gefällt mir." Sie senkte sich und richtete ihr Geschlecht auf seinen Schwanz aus.

„Meine Göttin!", flüsterte er und zog sie auf seine Erektion, sodass er tief in sie hineintauchen konnte.

Als sie anfing, sich auf und ab zu bewegen, wobei ihre wunderschönen Brüste bei jeder Bewegung mitschwangen, verlor er die Fähigkeit zu sprechen und konnte nur stöhnen und Laute des Vergnügens ausstoßen, um sie wissen zu lassen, wie sehr er sie liebte.

EPILOG

Vier Monate später

Penny klickte mit der Maus auf *Drucken* und schnappte sich das Blatt Papier aus dem Drucker, bevor sie aufgeregt die Stufen ihres brandneuen Hauses hinunterrannte. Nein, korrigierte sie sich, ihres und Hermes' Hauses. Er hatte in Charleston nicht weit entfernt von dem Haus ihrer Großmutter ein Haus gekauft, sodass Penny in ihrer Nähe bleiben konnte. Nur selten teleportierten sie zu Hermes' Palast auf dem Olymp, um dort alleine zu sein und sich zu entspannen.

Penny fand Hermes in der Küche, wo er damit beschäftigt war, die Diener der Götter – drei zwergartige Feen – einzuweisen, ein üppiges Festmahl für die Gäste vorzubereiten, die sie zum Mittagessen erwarteten: Triton und Sophia, Dionysos und Ariadne, sowie Eros.

Penny lächelte ihn an, als er sich zu ihr umdrehte. „Hey Baby, ist alles fertig?"

Er nickte und zog sie in seine Arme. „Alles ist bereit für die große Ankündigung." Dann senkte er den Kopf, legte seine Hand auf ihren Bauch und streichelte ihn sanft. „Wie geht es meiner anderen Lieblingsperson?", fragte er und deutete auf die leichte Wölbung ihres Bauches. „Fühlst du dich gut? Keine Übelkeit mehr?"

Sie schüttelte den Kopf. „Ich glaube, die Phase ist vorbei."

„Ich kann es kaum erwarten, es heute allen zu sagen."

„Und Zeus?"

Hermes grinste. „Keine Sorge, meine Liebe, Zeus weiß es schon."

„Was? Ich dachte, es sollte eine Überraschung werden!"

Er strich ihr eine Haarsträhne hinters Ohr. „So etwas kannst du nicht vor ihm verheimlichen. Und ich kann dir sagen: Er freut sich sehr darüber." Hermes drückte ihr einen sanften Kuss auf die Lippen.

„Oh, das habe ich fast vergessen." Sie zog sich aus seiner Umarmung und gab ihm das Blatt Papier, das sie ausgedruckt hatte. „Schau! Es wurde veröffentlicht. Damit bekomme ich die Festanstellung!"

Hermes überflog das Gedruckte und sah sie dann wieder an. „Ich bin so stolz auf dich, Baby. Und Hades wird es gefallen." Er lachte. „Aber musstest du wirklich so dick auftragen? *Hades, der missverstandene Gott – Persephone, nicht Opfer, sondern Täterin*."

Penny kicherte. „Das schuldete ich ihm. Oder wäre es dir lieber gewesen, ich hätte ihm auf andere Weise dafür danken sollen, dass er mich aus der

Unterwelt eskortiert hat, als ich gehen musste?“

Hermes knurrte tief und dunkel. „Du meinst, er hat versucht, dich zu erpressen, mit ihm ins Bett zu gehen? Dieser hinterhältige – “

„Schhh.“ Sie verschloss seinen Mund mit ihrem Finger. „Niemand könnte mich je dazu zwingen, mit ihm ins Bett zu gehen – niemand außer dir.“

„Du denkst also, ich habe dich gezwungen, mit mir ins Bett zu gehen?“

„Hast du das denn nicht?“

Er zog sie wieder an sich, und sie konnte deutlich die harte Länge seines Schwanzes spüren, die gegen ihren Bauch drückte.

„Für diese Bemerkung muss ich dich bestrafen.“

Ihr Atem stockte, als Erregung durch sie schoss. Hermes konnte das immer noch bei ihr verursachen, selbst nach mehreren Monaten Ehe. „Wie?“

„Oh, ich glaube, du weißt wie, oder nicht?“

Dann legte er seine Hand auf ihren Po, und einen Moment später fanden sie sich in ihrem Schlafzimmer wieder. „Hermes, was werden deine Diener denken?“

„Über die Diener mache ich mir jetzt keine Gedanken. Ich habe Besseres zu tun. Viel Besseres.“ Dann nahm er ihren Mund mit seinen Lippen gefangen und legte Penny sanft aufs Bett. „Ich muss meinen ehelichen Pflichten nachkommen.“

„Ich liebe dich“, murmelte sie, bevor seine Lippen wieder auf ihren lagen, und seine Hände damit beschäftigt waren, Penny von ihrer Kleidung zu befreien.

~ ~ ~

Über die Autorin

Tina Folsom ist gebürtige Deutsche und lebt schon seit über 25 Jahren im englischsprachigen Ausland, die letzten 14 Jahre davon in San Francisco, wo sie mit einem Amerikaner verheiratet ist.

Tina ist schon immer ein bisschen herumzigeunert und hat in vielen verschiedenen Orten gelebt: nach Lausanne in der Schweiz, arbeitete sie kurzzeitig auf einem Kreuzfahrtschiff im Mittelmeer, verbrachte dann ein Jahr in München, bevor sie nach London zog. Dort ließ sie sich als Buchhalterin ausbilden. Aber die Wanderlust ergriff sie nach 8 Jahren in England, und sie zog über den großen Teich.

In New York war sie ein Jahr auf der berühmten Schauspielschule, der American Academy of Dramatic Arts. Danach blieb sie ein Jahr in Los Angeles, wo sie an der UCLA Drehbuchschreiben studierte. Dort lernte sie auch ihren Mann kennen, der in San Francisco lebte. So zog sie kurzerhand drei Monate später nach San Francisco.

Erst war sie dort als Buchhalterin und Steuerberaterin tätig. Sie machte sogar ihre eigene Kanzlei auf. Doch damit war sie noch nicht ganz zufrieden. Eine Zeit lang hatte sie ihr eigenes Immobiliengeschäft, aber das Schreiben vermisste sie sehr. Also fing sie im Herbst 2008 wieder damit an und schrieb ihren ersten Liebesroman.

Vampire haben es ihr schon immer angetan. Mittlerweile hat sie über 32 Bücher in Englisch sowie über drei Dutzend in anderen Sprachen (Französisch, Spanisch und Deutsch) herausgegeben.

Tina hört gerne von ihren Lesern. Schreiben Sie ihr doch einfach eine email: tina@tinawritesromance.com

http://facebook.com/TinaFolsomFans
Twitter: @Tina_Folsom
www.tinawritesromance.com

19420167R00123

Printed in Poland
by Amazon Fulfillment
Poland Sp. z o.o., Wrocław